译林世界名著讲义

余斌——著

WORLD CLASSICS

译林出版社

图书在版编目（CIP）数据

译林世界名著讲义 / 余斌著. — 南京：译林出版社，2020.5

ISBN 978-7-5447-7956-2

I.①译… II.①余… III.①外国文学 - 文学欣赏 IV.①I106

中国版本图书馆 CIP 数据核字（2019）第 181742 号

译林世界名著讲义

责任编辑　吕雅坤
装帧设计　陈　悦
校　　对　蒋　燕　孙玉兰
责任印制　颜　亮

出版发行　译林出版社
地　　址　南京市湖南路 1 号 A 楼
邮　　箱　yilin@yilin.com
网　　址　www.yilin.com
市场热线　025-86633278
排　　版　南京展望文化发展有限公司
印　　刷　苏州市越洋印刷有限公司
开　　本　880 毫米 ×1230 毫米　1/32
印　　张　10.25
版　　次　2020 年 5 月第 1 版　2020 年 5 月第 1 次印刷
书　　号　ISBN 978-7-5447-7956-2
定　　价　48.00 元

目录

第一讲　荷马史诗

荷马（约前9世纪—前8世纪），古希腊诗人。

关于西方文化，有一种说法是“言必称希腊”。这里的希腊当然是古希腊。可以做两种理解：一是追本溯源，西方文化要追溯到这里；二是古希腊代表着古代文明的辉煌成就。

现在一般都认为希伯来与希腊共同构成西方文明的源头，所谓“二希”文化。单挑出希腊说事，是因为希伯来文化导出了基督教文明，是宗教的；古希腊文明开启后来的文艺复兴，是世俗性的，而现代人的生活是一种世俗的生活，我们的文化是一种世俗的文化，在文艺复兴的延长线上。学术文化、文学艺术，都是这样。大体上，我们也是在希腊的立场上讲希伯来。

这样追溯起来，文学上，就追溯到了“荷马史诗”，这是古希腊最早的史诗。从形成的时间上说，它不见得比《圣经》更早（有人称之为“希腊的圣经”），但它显得更“文学”，至少是，它比《圣经》更被人们当作文学来看待。

“荷马史诗”与希腊神话

“荷马史诗”是现存成书年代最早的两部希腊史诗《伊利亚特》与《奥德赛》的统称，因为相传成于一位叫荷马的盲诗人之手，就以他的名字来命名。关于荷马其人，我们几乎一无所知，甚至有学者怀疑他的存在。不过多数人还是认为有那么个人，生活在公元前9、前8世纪。但除了是个盲人，以说书为生，我们就一无所知了。

我们不大好把荷马看成今天意义上的“作者”：在荷马时代，没有个人意义的创作，流行的是集体的口头创作，许多故事在口头流传中不断被添枝加叶，滚雪球一般体量越来越大。荷马是众多艺人中的一个，《伊利亚特》《奥德赛》也只是众多流传的故事系统里的两个，但荷马说故事的本领大，特洛伊战争的故事到他手里发扬光大，这故事对听众又特别有吸引力，幸运的是，又被文字记录了下来。所以荷马的角色，是创作者，又是编撰者。

荷马的时代流传着许多故事，这些故事里处处可见神的身影，故我们称之为“希腊神话”。初民社会里，他们不能想象一个世界里会没有神，就像现代人很难想象神的存在一样。倘若不想象出奥林匹斯山上的众神，很多事情就没法解释，比如宇宙是怎么回事，人是怎么来的，为什么会有电闪雷鸣，等等。

现代人靠科学，古人凭借的只能是想象。人之所以是“高级动物”，比动物“高级”的那一点点，也许就在他有“知其所以然”的要求。得不到科学的解释，又切盼某种解释，就有了神话。凡一切解释不了的地方，神就出场了。有了神来主宰，仿佛事情都有了管理者（海洋有海神，打雷有雷神），世界便不复混乱，有了某种秩序。古人用想象给了自己一个交代，也便心安了。有事就找相关神祇，祈祷或献祭。

古希腊的神有个特点，就是与人“同形同性”。“同形”是说与人一个模样；“同性”是说和人一个德行、一个脾气——嫉妒、暴躁、贪婪……人的毛病，一样不少。神之所以为神，不在它的“高大上”，而在它的能力，神是法力无边的；还有一条，人是要死的，神则永生。

希腊神话中有许多神，他们一起住在奥林匹斯山上，故称“奥林匹斯众神”。这些神特别喜欢掺和人间的事情，动不动就跑到人间来，包括跑到人间来偷情，结果是有了好多人、神结合的后代——“英雄”。古希腊的英雄不是谁想当就能当的，这里有最严格的血统论：必须有一半神的血统。因为有神的背景，英雄的能力非一般人可比，或者在体力上，比如《伊利亚特》里的阿基琉斯；或者在智力上，比如《奥德赛》中的奥德修斯。这两个人，前者是凡人珀琉斯和海洋女神忒提斯的儿子，后者则是拉厄尔忒斯之子。因为"荷马史诗"的主角都是英雄，故称作"英雄史诗"。

现代人理解"荷马史诗"的一大障碍是神的存在。我们并不一概拒绝文学、影视作品里神的出现，比如《西游记》里，尽是神仙鬼怪，但我们不去较真，知道那是神话，那是想象的游戏，就像我们不会和一部卡通作品较真一样。对于古希腊人，神的存在却不是想象，不是"神话"，他们的脑子里没有真实与想象之间的界限。

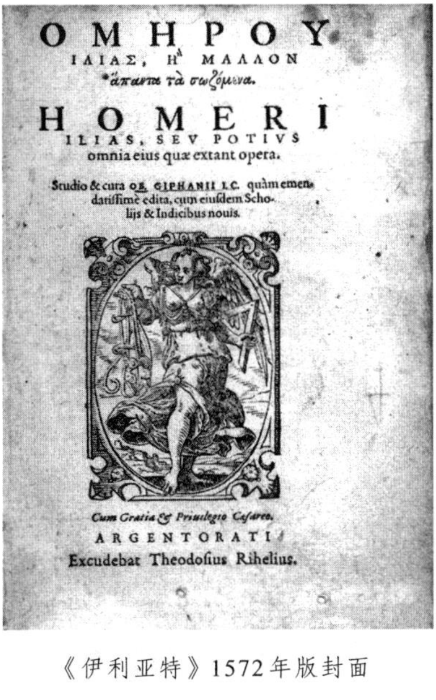

《伊利亚特》1572年版封面

我们理解的英雄，通常是以自己的意志去面对世界，英雄上演的戏码是和环境之间的冲突，“荷马史诗”中的英雄不一样，他们与世界之间还隔着神，神是他们命运的一部分。

特洛伊战争与“荷马史诗”

在现代知识的传授中，“荷马史诗”最固定的位置是在文学史上，它通常也被当作文学作品来阅读。但对古希腊人显然不是这样。他们听荷马的吟唱或记录下来的诗篇，固然是个乐子，同时也从那里得到各种各样的知识。比如说，它是“诗”，也是“史”——历史，记忆与想象以奇妙的方式混在一起。

“荷马史诗”写的是特洛伊战争，《伊利亚特》说的是战争最后的一段时间，《奥德赛》说的是希腊人攻陷特洛伊之后返回家乡的经历。

现在人们相信，公元前12世纪，的确有过一场旷日持久的战争，希腊人最后攻陷了比希腊更富庶的特洛伊，并焚毁了那座城。19世纪，有个叫谢里曼的德国人在现今土耳其西北部希沙立克发掘出了古城的遗迹以及大量的铜制兵器和金银饰品。他据此写成《古代特洛伊》一书，认为此城即是“荷马史诗”中的特洛伊城。在此基础上，后人继续深入发掘，共挖出了九层古城的遗址。现代考古学家们普遍认为，“荷马史诗”中的特洛伊在遗址的第四层，而最底下的那层比“荷马史诗”的时代还要早一千年。但是当然的，那场战争与“荷马史诗”中的描写大有出入。我们不妨顺着“史”“诗”去理解“史诗”，看作是“诗”与“史”的相加：一方面有真实历史的影子，一方面是诗的想象，两方面混杂在一起。事实上，现在我们看作历史著作的希罗多德的《历史》当中，也有很多神话。

希腊人远征小亚细亚特洛伊城的战争，相传发生在公元前13世纪到前12世纪之交。当时特洛伊是欧亚交通的孔道，在商业上十分重要。特洛伊王国积累了巨大的财富，成为希腊各部落掠夺的目标。战争的结果是希腊部落侵入小亚细亚，控制了交通要道，取得黑海上的商业霸权并俘获大量的奴隶。到了"荷马史诗"中，战争的起因变成了希腊斯巴达王的妻子海伦被特洛伊王子帕里斯勾引，随他卷逃——第一夫人私奔，奇耻大辱啊，于是希腊各部落组成联军，远征特洛伊。所以特洛伊战争又称"一场女人引起的战争"。事实上，追溯上去，还应追溯到神那里：勇士珀琉斯与海洋女神忒提斯的婚礼，遍请诸神，唯独没请不和女神厄里斯（怕她又生事端），厄里斯大为恼怒，丢了个金苹果在婚礼上，上面写着"给最美的女神"。天后赫拉、智慧女神雅典娜、爱神阿芙洛狄忒都认定金苹果该归自己，相持不下，要求众神之神宙斯评断。三女神，一个是夫人，另两个是女儿，宙斯摆不平，便踢皮球，让她们去找人间最会鉴赏女性美的美男子帕里斯。三女神找到帕里斯，都想压倒别人，就都贿赂他，许他各种好处。阿芙洛狄忒许他的一条——得到人间最美的女人——显然对他最有吸引力，结果爱神得偿所愿，获得金苹果。不用说，帕里斯能够成功拐跑公认的人间第一美女海伦，正是阿芙洛狄忒许的好处应验。所以归根结底，仗是从神那儿打起来的，待开打之后，神也各做各的后援：赫拉、雅典娜，还有她们能拉拢到的神支持希腊联军，阿芙洛狄忒和她拉到自己一边的神就力挺特洛伊。

这些都是背景，《伊利亚特》叙述的则是战争将进入尾声时发生的事。这里可以看出荷马的裁剪功夫：不平铺直叙地从头道来，而聚焦于战争中的戏剧性时刻。戏剧性出在头号主人公阿基琉斯身上。他是希腊阵中的头号英雄，威名远扬，无人能敌。他和主帅闹矛盾，一怒之下罢战了，对特洛伊人挂起了免战牌。起因是主帅阿伽门农抢走了他的女俘。谁是谁非并不是诗人特别关心的，他要渲染的是阿基琉斯狂放暴烈的性格。他这一怒不得了，谁也劝不动，特洛伊那边也有厉害角色，即帕里斯的哥哥赫克托尔，阿基琉斯不出战，他便从城里杀出，连赢了几阵。战局的再次逆转仍与阿基琉斯的愤怒有关：阿基琉斯视同兄弟的帕特罗克洛斯劝他出战未果，便穿了他的盔甲自己上阵，结果被赫克托尔杀死。阿基琉斯痛心不已，又一次爆发了愤怒，誓为好兄弟报仇。他叫阵赫克托尔，单挑杀死他之后还将仇人尸体拖在马后绕阵而行，以泄心头之愤。两次发怒，一次怒而罢战，一次怒而出战，造成了故事的重大转折，所以“阿基琉斯的愤怒”构成了长诗主导动机。两次发怒令故事的叙述起伏跌宕，更是写出了阿基琉斯疾恶如仇、不管不顾的性情，还有他令人胆寒的勇武。他的性情还有另一面：特洛伊老国王因爱子的战死伤心万分，夜里潜入阿基琉斯的营帐，哀求将儿子的尸体还给他。阿基琉斯纵有不共戴天之仇，这时也被父亲的伤恸打动，答应了老国王的请求。接下来是特洛伊全城哀悼赫克托尔，全诗就在悲伤的氛围中结束。

可以想象，荷马在希腊，他的听众是希腊人，对他们而言，特洛伊是敌国，这个结尾是会让人同情特洛伊人的，一部记述希腊人胜利（虽然《伊利亚特》没写到攻陷特洛伊，但听众对后面发生的事都知道）的长诗这样收煞，似乎有点不可思议——是不是有点敌我不分？但初民社会里的人是没有我们现在的“国家”概念的，诗人采取的是一种更普遍的人性立场，不论是哪一方的人物，凡体现了人性的高贵，比如勇气、忠诚、怜悯、勇武，便都出之以赞许的口吻。我们看不到以敌我划界的那种爱憎分明，相反，像赫克托尔那样的特洛伊人，显得很高大，他的忠勇，明知与阿基琉斯交手凶多吉少，但为捍卫尊严也要冒死出战，都让他在听众、读者那里得到认同；倒是希腊方面的角色，比如阿伽门农，诗人一点也没掩饰地写出他的刚愎和自私。

15世纪的《奥德赛》手抄稿，现藏于大英博物馆

神的存在与人的存在

前面说过的，“荷马史诗”有神话色彩，这里面神当然要扮演角色，事实上战争的整个过程，神一直在掺和，甚至海伦与帕

里斯之间，也要掺和，给人的印象是，他们的关系也都是神在操纵，根本不必为自身的行为负什么责。比如按照海伦后来的说法，她跟着帕里斯私奔，完全是阿芙洛狄忒的“作为”，是后者让她爱上了美男子，不管是起初的私奔还是后来对帕里斯的埋怨，海伦都没有表现出多少自我的挣扎。因为，她只是顺从了神意——都是美神惹的“祸”。

有那么多神不时地出没，照说人应该显得很渺小了，事实上读罢全诗，我们却没有这样的印象。在这个舞台上，上演着人的喜怒哀乐的大戏，阿基琉斯、赫克托尔们牢牢占据了舞台的中心，总之，这里面有着旺盛的人气，神的出现似乎更是名义上的，相形之下倒是花絮的性质了。这里面透射出古希腊人与神之间的关系，有一种对人的肯定。神在那里，人也在，其存在格外分明。甚至可以说，那还是“大写的人”，敢爱、敢恨，敢和命运作对。战争的进程似乎更在“人为”，系乎阿基琉斯的脾气，赫克托尔的忠勇等人世的表现，众神的干预不是不起作用，那作用却不是讲故事的人着力表现的，更未曾大事渲染。相反，背景里的神往往任性地出现一下就不管事了，众神之神的宙斯，在双方激战正酣，杀得难分难解之际，每日所为似乎就是将天平端出来打量一番，看战事朝哪一方倾斜，一副作壁上观的架势。

希腊人对神祇一方面敬畏，一方面又不当回事，听起来有点自相矛盾，却不是不可想象的——其情形正如孩童之对家长、大人，家长、大人既是孩童安全感的来源，同时经常也是恐惧的发端。来自成人世界的惩罚会让孩童惶惶不可终日，然他们玩到兴奋处，忘乎所以也是常态。我们在《伊利亚特》中看到的双方人物，尤其是主要的英雄，大多不予人听天由命的印象，阿基琉斯被自己的愤怒充塞，赫克托尔为自己的责任与荣誉鼓舞，谁也没惦记着神意之类。就连海伦，当阿芙洛狄忒出现在面前，吩咐这吩咐那时，也没表现出匍匐在地似的恭谨，她埋怨美神将她拖入窘境的一番话，倒像是使性子的抱怨。

所以《伊利亚特》中显现的人性，毋宁是张扬的。作为一部英雄史诗，《伊利亚特》差不多是一个“男人的世界”，海伦的存在只是个由头，或者说，是男人们要奋勇争夺的一项锦标。英雄的舞台在战场，人性的张扬也多见于血与火的洗礼，阿基琉斯等众英雄的勇气、胆量都在战场上得到彰显。诗中有对战争浓墨重彩的描写，这也正是会让现在的读者不大适应的地方：诗中有大量血腥杀戮的段落，如果转换成镜头语言，绝对暴力。另一方面，肆意的铺陈也是它美学的一部分，就像火山爆发无疑是巨大的灾难，同时在我们眼中又极其壮观一样，《伊利亚特》里的战斗、杀戮也于血腥中鼓荡起一股豪放之气，去除了这些部分，史诗粗犷、雄浑、华丽的风格也要打折扣的。

是高峰，也是断崖

自古以来，“荷马史诗”一直享有崇高的地位。据传斯巴达在公元前9世纪就有朗诵史诗的活动，公元前7世纪到前6世纪的雅典，吟诵史诗是节日活动的一项重要内容。“荷马史诗”有大量手稿在希腊各地传抄。公元前6世纪中叶，庇西特拉图当政时期，雅典成立了一个专门的机构负责编辑和整理史诗。到公元前5世纪，古代希腊人利用陶器上的装饰画来描绘史诗的片段情节已极常见，足证史诗中的故事已经广为人知。

在久远的古代就产生了如此规模的鸿篇巨制，已是令人称奇，更值得一提的是，这西方流传下来的最早的文学作品，已达到那样的高度，以至一举奠定了“史诗”的标准，且成为衡量文学作品伟大与否的某种参照。在西方，评价某人的作品而提及“荷马史诗”，那绝对是非同小可的赞誉。欧洲中世纪，基督教定于一尊，希腊文明成为异教的东西，除了这段时间，“荷马史诗”一直受到膜拜。它是欣赏、模仿的对象，也是一个取之不竭的文学宝库——古希腊神话有许多都是通过“荷马史诗”得以流传下来的。历代西方作家从中寻找素材，就未断过，在现代还要添上影视作品，好莱坞大片《特洛伊》即标明本于“荷马史诗”。

另一方面，文学与时俱进，写法各有不同，到了现代，作家更不可能再到“荷马史诗”中去“偷招”，但是“荷马史诗”仍然有其感召力，因荷马展示的古希腊世界，有着“原型”的意义，人类生活的一些基本情境映现其中，神话色彩使其具有更深广的概括力，可演绎出无数各种背景下的变体，所以后世的作家乐于做种种的改写，于是就有各种形式的“用典”，现代作家中，詹姆斯·乔伊斯的《尤利西斯》即是经典的一例。

这里还须说说“史诗”。“史诗”（epic）一词，是由希腊文的“叙事”（epos）演变而来的，译成中文，意为“神托”，原系指古代人在祭祀时，代表神而念出来的祭诗。后经民间歌人口传，文人加工润色，形成一种规模宏伟的古代民间故事诗。史诗当然是一种文学体裁，既然“叙事”，似应归入“叙事诗”。单立一目，不仅是因为题材重大，所写都是本部落、本民族在形成和发展过程中的种种英雄业绩，关乎国家和民族的命运，绝对“宏大叙事”，与个体命运的书写判然有别；更因为“史诗”于一般的文类概念之外，还是一个独特的文学史概念。它是人类童年阶段（初民社会，氏族公社解体时期）的产物，历史传说、英雄歌谣与神话故事混而为一，童年的想象，童年的思维，混沌初开，元气淋漓。你可以说，其思维借想象展开，两者打成一片，叫作“神话思维”。童年阶段过去，思维进入另一种模式，“史诗”也便消失了。所以“荷马史诗”实在是“自成一体”的，它一出现就是高峰，高峰过后，即成断崖。可谓过了这个村，再没这个店。古罗马诗人维吉尔的史诗《埃涅阿斯纪》向来被尊为典范，但那已是“文人史诗”，与“荷马史诗”的民间气象，不可同日而语。文学批评中常见“史诗式的”一语，一般也仅是指批评对象的规模、气魄而言，与人类童年阶段“荷马史诗”那样的“原生态”创作相比，究为两事。

名家点评

站在《伊利亚特》旁边，我觉得这本书有十英尺高，令人惊叹不能自已。

——但丁

世界诞生，荷马高歌。他是迎来这曙光的鸟。

——维克多·雨果

荷马的史诗以及全部神话——这就是希腊人由野蛮时代带入文明时代的主要遗产。

——恩格斯

中译本概况

1934年，商务印书馆出版傅东华根据英译本翻译的韵文体《奥德赛》译本。

1979年，上海译文出版社出版杨宪益从古希腊语翻译的《奥德赛》散文体全译本，题名为《奥德修纪》。

1994年，人民文学出版社出版罗念生、王焕生从古希腊语翻译的《伊利亚特》诗歌体全译本，1997年推出王焕生从古希腊语翻译的《奥德赛》诗歌体全译本。

2000年和2003年，译林出版社出版陈中梅从古希腊语翻译的《伊利亚特》和《奥德赛》诗歌体全译本，收入“世界英雄史诗译丛”。

第二讲　古希腊悲剧喜剧集

索福克勒斯（约前496—前406），古希腊剧作家。

古希腊的戏剧热

我们今天关于文学版图的划分是从西方来的，“文学”被一分为四：诗歌、戏剧、小说、散文。这里面最先出现的是诗歌，排第二的就是戏剧了。诗歌要追溯到“荷马史诗”，戏剧则要以古希腊的悲剧为起点。

千万不要以我们今日看的话剧去想象古希腊悲剧，除了都是面向观众的演出之外，它们没有多少相似之处。当然，它们都是在剧场里上演，只是古希腊的剧场都是露天剧场，大多是依山而建，就着山坡的势，呈折扇扇面状展开，差不多就像南京中山陵的音乐台那样。通常要大得多，当时雅典最大的一个剧场，可容纳一万好几千观众。

古希腊戏剧最繁荣的时候，雅典有好几座剧场，当时城里的人口是两万，加上另两座城，也只有四万自由公民，算起来差不多所有的人都可以到剧场看戏——今天最大规模的文体活动，“全民”参与的程度也不能与之相比。这里所谓“最繁荣”的时期，指的是公元前6世纪到公元前4世纪这段时间。这是古希腊文明的“黄金时代”，当政者是民主派的伯里克利，在他手上，希腊的民主制达到高峰。他把大量的财富用于公共设施，比如神庙和剧场——神庙是拜神的地方，剧场的起源也与此有关，因古希腊戏剧就是从歌颂酒神的仪式发展而来的。后来戏剧脱离了宗教仪式，剧场也变成了更世俗化的公共场所，演戏、观剧不单纯是娱乐，同时也是参与城邦政治生活的一种方式。所以我们也可以说，古希腊人的剧场兼有人民大会堂的功能，人人都能参政议政。

当政者的措施让演剧这桩事变得特别热闹。大规模兴建宏伟的剧场之外，还发放观剧津贴，没钱的人可以得到补助。剧作家也得到鼓励：每年都有戏剧节，最优秀的戏剧获得奖励，奖金并不丰厚（一只羊之类），但获奖却是一项崇高的荣誉。被称为古希腊“三大悲剧诗人”的埃斯库罗斯、索福克勒斯、欧里庇得斯，都在戏剧节上多次获奖。这里面获奖次数最多的是索福克勒斯。

索福克勒斯（约前496—前406）出生于雅典西北郊的克罗诺斯，早年曾受过良好的教育，擅长音乐、体育及舞蹈，还长得俊，曾因貌美和音乐天赋而被选为庆祝胜利的朗诵队领队少年。后来索福克勒斯进入政界，做过财务总管，还两次担任重要的将军职务，属于雅典最高层的人物。雅典一度流行瘟疫，他曾担任祭司一职。他显然是个全才，从政也没耽误他写戏，在戏剧节上二十四次折桂。当时的规矩，每次参赛要提供四部剧作，既然我们知道他三十次参赛，那他至少写过一百二十出戏。

这些戏大部分已失传（现存七部），就算把所有失传的都算在内，我们也可以肯定，《俄狄浦斯王》是其中最伟大的。同时代人、最博学的亚里士多德已经将该作举为古希腊悲剧的典范，后来的人也都认定它代表了古希腊悲剧的最高成就。一个形象的比喻是，古希腊悲剧是古希腊文学的王冠，《俄狄浦斯王》则是王冠上最璀璨的宝石。也就是说，“没有之一”。

《俄狄浦斯王》的“打开方式”

现在的人即使不知索福克勒斯，也听说过“俄狄浦斯情结”

这么个词。这是心理学家——大名鼎鼎的弗洛伊德的发明，他认定每个人自小就有性冲动，男童的第一个对象是母亲，女童的第一个对象是父亲，强烈的占有欲让他们分别将父亲、母亲视为敌人。这就是所谓“恋母情结”和“恋父情结”。恋母的极致，是有“杀父娶母”的冲动，当然，是在潜意识里，自己都觉察不到——这也就是“俄狄浦斯情结”了。

弗洛伊德要拿俄狄浦斯说事儿，是因为《俄狄浦斯王》的故事在西方家喻户晓，而这故事正可佐证他的理论，这也是一种“就近取譬”吧。由此我们不难揣想《俄狄浦斯王》的大概内容——没错，如果要“提纲挈领”，“一言以蔽之”，那么这出戏说的正是俄狄浦斯犯下“杀父娶母”的不赦之罪而受到惩罚的故事，虽然自始至终，他浑然不觉。

话说好多年前忒拜国王拉伊俄斯喜得贵子，因有神谕说这孩子将来会杀了国王，娶母亲为妻。国王夫妇大为惶恐，为了避祸，便将孩子双脚用钉子钉上，唤一牧羊人将其扔到荒山里去。牧羊人不忍，恰好在山里遇到邻国科任斯国的一位熟人，便交给他抱走。那人将孩子带到科任斯国王那里，国王夫妇一直没有子嗣，便留下孩子当作儿子养，视同己出，绝口不提收养的事。

孩子就是俄狄浦斯。长大后他听到了议论，说他不是国王亲生的，这让他很愤怒。为弄明真相，他瞒着父母到阿波罗神庙祈求神谕，神谕没有回答他的问题，却提示他，他日后将犯下杀父娶母的大罪。俄狄浦斯且惊且惧，他不知过去种种，以为这指的是科任斯国王夫妇，为躲避神谕所指出的可怕命运，他选择了放逐自己，浪迹天涯。有一天他在路上与人争道，打死了一老者和他的随从。这时他已到了忒拜国的地界，忒拜正遇上祸事：一狮身人面怪兽斯芬克斯逼着人猜谜，猜不出则将人吞食，已有很多人死于非命，全城陷入恐慌。这个谜题，即一种动物早晨四条腿，中午两条腿，晚上三条腿走路，腿最多时最无能。谜底为人（分别对应人从幼时到老年三个阶段）。听起来就像脑筋急转弯，却一无猜谜的轻松，是要以命相搏的，俄狄浦斯猜出谜语，拯救了忒拜，斯芬克斯则羞愤自裁。这之前忒拜老国王拉伊俄斯已被人杀死，忒拜人便拥立他们的救星俄狄浦斯为王，他并且娶了老国王的遗孀为妻。不用说，俄狄浦斯与人争道时杀死的老者正是他的生父，而现在他的妻子正是他的生身之母。

好多年过去，忒拜在俄狄浦斯统治下国泰民安，不料一场瘟疫降临到忒拜，神谕说，城里有人犯下了杀父娶母的大罪，必待凶手伏法，境内才会恢复安宁。俄狄浦斯向百姓保证，他一定查出真凶，不管他是谁。谁也没料到，所有的线索都指向了他，随着当事人的一一登场，真相终于大白：他就是那个杀父娶母的人。他的母亲，也就是他的生身之母，不能面对这一事实，羞愤中上吊自杀，俄狄浦斯刺瞎了自己的双眼，再次选择了自我放逐，流落他乡。

上面是以原原本本的方式（也即以“很久很久以前……”的“话说从头”的方式）来叙述这个故事的，这么做是为了突显索福克勒斯高超的戏剧艺术，精湛的编剧技巧——假如这个故事可以做各种演绎的话，“很久很久以前……”式的平铺直叙、“话说从头”肯定不是他的选择。他有他的“打开方式”。

事实上从一开始，他就让我们进入戏剧性的时刻，前情按下不表，这已是忒拜瘟疫的正在进行时，俄狄浦斯治下十几年百姓安居乐业的这个国度忽然之间变得人心惶惶，百姓一起来求他，希望这个多年前拯救了他们的英雄再次带领他们脱离苦海。得知灾难是因“杀父娶母”的大罪而起，他便发誓要找出凶手。由此整出戏导向一个大大的悬念的破解。

观众和俄狄浦斯一道，被一步一步带向那个可怖的谜底。他不断地追问，知情人一个个地登场，我们“话说从头”叙述的“前情”都随着知情人登场一点一点地交代出来。这些知情者每人知道的，只是这桩巨大隐情的一部分，谁也不知道全部真相，直到牧羊人登场，说出他并未执行老国王拉伊俄斯的命令将小孩弄死，事情的来龙去脉才连贯起来，如同拼图游戏完成了最后一块的拼装。

《俄狄浦斯王》纸草残片

就此而言，索福克勒斯应该被“追认”为西方的第一位“悬念”大师。他在全剧一开始就设置了悬念，这个悬念自始至终引领着观众，以至观剧的过程变成了破解悬念的过程。整个过程中，剧情层层递进、环环相扣，事情扑朔迷离，却如抽茧剥笋，有条不紊、一丝不乱。

命运悲剧

我们看惯了好莱坞的悬念片，对《俄狄浦斯王》里的悬念理解起来毫无障碍，让现代人费解的是其中的“命运”。我们不解，从哪冒出来的“神谕”？从拉伊俄斯到俄狄浦斯，怎么神谕上说什么就信什么？小儿刚出生，说他将来要杀父娶母，拉伊俄斯和妻子居然就信了，一点没犹豫，就将孩子遗弃；俄狄浦斯也被神谕喻示的前景吓着了，他选择离开科任斯国（他以为科任斯国王、王后是他的父母），这似乎是一种反抗，这里的前提却是相信神谕，否则他就待着不走，他不下手，“杀父娶母”的事怎么会发生？而且，他怎么会干这种事呢？但他宁可相信神谕，也不信他自己，仿佛不存在自由意志这么一回事，到时候身不由己就会闯下大祸。——在现代人看来，这太不可思议了。

但是古希腊人自有他们的信仰世界，相信神对世界的主宰，相信一种叫作“命运”的东西。在《俄狄浦斯王》里，神已经不像在“荷马史诗”里那样频频出现，直接干预人间事，“命运”更抽象，看不见，摸不着，却是无所不在，不知什么时候就给你一下子。有时候，命运经由神谕给你提示，不管你怎样防范、规避，它最后必定会应验。命运体现的是神的意志，因此不可抗拒，在神的意志面前，人的意志不堪一击。剧中俄狄浦斯显然不甘束手就擒，他离开科任斯流亡异乡就是与命运之间的挣扎；拉伊俄斯抛弃亲子我们万难接受，在他却是要避免“杀父娶母”的可怕结局。结果，神谕还是以他们完全意想不到的方式应验，用中国的老话说，就是“人算不如天算”。

问题是，“命运”是无须任何理由的：俄狄浦斯完全是无辜的，他是忒拜国的拯救者，上位之后也并未变成一个暴君，他显然仍受到人民的拥戴；他是一个好丈夫；从他自我放逐之前对两个女儿万分不舍的一番话，我们还知道他绝对是一个好父亲。

这样一个人，最后弄到神人共弃，天理何在？然而在古希腊，神的权威是不可动摇的，对神的虔信是“好人”的基本要求，苏格拉底的罪状中有一条，就是他蛊惑人心，让年轻人对神起疑。索福克勒斯在宗教信仰上很“主流”，与其说他在用俄狄浦斯的悲剧质疑神的公正性，不如说他在剧中表露了他的困惑：命运的罗网是怎样编织起来的？他对如何走到了这一步茫然不解。最让人心意难平的是，“因”并不是你种下的，“果”却要由你来承当。

不过也在这里，俄狄浦斯显现出他的英雄气概：他没有逃避、躲闪，对直朝着他的命运就去了。首先是面对“真相”时的毫不动摇。事实上追查进行到一半的时候，他已经预感到，各种线索都指向了他，凶手不是别人，就是他自己。他的母亲即现在的妻子也意识到了这一点，极力阻止他追查下去。但是他要兑现他对臣民的承诺，不顾一切地查下去。假如他停止追查，没有人会阻拦他，按照命运的法则，则随便怎样他都是逃不掉的，不过可能很多人出于恐惧会本能地选择停下：大多数人即使明白“躲得过初一，躲不过十五”，还是会心存侥幸，拖到“十五”再说。俄狄浦斯没有，他怀着越来越强烈的不祥之感不顾后果，不计代价一步一步查下去，直至弄明真相。

再者就是俄狄浦斯在了然真相之后的选择了。他把一切都担下来，刺瞎了双眼，离开故土到别处去流浪。在这一刻，我们一方面感到的是造化弄人的震惊，天威难测，神对人的戏弄与报复就像自然灾害一样不可抗拒。另一方面，俄狄浦斯因为他直面命运的勇气，在我们心目中成为一个大英雄，崇敬之情油然而生。所以，尽管是神统治着的世界，人的形象并不渺小，至少俄狄浦斯显示了一种站立的姿态。或者说，人的渺小和伟大在俄狄浦斯身上同时显现出来了。

当然，俄狄浦斯对真相的追问还可以有另外一种解释：他要追查下去不是因为他无所畏惧，而是知道真相的冲动太强烈了，让他忘记了后果，就像有个脓包，明知抓搔会让它溃烂，有时我们还是会忍不住要去抓。俄狄浦斯的命运是和他的身世之谜连在一起的，查明真相，差不多就是弄清楚他的身世之谜，弄清楚自己的身世，这个诱惑太大了，它属于“活个明白”最最基本的层面。在这个意义上，我们不妨把俄狄浦斯当作一个巨大的隐喻，他追问的是人类亘古以来不断在追问的问题：我是谁？从哪里来？到哪里去？

说罢“命运”，结末该多少说一下“悲剧”。悲剧的定义有多种，先得分是一般意义上的悲剧，还是作为一种戏剧类型的悲剧。鲁迅的说法是我们所熟知的：“悲剧将人生的有价值的东西毁灭给人看。”这是广义上的悲剧：限制在文学艺术中，只要是叙事性的作品，作者、读者都认同的主人公遭遇了不幸，不拘小说、戏剧、叙事诗，都属此类。

作为戏剧类型之一种，内部则又有诸多的分类，比如英雄悲剧、性格悲剧、社会悲剧，等等——这是从悲剧成因的角度说。古希腊悲剧都是“命运悲剧”，大体上应划入英雄悲剧，却又是古希腊独有的概念。此处我说的还不是形式上的独有（比如合唱队，后来的西方戏剧中便再见不着了；再如取材必是神话和传说），而是指它是由“命运”的观念作为支撑的，西方后来的悲剧，即使是以古希腊悲剧为范本的古典主义悲剧，也在这一点上与古希腊截然不同，时过境迁，信仰上，已是异代不同时了。

但是悲剧的主角一定由英雄充当，则从古希腊到古典主义悲剧，一以贯之。正是在这里，西方的悲剧显示出与中国古代戏曲的不同。若仍拿鲁迅的定义说事儿，则在中国传统戏曲中，“有价值的东西”可以是好人、无辜的人；西方悲剧里，光是好人就不能成立，必须是英雄。所谓“英雄”，是不屈服于命运、环境而与之叫板的人，其关键不是“我本善良”，而是以彪悍的劲头与命运、与周遭的世界互怼。这才有了主人公与命运的剧烈的、正面的冲突，倘是善良而逆来顺受之辈，尚未反抗已然放弃，忍辱负重，所谓“冲突”就消弭于无形了。在观众心中唤起的情感因此也是两样的，一是悲惨，一是悲壮。关于后者，亚里士多德用了一个词，叫“净化”，特指悲剧唤起的崇高感。他看《俄狄浦斯王》，一定正是这样的感受。

名家点评

索福克勒斯所写的人物都显出那位伟大诗人的高尚心灵。

——歌德

西洋文明的主线来自希腊，要了解西方文明似乎不可不从希腊谈起。

——周作人

古希腊戏剧是世界古代文化的瑰宝，虽已历时数千载，但其动人的情节、深刻的思想和精湛的技巧，至今仍然能强烈地震撼人们的心灵，令人赞叹不已。

——王焕生

中译本概况

1936年，商务印书馆出版罗念生翻译的《窝狄浦斯王》，该译本根据Sir Richard C. Jebb编订的《索福克勒斯全集及残诗》第一卷译出。

1961年，人民文学出版社出版罗念生翻译的《索福克勒斯 悲剧二种》，包含《安提戈涅》《俄狄浦斯王》两部作品。

2007年，译林出版社出版了张竹明和王焕生翻译的《古希腊悲剧喜剧全集》，是国内首次出版收录所有存世古希腊悲剧、喜剧和新喜剧剧本的中文译本，后选入“经典译林”（《古希腊悲剧喜剧集》）。

第三讲　神曲

但丁（1265—1321），意大利诗人。

但丁是意大利最伟大的诗人，也是世界文学史上最严格意义上的“经典作家”。这里的“最严格”，意思是说，“经典作家”可以有不同的标准，让列出一百位，是一个标准，让列出二十位，自然是另一种标准。按照后一标准，百人标准里的许多作家就不那么经典了。有些作家，在国别文学中堪称经典，在世界文坛上就未必。但丁却是早早就在世界文坛上占据了一个稳固的位置。就整个欧洲中世纪的文学而言，人们首先会想到的，就是但丁。

政治失意与但丁的“离骚”

关于但丁，我们知道的却并不多。从只比他晚出生几十年的薄伽丘起就有人为他作传，但材料很少，有些还不可靠。我们只是大概知道，他出生在意大利佛罗伦萨一个没落贵族家庭，可能并未受过正规教育，但他有一拨很有学识的朋友，他从他们那里学到丰富的知识，包括拉丁语、普罗旺斯语和音乐。他年轻时曾经是一名骑士，参加过几次战争。十二岁订婚，二十岁结婚，有六个孩子，其中有二人夭折。

但丁一生中，有两件事，一实一虚，于他的实际人生和创作，关系实在太大，都应一提。“实”指的是政治。但丁有很高的政治热情——不是想当官，作威作福——是参与公众事务的热情。当时佛罗伦萨分为两派，效忠神圣罗马帝国皇帝的是吉伯林派，效忠教皇的叫圭尔弗派。圭尔弗派得势后，希望城市独立的一部分富裕市民不愿受制于教皇，分化成“白党”，想借教皇势力翻身的没落户成为“黑党”，形成新的对垒双方。1266年后，教皇势力强盛，圭尔弗派取得胜利，将吉伯林派放逐。但丁的家族原来属于圭尔弗派，但丁热烈主张独立自由，因此成为“白党”的中坚，并被选为最高权力机关执行委员会的六位委员之一。在后来的政治斗争中，“白党”又失势了，教皇势力控制了佛罗伦萨，宣布放逐但丁，如果他进入城市，任何佛罗伦萨士兵都可以处决他。

被放逐的但丁没有停止政治活动，他曾经寄希望于新当选为罗马帝国皇帝的亨利七世，亨利七世有意入侵佛罗伦萨，但丁写信给他，指点进攻方向，这就把“白党”也得罪了，后来亨利七世死了，他的希望彻底破灭。佛罗伦萨的当政者后来曾带话给他，宣布如果但丁肯付罚金，并于头上撒灰，颈下挂刀，游街一周就可免罪返国。但丁是个高傲的人，虽然思乡心切，这种羞辱他是万万不能接受的。他回信说：“这种方法不是我返国的路！要是损害了我但丁的名誉，那么我决不再踏上佛罗伦萨的土地！难道我在别处就不能享受日月星辰的光明吗？难道我不向佛罗伦萨市民卑躬屈膝，我就不能接触宝贵的真理吗？可以确定的是，我不愁没有面包吃！”的确有很多城市接纳了他。在放逐中他以写作来排解乡愁。1321年，但丁客死他乡，在维罗纳去世。维罗纳离佛罗伦萨并不远，但对但丁而言，后者是一个回不去的地方。

政治上的失意与但丁的写作有因果关系，一是政治抱负不能施展，从此他专注于写作，他年轻时即从事创作，但在后半生，写作成了他生活的重心；二是他从政的经历不仅提供了写作的素材，而且给了他强烈的写作冲动。有个说法是“愤怒出诗人”——当然是不可一概而论的，却也不乏其例，中国人最熟悉的例子是屈原，“屈原放逐，乃赋《离骚》”。离骚，用大白话说，就是发牢骚。但丁的情况与屈原有点类似，也是被放逐，也是满腹牢骚，《神曲》虽然上天入地，建立了一个神学宇宙，却有很多他人生历练的投影，如果不是心怀忧愤，他也不会将他的政敌一一放到地狱里受折磨。从这上面说，《神曲》也是他的一曲《离骚》吧，虽然因为他的基督教背景和刚烈傲岸的性情，显现出来的情绪，与屈原“香草美人”的幽怨，完全两样。

多雷插图《炼狱篇》

作为灵感之源的柏拉图之恋

我说的“虚”，是指他想入非非的一场柏拉图之恋。这场恋情的女主角是一个叫贝阿特丽丝的佛罗伦萨女子。有人认为她完全出于但丁的想象，不过大多数研究者还是肯定她是一个真实的存在。她是一个银行家的女儿。近年有一个根据《神曲·地狱篇》编制的大型游戏，其中贝阿特丽丝的角色是但丁的妻子。这当然是游戏制作者要“成人之美”。按照但丁的记述，他和贝阿特丽丝只有两面之缘，一次是九岁时他随父亲参加亲戚家的聚会，见到了时年八岁的贝阿特丽丝，但丁一口咬定，那时他便爱上了这个小女孩。第二次是在一座桥上的邂逅，但丁在远处看见贝阿特丽丝和同伴在一起，他只是看着她过去，招呼也没打，据他回忆，当时他心醉神迷，忘记了呼吸。

前面说“虚”，指的就是他和贝阿特丽丝之间几乎没有实际的接触。他根本没有向对方表白过自己的爱情，贝阿特丽丝也不知有这么个人对自己如此倾倒。与寻常的单相思不同的是，但丁用一生来供奉他的心上人。贝阿特丽丝长大后与人结婚，二十四岁就病故了。但丁没有采取任何行动追求她，他自己也结了婚，生了好多孩子，好像婚姻与他对贝阿特丽丝的爱之间，井水不犯河水。这是因为在但丁的心目中，贝阿特丽丝是一个圣洁的非尘世的存在，与世俗的生活不生任何联系，而婚姻乃是世俗生活的一部分。是故他行迹上虽然没有去追求，她死后他却一直在追思之中。

作为一个诗人，他的供奉方式便是让贝阿特丽丝在他的笔下出现。他的第一部作品《新生》就是献给贝阿特丽丝的——她死了，他却要让她复活，重获“新生”。他的一个宏愿，就是让贝阿特丽丝“不朽”。最终他也真的兑现了：他让贝阿特丽丝出现在他不朽的诗篇《神曲》中，由她引领自己走进天堂。世界文学史上，因为《神曲》的经典地位，她的名字也变得家喻户晓。以

“知名度”而论，世界文学中能够比得上“贝阿特丽丝”的女性形象，我们几乎数不出来。于此我们不得不感叹但丁的一往情深以及由此而来的想象的力量。贝阿特丽丝是他灵感的源泉，凭那两面之缘，但丁对真实的她不可能有多少了解，恰恰是距离产生了美，那种世人的了解对他无关紧要，他让想象召唤她，而后用一个永恒的美的形象召唤后世无数的读者。

“方言”写就的不朽之作

但丁的写作在他政治上失意之前就开始了，他有多种著述，著名的有《飨宴》（诗与评论的合集）、政论文《帝制论》（政治哲学著作）、论文《论俗语》（关于平民文学的研究），还有前面提及的《新生》（倾诉对贝阿特丽丝的爱的诗篇），当然，还有《神曲》。有意思的是，其他著作都是用拉丁文写作的，文学性的《新生》《神曲》则是用“俗语”写成的。所谓“俗语”就是以意大利托斯卡纳方言为主，兼采其他方言的语言（后来在此基础上形成了统一的意大利语）。“俗语”是相对于拉丁文而言，当时通行的书面语是拉丁文，不仅是意大利语，后来的英语、法语等，当时都属“俗语”的范畴，属于平民的语言，和拉丁文的关系，有点像新文化运动之前我们的白话文与文言文的关系。文人著述，通常都是用拉丁文，那才被人看重，可以藏之名山，传之后世。但丁希望不仅是精通拉丁文的神职人员，一般人也能读他的诗，于是就用“俗语”来创作。在他之前，从来没有人这么做过。可以说，是但丁“无中生有”地创造了意大利语（他自称《神曲》是用“意大利语”写的）。故他被尊为“意大利语之父”，法国人还戏称意大利语是“但丁的语言”。

但丁本人最看重，也最呕心沥血的作品是《神曲》，这样一部呕心沥血、用尽全力的诗篇，用“意大利语”来写，足见他对自己、对“俗语”的信心。几百年后，胡适在中国倡导白话文运动，就举但丁为例，说明俗语终将取代文言文的必然性。

前面说到但丁在世界文学史上的地位，可以说，这地位就是由《神曲》奠定的。对现代人来说，这部书是一部天书，不仅中国读者，西方读者在毫无准备的情况下与此书相遇，也会觉得格格不入。

多雷插图《天堂篇》

神游三界的虚与实

这是一部长诗，记述了但丁的一场梦游（当然，是他杜撰的）。在梦中他先后在古罗马诗人维吉尔和贝阿特丽丝的引导下，游历了地狱、炼狱和天堂。整部书充满了象征和隐喻。但丁以第一人称记述自己“人生的中途”（35岁，当时的人认为人的一般寿命是70岁）在黑暗的森林（象征罪恶），想抽身退步，却有三只猛兽拦住去路，一只豹、一只狮子、一只母狼，它们分别象征了欺骗、野心和贪婪。危急关头，古罗马诗人维吉尔的魂灵出现，指示了另一条路径。

这条路穿过地狱、炼狱，维吉尔引领但丁在天堂外停下来，因维吉尔的异教徒身份，他到此就不能前行，这时贝阿特丽丝出现，接引但丁去了天堂。这两个人物都有寓意，维吉尔代表了“人的智慧”，贝阿特丽丝则代表着“神的智慧”。“神的智慧”高于“人的智慧”，这里可以看出《神曲》的基督教背景，而贝阿特丽丝成了最后的救赎。——我们可以看到，但丁在诗中给他的心上人安排了一个什么样的位置。

基督教早有地狱、天堂之说，善良的人死后进天堂，恶人死后下地狱，这是一般人的理解。但天堂、地狱究竟是什么样，谁也没描述过（炼狱则完全是但丁的创造）。《圣经》里说到，都是虚的，但丁却把它们都给坐实了。维吉尔在史诗《埃涅阿斯纪》中写到过冥府，他的主人公曾在那里遇到父亲的亡灵，但那是异教的地狱，而且也语焉不详。

佛教中也有地狱之说，中国人想象的“十八层地狱”似乎是在地底下，活人生活的空间是天地之间无限延伸的平面。西方人较早的时候已经想象我们是生活在一个球体上了。但丁描述的世界，地狱是一个大漏斗，中心在耶路撒冷，从上到下逐渐缩小，越往下越阴暗污秽、阴森可怖，直到地心，那是魔王撒旦所在的漏斗的底端。但丁由维吉尔引领着，从魔王的尾巴爬过地心，到了地球另一面的炼狱。炼狱如同一座高山，在耶路撒冷相对的另一面海中，灵魂在这里忏悔涤罪，山分七层代表七宗罪，每上升一层就会消除一种罪过，直到山顶就可以升入天堂。天堂分为九层，越往上的灵魂越高尚，直到越过九重天，才是真正的天堂，圣母和所有得救的灵魂所在，经圣母允许，才能一窥圣三位一体的上帝。

地狱、炼狱、天堂这三界之中，写得最生动形象的是地狱。这部分比其他两部分"实"得多。但丁的地狱分为九层，一圈一圈往下，我们可以把它想象成反过来的梯田那样，不是绕着山，是倒扣过来，朝里形成一个个环。（炼狱则更接近梯田了，只是我们要想象那山是个比较标准的圆锥形。）每一层上都有一些罪人在受苦。这里面"幽冥"比较特别，待在这里的是未受洗者，"他们没有犯罪……他们生时基督教未立，无从向你所信仰者回归，有欲望而无希望，郁郁不乐但没有痛苦"。另外还特别提到那些"才能超卓，却要在地狱边境徘徊"者，有诗人荷马、贺拉斯、奥维德、卢卡努斯、维吉尔；有英雄，例如与阿基琉斯齐名的特洛伊王子赫克托尔、《伊利亚特》中的埃涅阿斯和恺撒大帝；也有哲人，像柏拉图、苏格拉底、亚里士多德等；其他才能超卓者还有希波克拉底、欧几里得、西塞罗、托勒密等。他们和后面出现的"异端"不同：异端是有基督教之后不信教，他们活在基督诞生之前，属"生不逢时"，不算罪，故他们不受酷刑，好像在一个大休息室里等待着。

这以后地狱一层层下去，都是有罪的灵魂：纵欲者，暴食者，愤怒者，贪婪者，施暴者，欺诈者，背叛者。但丁将罪分得很细，比如贪婪一项里又分为挥霍与吝啬，愤怒一项里又分为暴怒与愠怒，暴力罪依施暴的对象又分为三种，背叛罪也是按照出卖亲属、出卖祖国（或所属团体）、出卖客人、出卖恩主分为四级，欺诈罪更细分为十种。每一种罪都有一种相应的刑罚。大体上，前面的几种可归为不加节制罪，后面施暴、欺诈、背叛就绝对是重罪了。

地狱阴森可怖，充满血腥、污秽和恶浊的气味。在此阴暗的背景上，但丁想象出了各种匪夷所思的酷刑，弄得这里像一处超大的行刑室。这边渎神者、放高利贷者在燃烧的沙漠上受火刑，大片的火雨打在身上；那边皮条客正被妖怪用带刺的皮鞭抽打；占卜者面部长在背后，眼睛看不见前方；谄谀者泡在粪便之中；盗贼身上毒蛇乱钻；挑拨离间者肢体残缺内脏外流；贪官污吏在沸腾的沥青之中，旁边还有黑魔鬼侍候；伪君子穿着镀了金的铅衣，为脱不掉的沉重所苦；出卖恩人者则被撒旦不停地啃咬……但丁创造了最宏大的刑罚画面，他笔下的地狱足以让人心惊肉跳。

他怎么会挖空心思想出这么多酷刑是个谜。有人据此分析但丁有施虐狂的倾向，否则他的想象力怎么会在这上面发挥得淋漓尽致？这当然是现代人的观点。事实上这是但丁式“离骚”的一部分，他绝对是个爱憎分明的人，在《地狱篇》中，他宣泄了他的愤怒，他把他的政敌（都是有名有姓的真实人物）一股脑儿拘到了地狱里，在最接近地心处的底层受折磨，而事实上，他写作

《神曲》的时候，这些人大都还好好地活着。

比起地狱来，炼狱要好接受多了，这里更像是修道院那样的地方。炼狱共七层，加上净界山和地上乐园，共九层。生前犯有罪过，但程度较轻，已经悔悟的灵魂，按人类七大罪过（傲慢、忌妒、愤怒、怠惰、贪财、贪食、贪色），分别在这里修炼洗过，而后一层层升向光明和天堂。在净界山顶的地上乐园，维吉尔隐退，贝阿特丽丝出现。

在《天堂篇》里，贝阿特丽丝责备但丁迷失在罪恶的森林，希望他忏悔，并让他观看表示教堂种种腐败的幻景，饮用忘川水，以遗忘过去的过失，获取新生。随后，贝阿特丽丝引导但丁游历天堂九重天。这里是幸福的灵魂的归宿；他们是行善者、虔诚的教士、立功德者、哲学家和神学家、殉教者、正直的君主、修道者、基督和众天使。在九重天之上的天府，但丁得见上帝之面，但上帝的形象如电光之一闪，迅即消失，《神曲》至此也戛然而止。

从《喜剧》到《神曲》

这是一次奇异的旅行，我们可以把维吉尔、贝阿特丽丝看作两位导游，像旅行社的地陪那样各司其职，负责自己相关部分的引导、解说之责。作为读者的我们则是但丁邀来同游的人，只是我们是隐身的。跟随但丁，我们见识三界奇异场景，见识各式各样的魂灵——说是魂灵，其实还是成为魂灵之前那些人的延伸，只不过是但丁心目中的形象。

有的时候，维吉尔为但丁介绍、讲解，有的时候，他自己和“当地人”（也就是三界中的魂灵）直接交谈，听他们自述情由，或是讨论问题（到了炼狱、天堂，这样的讨论就多起来）。《神曲》就是以这样的方式展开的。它是但丁版的一出气势恢宏的穿越剧，他的想象“思接千载，视通万里”，想象和现实奇异地交织到一起。他拥有一种体系化的想象力，地狱、炼狱、天堂在他有条不紊的叙述下秩序井然，俨然一个真实的世界。他把虚变成了实，居然让一种假想变得具体可感，具有了奇异的真实性，而其中又充满了隐喻和象征。

《神曲》的穿越，最直接的显现是但丁写到的一百多个人物。这些人物有历史人物，有的出自神话、文学作品，还有在世的人，在他笔下打成了一片，如果我们熟悉这些人物，便不难发现，连缀起来，他把欧洲历史从古希腊罗马一直铺陈到了意大利的当下。他勾画出他们的形象，也让自己置身于他们中间。他召唤他们到一起，本身就是他与历史、现实展开对话的一种方式，经由与他们的交谈、对他们的褒贬，但丁展示了他多方面的学问，系统表达了他对政治、历史、人生的看法。

但丁并没有为这部史诗给出明确的标题。在作品中但丁也只在《地狱篇》中提到过两次commedia一词（意大利语，原意为喜剧），而divina（意大利语，意为神圣）这一词则出自意大利著名文学家乔万尼·薄伽丘，他加上这样的修饰是要表示对这部诗作的景仰之情，加起来，就是“divina commedia”（神圣的喜剧）。东方人再根据此名来翻译，就成了《神曲》。所以，依但丁的本意，这部作品就该叫作“喜剧”。这里的“喜剧”与我们现今的理解不同，它不是戏剧中与“悲剧”“正剧”平行的一种戏剧类型，而是一个中世纪的概念。从内容上说，凡开始不大好而结局很好的故事，就是喜剧。从风格上说，喜剧指的是较为通俗的文体（自古希腊起，就是悲剧庄重典雅，喜剧则相比起来是更俚俗的风格）。《神曲》始于黑暗森林中的迷失，终于天堂的喜悦，结局光明；另一方面它是用俗语写成的——但丁用“喜剧”一词，可能兼有这两层意思。但实际上但丁的风格大大溢出了中世纪“喜剧”风格的范畴，他以新颖的构思、丰富的想象力、精深的神学和哲学修养，创造出了他独有的世界、独有的风格。

多雷插图《天堂篇》

新与旧纠结之上的个人印记

当然，作为一部13世纪的作品，《神曲》有明显的中世纪的印记，最明显的莫过于它的基督教色彩。但丁称自己为“神学家”，他不是把《神曲》当作我们今天意义上的文学作品来写的。《神曲》包罗万象，被称为中世纪的百科全书，这是说它汇集了各种知识，但丁把自己的所有学问都放进去了。中世纪学问的一大特点，就是它的混而为一，各种学问都在神学的笼罩之下，比如说，“天堂”部分的九重天之说，水星天、月球天、火星天……展示的是但丁的天文学知识，同时它又是神学，是一种天堂秩序。

《神曲》的结构非常严整，“地狱”“炼狱”“天堂”部分各三十三篇，加上序曲，正好满一百之数，象征着圆满。“三”这个数字在基督教里被赋予了特别的含义，非基督教的我们也知道“三位一体”之类的说法。但丁做这样的安排，也是要合于“三”“九”等数，相信数字的神秘性，这也是前科学时代普遍的情形。

中世纪的基督教像其他宗教一样，否定人的现世享受，讲的是禁欲主义。《神曲》中地狱里较上圈层中受罪的那些人，犯的都是纵欲的罪，这些罪与基督教教义里的“七宗罪”（天主教定暴食、贪婪、懒惰、嫉妒、骄傲、淫欲、愤怒为七宗罪）多有重合，为这些自然欲望，他们就得在地狱中受折磨。贝阿特丽丝这个形象也有中世纪色彩，倒不在于她扮演的拯救者角色，而在于，她自始至终都是一个没有肉身的灵的存在，而我们知道，对欲望的否定正是对人的肉身的否定。意大利文艺复兴之父彼特拉克比但丁晚不了多少，他献给心上人劳拉的诗篇已经是另外一种气息，两相对比，最大的不同就是，彼特拉克笔下的恋人是一个有血有肉的肉身的存在。

甚至地狱中的那些酷刑，据有些研究表明，也有中世纪各种刑罚的影子。这里面有很多都是但丁的发明，但他的阴森可怖的想象力却是在中世纪酷刑的基础上延伸展开的。地狱里的声、色、味都散发出中世纪特有的感知。

当然我们也可以找出许多反例，说明但丁已然跨出了中世纪的门槛。最常被举出的一例就是但丁在地狱听闻弗兰西丝卡故事时的反应。这是在惩罚好色之徒淫欲之罪的第一层（总体来说是第二层）——前面说过，地狱的安排是越往深处罪越重，撒旦所处的地心即第九层，其罪人是最不可恕的，但丁把淫欲罪安置在离那里最远的第一层，这本身就耐人寻味，无形中他让淫欲变成了地狱中最轻的罪责。狄多（《埃涅阿斯纪》）、埃及艳后克丽奥佩特拉、海伦、帕里斯、阿基琉斯、特里斯坦等传说和文学作品中著名的情人的阴魂都在这里被狂风吹得飘飘荡荡，但是与但丁为后面背叛等罪杜撰出来的种种酷刑相比，这种惩罚简直算不了什么。但丁在这里看到了两个紧紧交缠在一起的好色的灵魂，弗兰西丝卡和她俊俏的小叔保罗，听闻两人激情感人的故事后，他心烦意乱，以至于昏了过去。

但丁并不是弱不禁风的人，在后面他还要听到很多故事，见识种种骇人听闻的酷刑，通常都表现得很镇定、很坚定，此处居然昏倒，显然是被击中了软肋。按基督教教义，必须让他们在地狱中受苦，但他情不自禁对“屈服于欲望的淫荡罪人”表露了同情。透过文中阐述的例子，显然的，诗人但丁认为，一个人若屈服于这种诱人犯罪的欲望而冲动行事，便会逾越淫欲与爱情之间的界限。但是他比大多数道德家和神学家更具说服力，表明了这条界限非常微妙，而他也承认，那些借由创作表达浪漫爱情的想法及影像的人（包括他自己），都有可能是共犯之一。

我们还可以指出不少但丁越出中世纪神学范围的地方。正因为《神曲》呈现的这种新旧杂陈的特征，有人称他是“中世纪最伟大的诗人”，有人则尊他为文艺复兴的第一人。恩格斯那句“辩证”的断语更是很多学习欧洲文学史的中国人熟知的，他说但丁是“中世纪的最后一位诗人，同时又是新时代的最初一位诗人”（不去论新旧的时候，他就与彼特拉克、薄伽丘并称为“佛罗伦萨三杰”）。但是不论怎么去寻绎、阐释但丁身上的新旧色彩，都不能充分说明但丁的伟大，以及他的独创性。事实上，中世纪天主教的印痕也罢，异教（古希腊、罗马）的东西也罢，文艺复兴的曙光也罢，一切的一切到但丁这里，都被打上了鲜明的个人印记。他的地狱、炼狱、天堂诚然有基督教的框架，但阐释完全是个人化的，那里面是他的逻辑，他的好恶，他才是这个世界的上帝。他自说自话地安排三界，无所顾忌，笃定得很，一点也不犹豫。比如地狱，看似与基督教教义吻合，实则他的安排充满了他的个人意志，他把自己的仇敌打入深渊，往神学图景上嫁接了自己分明的爱憎。而他擅自给自己恋慕的对象贝阿特丽丝安排了那样一个无上荣耀的位置，更是将他的“自说自话”发挥到了极致。谁给他权力这么做的呢？

只能是他自己。但丁有句名言，“走自己的路，让别人说去吧”。因为马克思的引用（马克思说那是他最喜爱的格言），在中国，许多没看过但丁作品的人也知道。已经有人指出，马克思的引文与原句有所不同，出自《神曲·炼狱篇》第五歌的这句话意为“来跟从我，让世界嚼舌去吧”。不管有无出入，用来说明但丁的旁若无人的霸气是合适的。但丁特别自信，大多数作家按照规则写作，但丁是极少数自己另立规则的人。他用俗语写作，他完全改写了中世纪的“喜剧”，他还以自己的方式安排天堂、地狱。《神曲》因此是前无古人的神作，因为它的体大思深，包罗万象，难以追摹，所以也后无来者。

名家点评

封建的中世纪的终结和现代资本主义纪元的开端，是以一位大人物为标志的，这位人物就是意大利人但丁，他是中世纪的最后一位诗人，同时又是新时代的最初一位诗人。

——恩格斯

世界由但丁和莎士比亚均分，再无第三者可以置喙。

——艾略特

《神曲》是所有文学创作取得过的最高成就。

——博尔赫斯

中译本概况

1924年，商务印书馆出版钱稻孙从意大利语原文翻译的《神曲一脔》，取自《神曲·地狱篇》第一、二、三曲，钱稻孙将第一、三曲以离骚体译出，第二曲则以散文体译出。据称译名定为“神曲”是受到了日本学者、作家森鸥外的启发。

1939年，商务印书馆出版王维克翻译的《神曲》，1948年再版。此后，作家出版社于1954年和1956年重印过两次。1978

年，人民文学出版社对该版本重新修订出版。这个译本是王维克根据意大利语原文，并参照法、英等其他译本翻译而成的第一个《神曲》白话散文体全译本。

1984年，上海译文出版社出版朱维基根据英文版转译的诗歌体《神曲》。

田德望从意大利语原文翻译的全译本由人民文学出版社出版，《地狱篇》出版于1990年，《炼狱篇》出版于1997年，《天国篇》出版于2001年。

2000年，花城出版社出版黄文捷从意大利语原文译出的诗歌体全译本《神曲》，2005年，译林出版社修订再版该译本，后收入“经典译林”。

第四讲　堂吉诃德

塞万提斯（1547—1616），西班牙作家。

除非是学者，中国普通读者对西班牙文学都比较陌生，说英、法、俄的文学，我们也许都可以不假思索报出一串作家的名字，到西班牙这儿就很费劲。但有一个名字，我们肯定是可以脱口而出的——当然，是塞万提斯。现在的西班牙，是欧洲的二流国家，历史上它却曾经是欧洲的头号强国，哥伦布发现美洲大陆让这个国家一夜暴富，带来空前的繁荣。恰在这段时间里，它的文学也步入了"黄金时代"，西班牙一跃而成文学大国，为欧洲贡献了"流浪汉小说"、维加的戏剧，尤其是，贡献了塞万提斯这个世界文坛上的文学巨人。

坎坷人生与英雄主义情结

塞万提斯出生于马德里附近的阿尔卡拉埃纳雷斯堡，父亲是个外科医生，在当时，干这一行只相当于今日的护理人员。他们家生活很拮据，还因负债累累被查封了家产，因家贫，塞万提斯没有受过大学教育。二十二岁时，他因在决斗中伤人被通缉，逃到了意大利。此后在那里生活了好多年，给红衣主教当随从。这个身份让他游历了意大利的许多地方，并读了很多书。后来西班牙与土耳其人打仗，他满腔爱国热情去投军，参加了著名的"勒班陀战役"，就是这一战，西班牙人大败土耳其舰队，开始建立起海上霸权。那一战，塞万提斯正在发高烧，却冲到甲板上投入战斗，胸部、手部两处负伤，左手从此残废，他也因此有了"勒班陀的独臂人"的绰号。他对自己能参加这场战役一直非常自豪，多年后还在《堂吉诃德》第二卷的序里说：(这是）几个世纪以来的人、当代的人乃至未来的人所能看到或预见的最崇高的事情。

此事很能看出塞万提斯身上的英雄主义情结。事实上，在他经历的其他重大事件中，这种情结也表现得很充分：1575年9月26日在塞万提斯乘坐帆船“太阳号”从那不勒斯回西班牙的途中，他那条船被土耳其人俘获，并被送到了阿尔及尔，塞万提斯沦为奴隶。虏获者们在他的身上找到一位大人物的推荐信，这让他们觉得塞万提斯是个非常重要的人物，没准会通过他得到一大笔赎金。他们向他索要五百个古金币以换回其自由。在长达五年的囚禁中，意志坚定的塞万提斯曾经四次尝试逃跑。为了防止敌人对他的囚友进行报复，他几乎每一次都挺身而出，一人揽下了全部责任，且在折磨面前三缄其口。

后来终于有人帮他筹到了五百金币，他这才被赎出，回到西班牙与家人团聚。之后他做过税吏，不幸因寄存税款的银行倒闭受到牵累，被捕入狱。据《堂吉诃德》第一部的序言所说，就是在狱中，他开始写作这部后来蜚声世界的小说。这部小说第一部的出版就给他带来了名声，其后他还创作过各种体裁的作品，其中不乏杰作。但他的经济状况并没有因此得到改善（那五百金币的赎金让他一直身背债务），最后这位伟大的作家是在穷困潦倒、疾病缠身当中去世的。从他的生平提要我们很容易联想到他笔下的“愁容骑士”：一样的英雄主义情怀，一样的命运坎坷。

塞万提斯的作品远不止一部《堂吉诃德》，他的剧本《努曼西亚》、短篇小说集《训诫小说集》都是杰作，有人说，单是凭那部短篇集，他在西班牙文学史上就已经足以享有崇高的地位了。但是因为《堂吉诃德》抢尽风头，他的其他作品便不大被提起，这只能说明，《堂吉诃德》太夺目了。他对于后世影响巨大，对西班牙文学的影响更不用说，甚至连西班牙语都因此被称为“塞

EL INGENIOSO
HIDALGO DON QVI-
XOTE DE LA MANCHA,
Compuesto por Miguel de Ceruantes Saauedra.
DIRIGIDO AL DVQVE DE BEIAR,
Marques de Gibraleon, Conde de Benalcaçar, y Bañares, Vizconde de la Puebla de Alcozer, Señor de las villas de Capilla, Curiel, y Burguillos.

Año, 1605.

CON PRIVILEGIO,
EN MADRID Por Iuan de la Cuesta.
Vendese en casa de Francisco de Robles, librero del Rey nro señor.

《堂吉诃德》1605年初版扉页

万提斯的语言”。

反骑士小说之作

《堂吉诃德》的情节很难概述，这部译成中文有一千多页的书充满了插曲，像早期的小说一样，许多小故事游离于主线之外。堂吉诃德除了是小说的主人公之外，还是一个串场的角色，把诸多西班牙社会生活的画面联到一起。如果只盯着主线，概述起来倒也简单：这是堂吉诃德一生在现实与想象中行侠仗义的事迹的汇编。

中国有无数的武侠迷，塞万提斯的时代，骑士小说也有很多的粉丝。堂吉诃德与一般骑士小说迷的不同在于，他不光是看得入迷，他当真要去做一个骑士。已经一大把年纪的他有天忽然决定要改变自己的生活。他披上祖上遗下的一副锈迹斑斑的盔甲，物色了一位农家女做他的心上人，给她取了个贵族的名字，又挑了土里土气的桑丘·潘沙做侍从，踏上了行侠仗义之路。这之前有个朋友放火烧了他的藏书，想以此治好他的疯癫，却根本没用。

为了满足他替天行道、锄强扶弱的骑士梦，堂吉诃德到处去发掘不平之事：他把罪犯当成身陷囹圄的贵族；把一群羊当成是敌军；把风车当成巨人；把桑丘·潘沙在风车里看到的情景当成敌人摆下的迷魂阵……

后来主仆二人成为一位公爵的客人。公爵带着他的一帮宫廷侍卫进入堂吉诃德的幻想世界，实际上是拿他逗乐子，后者信以为真，到后来堂吉诃德的天真、浪漫和理想主义让公爵都不好意思了，才停下了这场游戏。最后，我们的主人公被迫接受了一个骑士的挑战，与他决斗，约定谁输了就放弃骑士头衔一年。结果堂吉诃德输了。被送回家后，他终于开始反省，为何他这辈子要建功立业为自己赢得荣誉，最后得来的却是耻辱。生命最后的时刻，他总算看穿了自己的幻想，清醒理智地活了片刻，随后死去。

这样的提要式复述当然无法传达出《堂吉诃德》的精彩，但有一点我们从复述中也可略知一二：这是一部“反骑士小说”，或者说，是一部颠倒了的骑士小说。其情形就像金庸的封笔之作《鹿鼎记》，这部滑稽之作把武侠小说给颠覆了。当然，《鹿鼎记》无论从哪方面说，都不能和《堂吉诃德》相比，这里提及，一是金庸写这书，肯定受到过塞万提斯的启发，二是助大家间接地想象一下《堂吉诃德》的性质。

塞万提斯写这部书的第一部分时，他的主要动机就是和当时盛行的骑士小说唱对台戏。骑士文学在欧洲中世纪曾经很风光，这类读物的内容，或是写骑士行侠仗义、建功立业的冒险史，或是写骑士与贵妇人缠绵悱恻的恋情（号称“骑士之恋”），很多情况下，二者兼而有之。时过境迁，在英、法等国家，骑士文学已经过了气，在西班牙，骑士小说却还很风靡。骑士文学原本就是白日梦的性质，时至16、17世纪，社会生活已换了场景，骑士小说就更显得与现实完全脱节。塞万提斯深知它的可笑和有害，要用自己的反骑士小说来灭了它。

他也当真把骑士小说给灭了。《堂吉诃德》出版之后大为风行。上自国王，下至平民百姓，都看得乐不可支。有桩逸事，说有位王公大人坐在车中看到街边房子二楼的阳台上有人抱本书笑得前仰后合，便跟身边人打赌，说那人看的肯定是《堂吉诃德》。遂派随从去问，一问之下，果然如此。这很能说明《堂吉诃德》激起的反响。那位读骑士小说读得云里雾里的疯骑士成了大众的笑料，这种情况下，一本正经地读骑士小说就成了一桩可笑的行为，再去模仿骑士小说里的人物，就要冒被当作笑料的风险。骑士小说从此一蹶不振。当时教会从它的角度，也是要打压骑士小说的，曾经禁过，却根本不起作用，塞万提斯却凭一己之力，用笑声给骑士小说送了终。

喜剧性与滑稽模仿

《堂吉诃德》里的笑声从何而来呢？总体上我们可以说，是从对骑士小说的模仿而来，一种漫画式的模仿。有个专门的词，parody，译作“戏拟”或“滑稽模仿”。它是“模仿”，因为骑士小说里的要素这里都有；它又是滑稽的，因为所有的一切都被戏谑化了——用大白话说，就是“恶搞”。好比照哈哈镜，你完全能认出镜中的人，但那人又是变了形的，变得奇形怪状，让人看了就要发笑。

骑士小说的主人公，当然就是骑士，他必是相貌堂堂，有万夫不当之勇，盔甲鲜明，坐下是一匹配得上他的骏马；堂吉诃德这位骑士却是个糟老头子，形容古怪，骨瘦如柴，他的盔甲破得不像样，头盔就是个铜盆，他的坐骑叫作“驽骍难得”，意思是过去为劣马，现在属一流，但这是堂吉诃德的一厢情愿，事实上那马羸弱不堪，与主人一样老迈。

骑士都有一位烘云托月的侍从相伴，这侍从长相英俊，举止优雅得体，合于礼仪，且谈吐不失身份；堂吉诃德也有一位侍从——桑丘·潘沙，却是个村夫，长得粗蠢，且满口俚词俗语，土里土气，又没见过世面，全不知礼仪为何物。

骑士照例有一位心上人，她身份高贵（多半是贵妇人），貌美如仙女，品德高尚，举止端庄优雅，浑身上下充满诗意；堂吉诃德也有一位心上人，他把她唤作他的“杜尔西内亚”（一个高雅尊贵的名字），效法骑士的做派，他出征前要单膝跪下向她倾诉仰慕之情，有此一举，心中装着心上人，他在行侠仗义的征途上便有无穷的力量。然而当他的“杜尔西内亚”出场时，我们发现她原来是个泼辣的悍妇，一个养猪女，胸口长毛，像个男人。

骑士小说中，主人公在一连串的冒险中显示出盖世武功，他出没于深山大泽，与恶人、巨怪搏斗，最后总是战胜对手，赢得胜利，也赢来无上的荣誉。堂吉诃德却把他的冒险演成了一幕幕滑稽戏，每一次与对手的较量都弄得自己灰头土脸，一身的青紫没有带来崇敬的目光，相反，在人们眼中，他像个疯子，其行为实在奇葩到难以形容。

…………

可以说，骑士小说里有什么，《堂吉诃德》里就有什么，然而所有的一切在这里都变了味，让人哭笑不得。最关键的是，塞万提斯移花接木，偷梁换柱，改变了骑士小说的场景，他让浪漫的骑士冒险在一种类于流浪汉小说的背景中上演。骑士小说与流浪汉小说，一边是浪漫幻想，一边充满世俗现实的气息，完全是两个调调。骑士斩妖除怪，常发生在人迹罕至之地如迷津、黑森林，奇而险，是为骑士行侠仗义预备的华丽舞台。反观堂吉诃德，行走在街市、乡村，嗅得到市井浓浓的真实烟火气。在这背景中来演绎骑士小说里那一套，好比衣冠楚楚坐在荒郊野外一本正经地吃大餐，或者像在泥泞的沼泽地里跳芭蕾，怎么着都让人觉得不对头。这里的错位正是塞万提斯要的效果。倘若是在虚幻的场景中，堂吉诃德也许不会可笑到这种程度，而在真实的背景中，幻想与现实形成的巨大反差就让他的行为的荒唐暴露无遗了。

捍卫理想主义

《堂吉诃德》分为第一部和第二部，第二部对于塞万提斯可以说是计划外的。他原只打算写到第一部结束就完了，并没想写第二部。这解释了第二部的写作何以是在第一部出版之后好几年才开始的。中间的这段时间，他已经忙着写别的作品去了。

他没想写续集，有人却因为第一部的成功就惦记着搭顺风车，越俎代庖弄出了一部续集。第一部风靡西班牙，读者还没看过瘾，续集出来借了势，流传颇广。塞万提斯因此非常生气，最让他愤怒的是，续集里他的意思被歪曲了，堂吉诃德被写得就像一个滑稽戏里的小丑，除了可笑还是可笑。那不是他心目中的堂吉诃德：尽管他写出了这个人物的荒唐可笑，塞万提斯却从不怀疑他的正直善良——堂吉诃德骨子里是一个高贵的人。塞万提斯不能允许堂吉诃德这样被糟蹋，他当然可以批评续书，痛斥作者，辩明自己的意思，但最好的办法是自己接着写下去，给读者奉献一个更完整的堂吉诃德的肖像。他也真的这么做了，于是便有了我们现在看到的第二部。

我们实在应该感激那位拙劣的续书作者，没有续书的刺激，我们也许就无缘读到《堂吉诃德》的第二部，这样一来，这部巨著的伟大就要大打折扣，因为第二部较第一部意蕴更丰厚，题旨更深刻，堂吉诃德的形象也更立体、复杂。没有第二部，《堂吉诃德》仍不失为一部杰作，但塞万提斯还能不能成为一个与但丁、莎士比亚比肩而立的人物，就要另说。《堂吉诃德》的丰厚复杂，在于它能调动起读者复杂多样的感受。即使是同一个人，在不同的人生阶段，阅读感受也会有变化。19世纪德国大诗人海涅曾在《读〈堂吉诃德〉》一文中说到他的阅读体验：小时他读此书，读得乐不可支，大笑不止，中年以后，在社会上碰过壁，有了更多的人生阅历后再读，他感到悲从中来，以至于泪流满面。书中那位疯疯癫癫的骑士在他眼中从一个可笑的角色变成了一个可敬的圣徒式的人物。

这种阅读感受的变化，是很多读者所共有的，它固然与读者本身的成长有关，从作者那一面去说，则是塞万提斯引导我们完成的。在第一部中，他让我们更多地看到了堂吉诃德身上的可笑，其基调是嘲讽；第二部中，喜剧性的因素仍在延续，但他更多地转入了同情，让我们意识到堂吉诃德荒唐行为后面隐含着的高贵。

没有人比塞万提斯更能指出这个人物的滑稽可笑，更没有人比他更能体味到这个人物身上的悲剧色彩。不妨说，他把自己全

多雷插图，1863年

部的人生体验都贯注到堂吉诃德这一形象的塑造上。前面已约略提到塞万提斯与笔下主人公之间存在着的某种对应：他经历的坎坷，以及他身上的英雄主义。也可以说，他要对别人炮制的续书中那个小丑化了的堂吉诃德来一番正本清源、拨乱反正，说到底是要捍卫他的理想主义。对理想主义的亵渎是他不能容忍的。

可笑复可敬的堂吉诃德

毫无疑问，堂吉诃德这个人物是这部巨著成败的关键。这个人物的复杂与他的深度决定了小说的复杂与深度。时至今日，堂吉诃德这个形象早已深入人心，我们谈论他，就像谈论一个真实的人，即使很多人并没有读过原著。我们仿佛可以从周围某个人身上认出他来，或者，有的时候，我们会觉得自己就是堂吉诃德。

那么，堂吉诃德是怎样一个人？当我们说谁像堂吉诃德时，我们指的是什么？

堂吉诃德是一个矛盾的复合体，有时候，我们更多看到他身上喜感的那一面，这时候他的最大特征，就是现实感的丧失，他的荒唐可笑都是从这儿来的。这里说的“现实感”，乃是人的意识对外界事物做出正常反应的能力。你眼睛看到一把扫帚，到你脑子里就呈现为一把扫帚，那你是有现实感的，倘若这时你脑子里出现的是一双皮鞋，那你的“现实感”就出了问题，周围的人会觉得你脑子有病。堂吉诃德就是这样：分明是一架风车竖在那儿，他偏当那是个巨人，不由分说就冲上去；在一家小旅馆的酒窖里，堆放着一些装满了酒的酒囊，到他老人家这里便成了一群敌手，拔出剑就挨个刺去，酒浆流出，他还认定已然杀得恶人血流遍地……事实上旁人眼中的一切到堂吉诃德这里一概走样，变得面目全非，从“杜尔西内亚”到大风车。普通人，有的现实感强些，有的弱些，堂吉诃德的“奇葩”在于他这方面弱到了极致，以至几乎彻底丧失。

如此一来，他就和外界，和他的环境失去了联系，生活在自己想象的世界里。我们看他和桑丘·潘沙出现在各种场合，他们与那场合中的人当然是在同样的时空里，就是说，他们是在一起的，面对的是同样的景观，同样的人与事，但堂吉诃德“心不在焉”，所以你看他和别人虽有来言去语，别人却听不懂，只能理解为疯话。他身在此地，心却在另一世界，这个世界与真实的那个世界几乎毫不相干。

现实感与想象力经常是成反比的，后者发达到极致，就是以想象涂改以至代替现实。常人意识中有一条“真”与“假”之间的界限，对堂吉诃德来说，这条界限是混淆不清的，甚至根本不存在。常人偶尔也会有“真”与“假”之间的恍惚，像《红楼梦》里说的“假作真时真亦假”，堂吉诃德不同，他径直将“假”当作了“真”，一点不怀疑“假”的真实性，整个沉浸在那个想象的世界里。所以我们说谁是堂吉诃德，常常意味着他是一个爱想入非非，无视现实的梦想家。

另一方面，当我们更多以同情的眼光看堂吉诃德时，我们会看到他的正直、善良，看到他高贵的那一面。这时我们说谁是堂吉诃德，意思是说他是个理想主义者。

堂吉诃德身上没有半点自私自利的东西，他看不得人世间的污浊，总是在为公平、美好的世界而战，头破血流也在所不惜。

谁都不会怀疑他的正直、善良，这让我们取笑他的时候也还对他怀着敬意。公平、正义对他来说是一种信仰，为信仰而战，他一往无前。堂吉诃德简直就是勇气的化身，他的字典里从来就没有“害怕”二字，他从来不去估量对手的强弱，面对再强大的敌人，他也是一鼓作气不管不顾就冲上去了，留下桑丘在后面急得跳脚。

他的勇气来自信仰的坚定。他从未有过哈姆雷特式的犹豫不决。俄国大作家屠格涅夫写过一篇题为《哈姆雷特与堂吉诃德》的名文，文中他将这两个著名的文学形象分别当作“信”与“疑”的典型，说二人代表着人性的两极。哈姆雷特的“疑”使他优柔寡断，丧失了行动的能力，由“信”武装起来的堂吉诃德则无比坚定，总是全身心地投入行动中去。像我们在书中看到的，他的冒险是在现实面前的一连串碰壁，碰得头破血流，遍体鳞伤，但他替天行道的信念从未动摇过——真称得上“虽九死其尤未悔”。他最后看穿了自己的幻想，却并不意味着否定自己的理想，他的四处碰壁因此也更像是理想主义的一声叹息。德国浪漫派作家施雷格尔把堂吉诃德精神概括为“悲剧性的荒谬”或“悲剧性的傻气”——鲁迅说“悲剧将人生的有价值的东西毁灭给人看”，堂吉诃德的“荒谬”“傻气”之所以是“悲剧性的”，是因为它们是有价值的，因为它们的后面，是高洁的理想主义。

塞万提斯那个时代，不少读者把他看作西班牙最会逗乐的作家，堂吉诃德也被看作十足的滑稽人物。但是越到后来，人们越是赋予这个人物悲剧性的理解。时至今日，他更是被看作一个虽有几分可笑，却绝对正面的形象。他几乎成了理想主义的代名词。最近的一个例证是王小波，他被形容为浪漫骑士、堂吉诃德式的人物，那就是在这个意义上说的。

堂吉诃德这个人物在小说里的存在太突出了，以我们的感觉而论，他像是比其他人物都大一号，时过境迁，读者可能会记不起书中所有其他人物，将绝大部分情节忘得一干二净，但他的形象却始终那么鲜明。许多从小说衍生出来的艺术作品加强了我们的这种印象，比如图画、雕塑之类，在这里，具体的故事情节都是隐去的，而即使在原作中，那些信手拈来的情节也只为堂吉诃德而存在。

杜米埃绘堂吉诃德，1868年

与主人公捉对出现的桑丘·潘沙

但我们肯定不会忘记小说里的另一人物，便是桑丘·潘沙。

在西班牙的很多城市的街头，我们都会和堂吉诃德的雕塑劈面相迎，有意思的是，他从来不是一个人，不论提着长矛站立，还是骑在马上，身边总少不了桑丘·潘沙，仿佛他们是二位一体的。倘若你单凭那瘦老头还不能断定雕塑是不是堂吉诃德，那么只要看见旁边矮墩墩的那位，就不会怀疑自己的判断。艺术家们不约而同选择这样的处理，当然是因为，在小说中，他们总是捉对出现，谁都少不了对方，如同鱼儿离不开水，瓜儿离不开秧。

可以说，这二人算得上世界文学中最著名的"对子"。这里说的"对子"，指的是文学作品中相辅相成、互相映衬的两个人物，单独拿出一人来看，或许仍不失为生动饱满的形象，但放在一起看却更有意思，其效果绝对是一加一大于二。中外文学中有不少这样的对子，比如《鲁滨孙漂流记》中的鲁滨孙和星期五，陀思妥耶夫斯基小说《白痴》里的梅斯金公爵和罗果金，莎士比亚《暴风雨》里的普罗斯彼罗和凯列班，《水浒传》里的宋江和李逵，《西游记》里的孙悟空和猪八戒……但是比起来，还当数《堂吉诃德》里的这两位最让人难忘。

堂吉诃德与桑丘·潘沙完全是两类人，从外观到气质，都太不一样了。从一开始塞万提斯就刻意造成二人之间的对比。这两人一瘦高一矮胖，简直就像滑稽戏里跑出来的角色。堂吉诃德是贵族，读书不少，算是个饱学之士；桑丘·潘沙则是个乡巴佬，目不识丁。两人一张口，就让人捧腹大笑，因前者出口成章，滔滔不绝，全使的是华美隆重的书面语；后者则满口是土得掉渣的俚词俗语，两人对起话来，往往是鸡同鸭讲的局面。最最不同的是，堂吉诃德志存高远，两眼向天，满脑子替天行道，扶危济贫，世俗的享受他根本不在意，向往的是轰轰烈烈一番大业；桑丘·潘沙则就想着他的一亩三分地，“老婆孩子热炕头”的小日子。不妨说，主人有多想入非非，那个随从就有多实际——桑丘·潘沙身上没有一点幻想的细胞。堂吉诃德被他的幻想弄得颠颠倒倒，桑丘·潘沙却从来没有在真实的事物面前恍惚过，风车到他眼里绝不会变成别的什么。当主人朝着他的假想敌不管不顾冲上去的时候，最着急上火、顿足捶胸的就是他：堂吉诃德不知后果会是怎样也不计后果，他可是看得清清楚楚。

桑丘·潘沙和堂吉诃德的关系，有点像《西游记》里的唐僧和猪八戒。唐僧惦着到西天取经，猪八戒对取经毫无兴趣，稍遇困难就嚷嚷要回高老庄去做女婿，想要让他出力，孙悟空只能用胡吃海塞的愿景来诓他。桑丘·潘沙也一样，行侠仗义、替天行道对他没什么吸引力，只有当堂吉诃德许下一些实际的好处时，他才答应上路。他绝无远大的目光，也没有多高的要求，堂吉诃德那些“高大上”的志向对他来说都是“虚”的，唯有实际的好处才带来动力，能给他满足。他也和猪八戒一样，有胆小、怕惹事的毛病。有意思的是，就像猪八戒最后随唐僧到了西天一样，桑丘虽然没有修成什么正果，却也不离不弃，一直跟着他的主人。猪八戒得另说，桑丘一再地抱怨，又一次一次地随堂吉诃德踏上征途，应该归因于他天性的朴素与善良。他原是冲着捞点好处去的，后来却越来越被堂吉诃德的人格魅力所吸引，对他忠心耿耿。

这样两个人走到一起，并且后来有一种奇妙的友谊，实在是件有趣的事情。他们之间的对话是书中最有趣的部分。前面说“鸡同鸭讲”，是为了突出他们之间风格上的差异，倒不是说他们没有交流。事实上越到后来，他们越是成为对方的倾听者，尽管他们一直吵个不停。照美国著名学者哈罗德·布鲁姆的说法，通过那些争执、辩论，他们也在发生着微妙的变化。而我们捉对欣赏这两个人物的最大理由，是因为我们很多人身上共存着堂吉诃德和桑丘·潘沙，是二者的某种混合。

最后，我们再来强调一下《堂吉诃德》的奇妙和伟大，“伟大”二字太空泛了，我们要把它落实在“奇妙”上，这部小说的奇妙，就在于它把严肃和滑稽，悲剧性和喜剧性，生活中的琐屑、庸俗和伟大、美丽……这些看似对立的东西融在了一起，不可分割。俄国大批评家别林斯基断言，这样的范例，仅此一部。

名家点评

塞万提斯的创作是如此巧妙，可谓天衣无缝；主角与桑丘，骑着各自的牲口，浑然一体，可笑又可悲，感人至深……

——雨果

《堂吉诃德》是一个童话故事，正如《荒凉山庄》也是一个童话故事，《死魂灵》也是一个童话故事，《包法利夫人》和《安娜·卡列尼娜》都是最优秀的童话故事。倘若没有这些童话故事，世界就会变得不真实。

——纳博科夫

塞万提斯发明了现代小说。

——米兰·昆德拉

中译本概况

1922年，商务印书馆出版林纾、陈家麟译本，译名为《魔侠传》，采用文言文形式，且只翻译上卷。

1959年，人民文学出版社出版首个全译本，系傅东华由英文转译。

1978年，人民文学出版社出版杨绛全译本，首次从西班牙语直译。

1995年，浙江文艺出版社出版董燕生译本。

1995年，译林出版社出版屠孟超全译本，后收入“经典译林”。

第五讲　哈姆雷特

威廉·莎士比亚（1564—1616），英国戏剧家和诗人。

永不下台的“莎士比亚国王”

莎士比亚是谁？这个问题似乎是多余的，我们也许在小学（至多到中学）就知道，他不就是那个写了《哈姆雷特》《罗密欧与朱丽叶》《李尔王》等剧作的英国大作家。没错，英国伊丽莎白时代是有个叫威廉·莎士比亚的剧作家，出生在埃文河畔的小镇斯特拉福，父亲是做手套生意的，母亲是殷实人家的女儿，但他没受过多少正规教育，只念过初中。十八岁他就和一位叫安妮·海瑟薇的二十六岁女子草草结婚，有学者推测，很可能是因为女方已未婚先孕。后来他就到伦敦去发展，做的事都和剧院有关：在剧院打过杂，演过戏，后来是剧院的股东，当然，还写过很多剧本。因为是股东，他的剧团又很叫座，且到宫里演出过，而他作为股东的环球剧场又是当时最豪华气派的，他积累了一些财富，四十多岁就退休回老家斯特拉福养老去了。他死时只有五十岁出头。——关于莎士比亚，我们能够确切知道的，就是这些了。有关他的故事，比如电影《恋爱中的莎士比亚》所述，都是好事者臆想出来的。关于莎士比亚生平的资料少到如此地步，一个重要的原因是，莎翁后来虽然享誉世界，当时的社会地位却不高，没什么人想给他树碑立传。

资料虽有限，莎士比亚的存在是确凿无疑的。问题是，这个莎士比亚是不是就是那些伟大戏剧的作者？一直有人怀疑这一点，理由是，那些剧作显示出作者丰富的学识，高超的技巧，一个只念过初中的小地方人能写得出来？那么会是谁呢？有人把可能的人选都给想好了，其中“众望所归”的一个，是大名鼎鼎的弗兰西斯·培根，“知识就是力量”就是他的名言。他也是那个时代的人，以过人的学识著称。其他“疑似”的人选还有马洛，牛津出身，也以戏剧闻名于时，号为“大学才子”。此外还有人怀疑到伊丽莎白一世头上。当然，这都只是揣测之词，问题也一直是争论的状态。我们没必要为此纠结，权且认定《莎士比亚全集》里的三十多个剧本都出自莎士比亚就是了。

莎士比亚在英国文学乃至世界文学中地位崇高。19世纪初已经有人将他尊为“民族诗人”，时至今日就更不用说，尽管英国诞生了许多杰出的作家，如果只能举一人为代表，那么毫无疑问，必是莎士比亚。大英帝国早就在走下坡路，而苏格兰著名历史学家卡莱尔一百多年前就说过：“这里我要说，有一个英国的国王，是任何议会都不能把他赶下台的，他就是莎士比亚国王！难道他不是在我们所有人之上，以君王般的尊严，像一面最高贵、最文雅，并且最坚定的旗帜一样熠熠发光？他是那么无坚不摧，并且从任何一个角度讲都拥有无人可及的价值。”

莎士比亚的戏剧在世界各地频频上演，一部《哈姆雷特》，就比他那个时代其他所有剧作家作品的总和上演的次数还要多。莎士比亚研究因此也成为一门庞大的学问，中国有“红学”，西方则有“莎学”，从生平到版本，到生活的时代，莎士比亚研究的论著论文不计其数。甚至有人从他的只言片语里探讨他的性取向。

判断一个作家是否足够伟大的标志之一，是他能否经得起各种各样的阐释，阐释的空间越大，越能证明他的丰富性。在不同的时代，不同的地方，有许多了不起的演员把演莎士比亚笔下的角色当作自己表演事业的巨大挑战，单是《哈姆雷特》中“生存还是毁灭，这是一个问题”那段著名的台词该怎么念，就让很多演员绞尽脑汁。莎士比亚的剧作也是批评家、理论家喜欢操练的地方，各门各派都拿自己的看家招数到这里练练，能在“莎学”上有所建树，就说明功夫修炼得够级别了。

凡此种种，都说明了莎士比亚在英国乃至世界文学中的崇高地位。英国文学史上诞生了许多伟大的作家，但你若限定英国人，选一人作为英国文学的象征，那么毫无疑问的，莎士比亚会是首选。

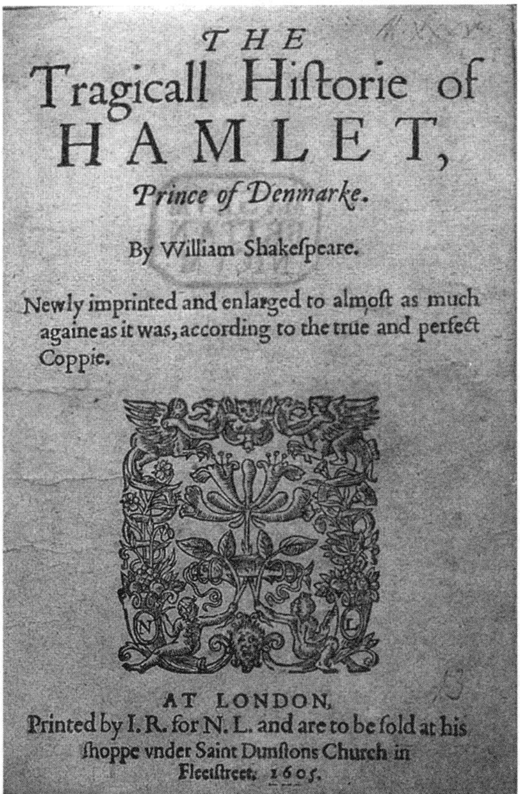
THE
Tragicall Hiſtorie of
HAMLET,
Prince of Denmarke.
By William Shakeſpeare.
Newly imprinted and enlarged to almoſt as much againe as it was, according to the true and perfect Coppie.

AT LONDON,
Printed by I. R. for N. L. and are to be ſold at his ſhoppe vnder Saint Dunſtons Church in Fleetſtreet. 1605.

《哈姆雷特》1605年版扉页

作为“另类”复仇故事的《哈姆雷特》

莎士比亚写过三十多个剧本，包括喜剧、历史剧、悲剧、传奇剧。这里面以悲剧最享盛名。悲剧当中，又以《奥赛罗》《李尔王》《哈姆雷特》《麦克白》最为突出，并称莎士比亚“四大悲剧”，代表了他戏剧艺术的最高成就。与之相比，脍炙人口的《罗密欧与朱丽叶》《威尼斯商人》等，都只能算是“小巫”。《哈姆雷特》在“四大悲剧”中未必就能压倒其他三部，不过以名气论，《哈姆雷特》显然要排第一。当人们说“说不尽的莎士比亚”时，他们联想到的，多半首先就是《哈姆雷特》。

丹麦王子哈姆雷特在德国威登堡大学就读时突然接到父亲的死讯，回国奔丧时接连遇到了叔父克劳狄斯即位和叔父与母亲乔特鲁德在父亲葬礼后一个月匆忙结婚的一连串事变，这使哈姆雷特充满了疑惑和不满。紧接着，老哈姆雷特的鬼魂在霍拉旭和勃那多站岗时出现了，称自己是被克劳狄斯毒死的并要求哈姆雷特为自己复仇。随后，哈姆雷特利用装疯掩护自己并通过“戏中戏”证实了叔父的确是杀父仇人。哈姆雷特误杀了心爱的奥菲莉亚的父亲波洛涅斯，克劳狄斯试图借英王之手除掉他。哈姆雷特识破骗局逃回丹麦，却得知奥菲莉亚自杀的消息并不得不接受了与其兄雷欧提斯的决斗。决斗中哈姆雷特的母亲乔特鲁德因误喝克劳狄斯为哈姆雷特准备的毒酒而死去，哈姆雷特和雷欧提斯也双双中了毒剑，得知中毒原委的哈姆雷特在临死前杀死了克劳狄斯并嘱托朋友霍拉旭将自己的故事告诉后来人。

《哈姆雷特》又译《王子复仇记》，后一译名已然点明了这是一个复仇故事。复仇故事在中外文学中并不鲜见，复仇而能让读者、观众痛快淋漓的，当然是主人公最终能够“快意恩仇”，中国的许多武侠小说，法国大仲马的《基度山恩仇记》，都是如此。《哈姆雷特》显然没有给读者、观众提供类似的快感，我们读罢该剧，感受要复杂得多。这倒不单是因为最后的结局是哈姆雷特在复仇中把自己也搭了进去——同归于尽式的复仇在文艺作品中也多得是，结局的壮烈未必就减少我们的快感。一场酣畅的复仇必要的条件是复仇者不共戴天的仇恨，坚定的意志，复仇的决心。当然，作者还要让我们相信，他复仇的绝对正义性，而他的行动绝对是正义的伸张。

在《哈姆雷特》中，后一项无可怀疑。哈姆雷特的叔叔克劳狄斯是个十足邪恶的人，他短暂的悔意改变不了这一点。为了权

亨利·菲斯利绘制插图，1798年

力害死兄长，娶嫂嫂犯下乱伦之罪（按当时的标准），其后为了保住权力一再想加害哈姆雷特，桩桩件件，都让主人公的复仇无比的正当。问题是，哈姆雷特自己怀疑自己，迟迟不采取行动。他将我们也拖入他那些看上去很是“大而无当”的问题中，一再地推迟复仇的计划。最后他当然还是下了手，亲手杀死了克劳狄斯，但一步一步，都不是他主动，作为一个复仇者，他的行动像是被逼出来的，比如最后的那场决斗。如果不是克劳狄斯唆使雷欧提斯向他挑战，哈姆雷特不知还要延宕到什么时候。在这点上，他简直像《水浒传》里被“逼上梁山”的林冲。

忧郁王子的“天问”

哈姆雷特为何不能“该出手时就出手”？这成了一个困扰很多学者的问题。在学术界，“哈姆雷特的延宕”变成研究的专题，引来各种各样的解释。假如哈姆雷特是为了周密行事琢磨出一个万全之策倒也罢了，毕竟克劳狄斯是现在的国王，上上下下的人都听命于他，稍有不慎，仇没报成，反被他所害。可像我们在剧中看到的，哈姆雷特的心思并不在细密审慎的筹划上，他一直在和克劳狄斯斗法，包括两人之间的互相试探，还有识破后者的借刀杀人之计（在赴英格兰之际除掉他），他都是赢家，但他赢得并不费力，没有斗智斗勇的胶着、惊险，仿佛哈姆雷特心不在焉地就赢下了。

有一种解释是，哈姆雷特延宕着不出手，是因为他要弄清全部的真相。最初哈姆雷特并没有怀疑到父王的死因上，他闷闷不乐，是不能接受父亲尸骨未寒，母亲就另嫁他人。那句著名的台词——“懦弱啊，你的名字就是女人！”——显然是冲着母亲去的，像恶狠狠的诅咒。他愤恨的对象，与其说是克劳狄斯，不如说是母亲。父王鬼魂的出现改变了一切。他要自己去证实那场谋杀是否属实，是可以理解的：他的朋友在他之前遇见过鬼魂，既然他们怀疑那不是幻觉，他对鬼魂道出的真相将信将疑，也顺理成章。毕竟，那过程像是一场梦游。问题是，在他精心设计的那场戏“捕鼠机”之后，克劳狄斯的罪状已经坐实了，至少哈姆雷特后来没有再在这上面疑惑过。那么，他为何还不出手？

他有过一次再好不过的出手机会，即克劳狄斯在宫中跪着忏悔之际。只要他拔剑刺去，杀父之仇便“迎刃而解”。但他退缩了，他给自己的解释是，他不能一剑下去反倒成全了这个罪人——因为悔罪的人可以进天堂，他可是要他下地狱的。从这里可以看出他对克劳狄斯已充满仇恨，仇恨的前提则是他已相信鬼魂所言就是实情。——好吧，我们可以接受他的理由。问题是，这以后他似乎并没有加快复仇计划的实施，相反，他的复仇行动似乎又停顿下来。他是担心复仇造成的可能后果吗？比如说，杀死克劳狄斯之后，底下的人当他“谋反”，他控制不了局面？剧中没有任何这方面的提示。

无论如何，我们看到的是，在最需要坚定果敢采取行动的时候，我们的王子陷入了沉思。很多对《哈姆雷特》只知其大概，甚至只听说过有那么个故事的人，说不定也知道王子那段著名的独白“生存还是毁灭，这是一个问题……”，却不知他是在什么场合有这一番沉思。不妨交代一下，这是在第三幕他装疯卖傻希图弄明真相之际。这段独白太有名了，也许是古今中外戏剧中最为人所知的一段台词，英语世界里只要一说“To be or not to be...”便知指的是这一段。这是译成中文有好几百字的一段独白，中心意思用大白话说就是，人为什么要活着？——大敌当前，承担着为父报仇的使命，玄想这样的问题，是不是多余？听上去他不是在急着要仇人的命，反倒像是在想着要不要结束自己的生命。

哈姆雷特被鬼魂揭露的真相震惊了。这个真相不仅是克劳狄斯的谋杀，而且是这桩谋杀显现的人性阴暗面。正是这一面让原先应是快乐王子的人变成了忧郁王子。事实上，哈姆雷特在证实克劳狄斯谋杀罪真相的同时，一直在接近另一个更大的真相，母亲的贪慕权力、虚荣，恋人、朋友的背叛（奥菲莉亚其实并没有背叛他，但是在他眼中，仍可能是克劳狄斯派来的探子），还有其他种种尘世的苦难，都是这个真相的一部分。假如面对的是这样一个悲惨世界，除掉一个克劳狄斯又有什么用呢？——当然，这是一种推导。但是，单是谋杀一件事，怎么也不该引出那一段独白来。

并不是每个人在类似情况下都会有这样的反应——这就要说到哈姆雷特的性格了。他总是陷入沉思，“就事论事”从来不是他的方式，把问题复杂化似乎才是他所习惯的。他从一点想到另一点，从个别想到一般，从具体到抽象，问题就像滚雪球一样，越滚越大，结果他陷在了里面，不能脱身。我们不妨就此想想思考与行动的关系：二者未必就是此消彼长的，但一味陷在思考当中，显然会妨碍行动。发展到极致，会使人丧失行动的能力。哈姆雷特就被他的思考压得喘不过气来。过多的考虑让他很难投入到行动当中，所以他一再地推迟他的复仇计划，又一再地因自己迟疑不决而自责，这种自责却又并未帮助他战胜自己的优柔寡断，倒似让他陷入自怨自艾的恶性循环当中。哈姆雷特不缺少聪明，也不缺少勇气，但过多的思虑拖了他的后腿，让他成了“思考的巨人，行动的矮子”。

掘墓场景，尤金·德拉克鲁瓦1839年绘制

性格悲剧

毫无疑问，《哈姆雷特》是一出彻头彻尾的悲剧。关于悲剧有各种各样的定义，前面已提及古希腊的“命运悲剧”，莎士比亚的悲剧未必不曾唤起观众的命运感，为戏剧的悲惨结局所震撼，然而在剧中，“人”的因素已大大增加，如果有所谓“命运的捉

弄”，那也近于今人“造化弄人”式的感慨，因为在很大程度上，那些悲剧主人公遭逢不幸，都可归为“咎由自取”——不是神的意志，或以其他形式出现的外部因素最终决定悲剧的走向，而是主人公的性格起着决定性的作用。故而有人为莎士比亚的一类悲剧专设一词，叫作“性格悲剧”。这种悲剧多写主人公陷入某种困境，后其性格弱点或偏见被揭示，而这恰是悲剧的基本契机。

莎士比亚的“四大悲剧”皆属此类。《麦克白》主人公性格的基调是“野心”，《奥赛罗》主人公的核心是“嫉妒”……他们最终的结局均与此有因果关系。《哈姆雷特》更是一部典型的性格悲剧。

如果不是哈姆雷特这样优柔寡断，又会有怎样的复仇故事呢？无从揣想。可以肯定的是，那不会是这样的一个悲剧。许多人身上都有优柔寡断的倾向，莎士比亚将这一点放大，安放到了哈姆雷特身上，哈姆雷特因此也成了一种性格的代表。这个人物已经超越了文学艺术，进入我们的生活当中，仿佛是真实的存在。

《哈姆雷特》中的其他一些人物，塑造得也相当生动，克劳狄斯、奥菲莉亚、乔特鲁德都能给我们留下鲜明的印象，但哈姆雷特这一形象给我们的冲击太大了，以至于我们无形中会淡忘了其他人物。这只能说明哈姆雷特作为一个文学形象的无与伦比，事实上他不仅掩去剧中的其他人物，而且笼罩了文学史上众多杰作中的形象，从法国文学中的“世纪儿”到俄罗斯作家笔下的“多余人”，我们都能依稀看到哈姆雷特的影子。在他的身后，隐然有一个庞大的哈姆雷特家族，他们的共同特征是聪明正直却又优柔寡断，思考与行动脱节。作为一个“原型”，哈姆雷特自然被赋予了各种解释，这些解释的差异可以非常之大，因为人们都可以从自己的经验出发去体味这个人物。此所以下面这句不无夸张的话已经变得众所周知了："有一千个读者，就有一千个哈姆雷特。"

名家点评

我读到他的第一页，就使我这一生都属于他了。

——歌德

他创造的思想和美如此广受传播而俯拾即是，令人出于本能与之亲近。

——简·奥斯丁

上帝梦见了世界，就像莎士比亚梦见了他的戏剧。

——博尔赫斯

中译本概况

1903年，上海达文社最早以文言文改写复述了莎士比亚作品，《哈姆雷特》译作《报大仇韩利德杀叔》。

1904年，商务印书馆出版了林纾和魏易用文言文合译的《莎士比亚故事集》全译本《英国诗人吟边燕语》，其中《哈姆雷特》译作《鬼沼》。

1921年，田汉根据日文本转译的《哈孟雷特》发表在《少年中国》杂志第12卷第2期上，全译本由上海中华书局于次年出版，这个译本是第一本以戏剧形式完整呈现的白话文译本。

梁实秋自1931年起着手翻译《莎士比亚全集》，长达37年，是首个以一己之力译成全部莎士比亚作品的翻译家。

朱生豪1936年起翻译《莎士比亚全集》，一生译出莎剧31部，其译本流传最广，曾收入1947年上海世界书局版《莎士比亚戏剧全集》。

1998年，译林出版社出版朱生豪、裘克安、何其莘等译、校的《莎士比亚全集》，收录莎士比亚所有已发现的存世作品，2016年再版。其中部分作品收入“经典译林”(《莎士比亚喜剧悲剧集》)、“译林名著精选”(《莎士比亚戏剧选》)和“名著名译”中英双语对照系列图书。

第六讲　浮士德

歌德（1749—1832），德国作家。

“愤青”歌德与晚年歌德

歌德是德国最伟大的作家，饮誉世界。他有两部作品最有名，一是小说《少年维特之烦恼》，一是诗剧《浮士德》，都是经典。关于经典，有很多定义，比较严肃的说法，经典是指那些文学史上地位崇高，值得一读再读的作品；无厘头的调侃的说法，经典就是那些尽人皆知，你却不会打开的书。后一说法道出许多读者对经典敬而远之的态度，敬而远之是因为事实上或想象中的难懂，《浮士德》符合后一说法，即使在歌德的那个时代，它的读者也要比《少年维特之烦恼》少得多。

歌德活了八十多岁，著作等身。《少年维特之烦恼》是他的“少作”，《浮士德》则到他去世前不久才完成，这之间的歌德有很大的变化。晚年的歌德名满天下，万人崇仰，贝多芬也是他的崇拜者，但对他的循规蹈矩不以为然。有个段子，说他们二人某次散步，恰逢奥地利皇后经过，贝多芬昂然而行，歌德则恭敬地站在道旁，与皇后说话头也不敢抬。很难想象，这样一个人，当年是个“愤青”。但歌德的确有过“愤青”岁月，《少年维特之烦恼》便是证据。这部自传体小说的主人公热情敏感，因与平庸的环境格格不入而陷入忧郁，人生、恋爱两无着落，最后自杀身亡。

写这部小说时歌德二十多岁，是“狂飙突进”运动的干将。“狂飙突进”是18世纪中期不满现实的德国年轻人在文学上、思想上的一次造反，单凭“狂飙”二字我们也能领略到一种冲决罗网的豪气。这群年轻人要用自己的理想和现实对抗，不是鱼死，就是网破。维特之死就反映出对现实不妥协的精神。难怪书一出来，全欧洲的敏感青年都仿佛从维特身上看到了自己的影子。效法维特者不在少数，据说青年人自杀的事情明显增加，有些自杀者就穿着小说里维特那身黄背心蓝裤子的服装，这就把自杀与《少年维特之烦恼》之间的因果关系坐实了。

《少年维特之烦恼》在当时算得上一部畅销书，其轰动效应远出于文学之外。《浮士德》让人对歌德肃然起敬，却未曾像《少年维特之烦恼》那样俘获年轻读者的心。写《浮士德》时的歌德，也早已不是当年的狂飙青年。他在魏玛宫廷当了十年枢密顾问官，后来虽然挂冠而去，却再没回到当年的反叛姿态。人到中年，他进入他的“古典时期”，仰慕古希腊人的“宁静”——那是一种以理智驾驭情感的平衡、稳健的态度。他写过一部名为《威廉·迈斯特的学习时代》的教育小说，叙述主人公如何通过自我教育走向成熟。既然是写年轻人的成长，这部小说当然也

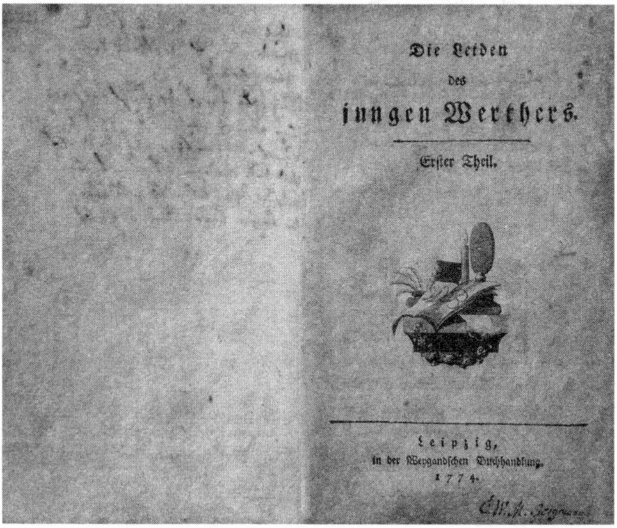

1774年初版《少年维特之烦恼》

得处理理想与现实的冲突（人的一生当中，理想与现实之间的冲突是贯穿始终的，但年轻时这种冲突无疑来得更激烈而难以调和），与维特不同，威廉·迈斯特提示的是另一种路径，即强调理想与现实、个人与社会之间的磨合，在两者之间重新建立起某种平衡。

“浮士德”脱胎换骨

写《浮士德》，歌德要比创作此前所有作品野心都大得多，这是一部集大成的、总结性的作品，就是说，歌德要把自己，包括自己的经验和思考，全都放进去。这是一部长达一万二千一百一十一行的诗剧。写《少年维特之烦恼》，歌德花了四周的时间，可谓一气呵成。《浮士德》的创作则持续了六十多年，到歌德去世前一年才完成。从着手初稿（1768年）到第一部问世（1808年），差不多有四十年，第一部与第二部（1832年）之间，又有二十几年时间。可见他的用尽全力。歌德说过，他一生的创作只是“一部巨大的自白的一个个片断”，《浮士德》无疑是片断的集成。

这部长诗就其框架来说，是对德国一个古老民间传说的改写：15世纪的确有过一个叫“浮士德”的人，其人博学多能，众人皆以为异，疑其得神之助。后来有许多附会，浮士德渐成传说，半真半假。这些传说甚至传到了欧洲其他地方，与莎士比亚同时代的英国戏剧家马洛即根据传说写出《浮士德的悲剧》。至此，传说已大体“定型”为一个出卖灵魂的故事：浮士德博士对权力、知识、欲望贪得无厌，他跟魔鬼梅菲斯特订了一个契约，魔鬼担保他二十几年中可以得到他想要的一切，他则在心愿满足之后将灵魂交给梅菲斯特。与魔鬼做交易是极恐怖的事，是要下地狱的，人们正是以这种态度听取这故事——居然有人可以出卖灵魂?! 浮士德作为一个可怖的形象，其负面性不言而喻。

西方文学中有很多伟大作品均取材于神话、传说，到现在都是如此，乔伊斯的大名鼎鼎的《尤利西斯》就取材于古希腊神话。许多作家喜欢到神话、传说中去找灵感，是因为它们深入人心，积淀了丰厚的意蕴，有“原型”意味，借助神话传说，往往可以让自己的作品有更丰富的指涉，获得更大的概括力。歌德很小的时候就看过浮士德的木偶戏，二十多岁就有创作的冲动，其后数十年，一再地回到长诗的写作中，可见对这个故事印象之深，可以说对他而言，浮士德的形象挥之不去。

另一方面，利用神话、传说的素材，伟大作家都会在上面留下自己的印记，故事、人物是原有的，但都不同程度被赋予了新的意义。《浮士德》也是如此。歌德的“改写”极其大胆，我们甚至可以比为“借壳上市”，因为在他笔下，故事大大地丰富，歌德“无中生有”地编出了浮士德出入古今、上天入地的经历，关键是，浮士德从一个让人不齿的大反派，变身为一个正面的、令人鼓舞的形象。

当然，歌德的《浮士德》与原来的故事仍然保持着可指认的关系（完全抛开就说不上“借”了），这主要见于“订约”的核心情节。长诗中的浮士德是个老学究，有一天忽然对过了半辈子的书斋生涯感到厌倦——这可以说是很普遍的一种状态，即我们在某一时刻从惯常的生活轨道中滑出来，对生活的意义感到困惑——恰在此时，梅菲斯特出现了，他让浮士德返老还童，重新领略生活的美好，许诺浮士德得到想要的一切。但在这里歌德暗度陈仓，已经埋下了伏笔：浮士德答应魔鬼是有条件的，即只有当他说出自己对一切都已满足，不再希望改变时，他才会死去，那时魔鬼才能带走他的灵魂。既然他认为自己永远也不会满足，永远有新的愿景，魔鬼就不可能得逞。换句话说，歌德笔下的浮士德在和梅菲斯特耍心眼，他是打着他的如意算盘和魔鬼订约的。

订约之后，浮士德开始上演一幕幕的人生大戏，经历了一次次的幻灭。“事业”即他的书斋生活已被否定了，歌德有言，“理论是灰色的，生命之树常绿”，浮士德也向往一种更感性而有活力的生活。他起始出现在一个小镇上，与小家碧玉的玛甘泪有一段恋情，他的躁动不安与玛甘泪的安分守己形成了对照，他的出现搅皱玛甘泪的一池春水，小镇闭塞的风气、家人的反对导致一连串的事件，最终导致玛甘泪入狱。这出悲剧几乎是必然的，即使二人能够共偕连理，平静的家庭生活也不能满足浮士德的精神追求。

《浮士德》第一部结束于爱情悲剧。二十几年后出版的第二部，浮士德进入的已是另一世界，他与玛甘泪的故事这个单元大体上是写实，是对德国当代生活的状写，第二部则由实入虚，主人公“穿越”到古罗马。前面写的是个人生活，属“小世界”，从这里开始，则进入社会政治生活的“大世界”。浮士德很希望施展他的政治抱负，但他很快发现罗马宫廷里的贵人们只当他是个点缀的花瓶。因他会法术，他们异想天开让他把古希腊美女海伦给招来，靠梅菲斯特帮忙，他还真做到了。没想到的是，海伦的幻象出现时，最感震惊的是他自己，她的美不可抗拒，以至于一见之下他居然晕厥过去。

他后来如愿和海伦结合，并且育有一子叫作“欧福良”，这孩子一出生就喜往高处蹦，后来有一次蹦得太高摔下，陨灭了。海伦痛不欲生，伏在浮士德身上恸哭，俄尔如风一样消失，浮士德膝上只剩下她的一袭纱袍。在罗马宫廷浮士德经历了幻灭，堪称“政治的悲剧”，与海伦一场，则是“美的悲剧”。海伦扮演的角色与玛甘泪不同，后者的爱情是世俗生活的一部分，海伦则是象征性的存在，代表着古希腊的美与和谐，即使结为夫妻养育孩子，这里也没有感性、肉身的意味，结合也是象征意味的，象征着浮士德政治活动失意后寄希望于古典的美，结果却发现其虚幻和缥缈一如那袭纱袍。两次的幻灭之后，晚年的浮士德终于在围海造田中找到了生活的意义，创造的生活让他有满足感，终于有一天他说道，生活啊，就在这儿停下吧。此语一出，等待着收走他灵魂的魔鬼梅菲斯特马上出现了，也就在这时，天使也赶来争夺灵魂，用爱火打退了魔鬼。全篇也就在浮士德灵魂的得救里结束。

天使的出现并非节外生枝——我们得回到全诗的开头，在浮士德与魔鬼订约之前，还有一段序曲，是上帝和魔鬼打的一个赌，也就是说，订约是被安排在一个更大的神话框架中的。这场赌局很有《圣经·约伯记》的味道。上帝与魔鬼在论及人的本性时谈到浮士德。魔鬼打赌说，他能把浮士德“慢慢引上我的大道”并最终攫取他的灵魂，上帝则对浮士德怀有信心，放手让魔鬼去引诱他。结局便是我们看到的那样。

魔鬼可以说上帝在耍赖，因为他是按照协议来取灵魂的；而上帝则是稳赢不输的，因为究竟何为堕落，解释权在他那里。在魔鬼看来，他的诱惑已经成功，浮士德跟他做了交易；在上帝眼中，浮士德走过弯路，那是寻路中一时的迷途，最终还是归于正道。对于全能的上帝来说，他只不过给了魔鬼一个考察浮士德的机会——上帝可以决定浮士德是否最终应该得到拯救。当然，这里的上帝是歌德的想象操纵的上帝，他让上帝出面来肯定了浮士德一生的追求。

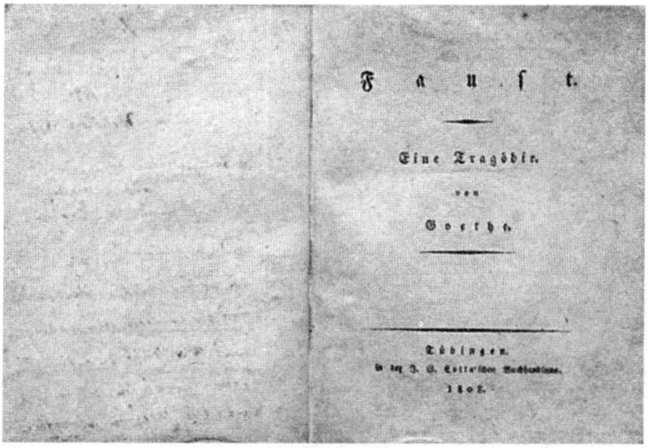

Faust.

Eine Tragödie.

von

Goethe.

Tübingen.

in der J. G. Cotta'schen Buchhandlung.

1808.

1808年初版《浮士德 I》

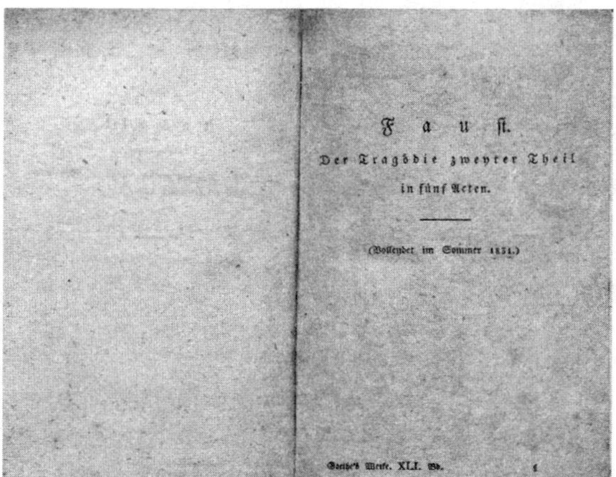

Faust.

Der Tragödie zweyter Theil

in fünf Acten.

(Vollendet im Sommer 1831.)

Goethe's Werke. XLI. Bd.

1

1832年初版《浮士德 II》

几代欧洲人的精神自传

这个浮士德是谁？显然，与民间传说中的那个出卖灵魂的负面形象相比，歌德赋予了他全新的内核。在民间传说中，浮士德最让人诟病的应该是他的贪欲，为此他甚至可以将灵魂抵押出去。歌德笔下的浮士德身上，这种欲望很大程度上被转化为精神性的（虽然“爱情悲剧”中带有肉欲的色彩），从而被看作具有积极意义的东西而得到肯定。

我们可以说，浮士德就是歌德的化身，整部诗剧就是他的精神自传，浮士德一生的追求就是歌德精神历程的写照。我们可以发现浮士德与歌德精神轨迹的诸多对应，比如，浮士德在古罗马朝廷的遭际很容易让人联想到歌德在魏玛公国的经历，他为官十年极想有所作为，结果只是埋没在等因奉此的文牍中，这才有他的挂冠而去；浮士德与海伦的结合则会让人联想到歌德一度对古希腊的醉心，他将古希腊的美当作某种理想，视其为人走向健全的通道；还有他关于感性与理性之间冲突的一再追问，关于理想与现实之间关系的种种思考……

当然，歌德并不当真在写自传，即使可以将《浮士德》描述成一部精神自传，浮士德也不是个体意义上的人。可以说，上帝在下一盘大棋（实际上当然是歌德在操盘），在这盘大棋中，浮士德乃是人类的代表，被挑出来接受考验。所以，在歌德的构思中，浮士德乃是人类精神的化身，他不是强调其个体存在的“这一个”，浮士德是一个象征性的人物。作为一个象征，他又应该受到一定的限制，落到具体的历史时空，就是文艺复兴以后的欧洲。文艺复兴对人的解放引发了对外部世界的征服，对知识、欲望的无限追求。恩格斯说文艺复兴“是一次人类从来没有经历过的最伟大的、进步的变革，是一个需要巨人而且产生了巨人——在思维能力、热情和性格方面，在多才多艺和学识渊博方面的巨人的时代”。歌德的时代，文艺复兴的潮头早已过去，但欧洲精神的发展仍在文艺复兴的延长线上，歌德本人就是一个文艺复兴式的人物，或者换个说法，百科全书式的人物。他不仅是在诗歌、戏剧、小说上均写出惊世之作的文学巨匠，还是思想家、科学家。后一方面在今人看来也许更不可思议：他对地质学、矿物学、光学、植物形态学、解剖学等都有研究，还不是浅尝辄止，他著有多种自然科学著作。与此相对应的，当然是歌德探究外部世界的兴趣和旺盛的求知欲，这后面洋溢的，又是抓住当下，不奢求彼岸的现世精神。唯在中世纪神学权威崩塌之后，大写的人出现，这种精神才不可遏止地释放出来。

歌德笔下的浮士德身上所突出体现的，恰恰是这一面。即使在行事已然“明智、谨严”的晚年，“忧愁”吹瞎双眼，生命走向终点之际，浮士德带有人生总结意味的一番夫子自道仍像是一首现世生活的欢乐颂：

> 我只匆匆奔走在这世上，
> 任何欢乐都抓紧尝一尝，
> 不满意的立刻将它抛弃，
> 抓不住的干脆将它释放。
> 我只顾追求，只顾实现，
> 然后又渴望将人生体验，
> 用巨大心力，先猛冲蛮干，

而今行事却明智、谨严。
对于尘世我已了如指掌，
对于彼岸我不再存希望；
只有傻瓜才会盯着云端，
以为有同类居住在上面！
强者应立住足，放开眼，
世界对他不会默默无言。
他何须去永恒之境悠游！
凡能认识，便可把握拥有。
他该如此踏上人生旅途；
任鬼魅出没而我行我素，
于行进中寻找痛苦、幸福，
他呀，没有一瞬感到满足！

“凡能认识，便可把握拥有”的豪言，“任鬼魅出没而我行我素，于行进中寻找痛苦、幸福”的进取心，是浮士德的生命冲动，也是欢乐的源泉。后来人们也把这种永不停歇、不知满足的冲动称为“浮士德精神”。中文世界惯用《易经》中“自强不息”一语概括“浮士德精神”，实在并非无因。

“浮士德精神”显现出的人的自信，征服世界的欲望，以及对无限的追求在当代受到了质疑。生态问题，科学主义的泛滥，人类自我中心的膨胀，等等，均使人们对浮士德身上欲望永不满足的一面产生忧虑，担心或指陈它可能带来的灾难性后果。事实上歌德对“浮士德精神”并非没有一点困惑，但是最终仍然肯定了浮士德的追求，这表明了他对人类怀有的信心。

名家点评

歌德和黑格尔在各自的领域中都是奥林匹斯山上的宙斯。

——恩格斯

(《浮士德》)一部现代生活的《伊利亚特》。

——普希金

(《浮士德》)一部灵魂的发展史，或一部时代精神的发展史。

——郭沫若

中译本概况

1928年，上海创造出版社出版郭沫若翻译的《浮士德》第一部；1947年，群益出版社出版郭沫若翻译的《浮士德》全译本。

1934年，上海新生命书局出版伍蠡甫译本；1935年，商务印书馆出版周学普译本。

1982年，上海译文出版社出版钱春绮译本。

1983年，复旦大学出版社出版董问樵译本。

1993年，译林出版社出版樊修章译本。

1994年，人民文学出版社出版绿原译本。

1998年，安徽文艺出版社出版杨武能译本。

第七讲 傲慢与偏见

简·奥斯丁（1775—1817），英国作家。

19世纪以降，英国出现了许多杰出的女作家，特别是小说家：简·奥斯丁，夏洛蒂·勃朗特、艾米莉·勃朗特姐妹，盖斯凯尔夫人，乔治·艾略特，伍尔夫……这份名单中，以时间顺序而论，排在第一位的，是简·奥斯丁；在世界各国拥有最多读者的，也是她。她的几乎所有小说都被改编成了电影、电视剧，《傲慢与偏见》更是隔几年就要重拍一次，这让她的名字更广为人知。

“茶杯里的风波”与奥斯丁的自信

简·奥斯丁出生在英国乡间小镇斯蒂文顿一个教区牧师家庭，八个子女中，她排行第六。她没有受过正规教育，只有过一段随姐姐读书的经历。但她家里有不少书，也有浓厚的读书气氛，耳濡目染的熏陶成为她最好的教育。这个家庭的另一特点是家庭成员之间亲切、愉快的关系，这一点，加上英国乡间社会小康之家舒缓的生活节奏，部分地解释了她温和幽默的性情。她终身未嫁，却没有半点所谓“老姑娘”的怪癖，在后辈的眼中，她始终是那个“快乐的简姑妈”。

奥斯丁生活的天地就是家庭，可以说是个“家庭妇女”，生活经历极其简单（且四十一岁就因病去世），接触到的人也仅限于乡间社会的各色人物。她的小说大体上不出这个范围，所写的都是凡人琐事，与同时代作家笔下处理的“重大题材”相比，简直可以喻为“茶杯里的风波”。有人说她简直不像那个时代的人。18世纪末19世纪初的欧洲风云激荡（想想看法国大革命的惊天动地），她小说里的世界却宁静安谧，波澜不惊。以至后来有批评家讥诮道，奥斯丁笔下最严重的事件，便是伊丽莎白下雨天徒步去看她生病的姐姐，经过水洼时把裙摆给弄湿了（《傲慢与偏见》）。——这肯定是有意的夸张，至少《理智与情感》里写到女二号兴奋中从高处跳下跌倒晕厥一事，要严重得多。但这当然无改于奥斯丁小说取材微末的特性。

奥斯丁或许没有听到过类似的讥评，即使听到了，也不会改弦更张。她是个极谦逊又很自信的作家。“谦逊”，是说她只写她熟悉的生活，有把握的题材，非常“本分”。当时统治英国的摄政王乔治四世极爱读奥斯丁的小说，据说在每个住处都存放一套她的作品，他曾给她写过信表示赞许，摄政王藏书室负责人建议她写题材大一点的作品，当然这也代表了摄政王的意思。奥斯丁婉言谢绝了，说别的她写不了。在另外的场合她还说过，她只能“写乡野的几户人家”，在两寸宽的象牙上刻刻弄弄。

“自信”，则是说她对自己的写作很有信心，她相信自己在螺蛳壳里能做出大大的道场。她曾说到她心目中的好作品：“……其中展示了才智最强大的力量；其中作者以最精心选择的语言向世人传达了对人性最透彻的了解，对这种丰富多彩的人性恰到好处的描绘，以及对机智幽默最生动活泼的抒发。”显然，她认为自己可以在平凡琐事的书写中做到这一点。

事实上她也的确做到了。她是西方文学史中第一位以日常生活作为内容，大书特书的小说家。奥斯丁一共写过六部小说：《傲慢与偏见》《理智与情感》《诺桑觉寺》《曼斯菲尔德庄园》《爱玛》《劝导》。哪一部是她最好的小说，人各有见。但若是要挑出其中最流行、最被读者喜爱的一部，那么毫无疑问，是《傲慢与偏见》。

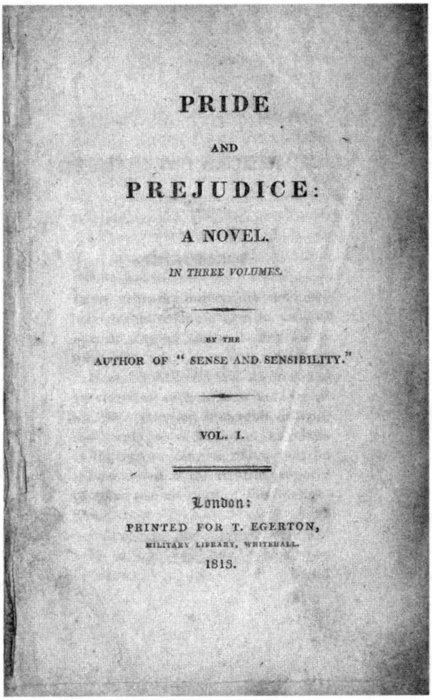

《傲慢与偏见》初版扉页

嫁女故事与小说里的笑声

这部小说的开头脍炙人口：

凡是有钱的单身汉，总想娶位太太，这已经成了一条举世公认的真理。这样的单身汉，每逢新搬到一个地方，四邻八舍虽然完全不了解他的性情如何，见解如何，可是，既然这样的一条真理早已在人们心目中根深蒂固，因此人们总是把他看作自己某一个女儿理所应得的一笔财产。

到小说的结尾，贝内特家的大女儿嫁了体面的绅士宾利，女一号伊丽莎白则在一番曲折之后嫁给了更有身份、更富有的达西，似乎印证了那条“举世公认的真理”。但是作为读者，我们会体味到这段话话里有话——讲故事的人仿佛在陈述一个普遍的事实，却是以调侃的口吻说出（到“理所应得的一笔财产”一句，恶搞之意就再明显不过了），正话反说，就变了味，变成对“真理”的嘲讽。在书中，最将这“真理”看作天经地义并身体力行的，要数贝内特太太和柯林斯先生，这两个人物恰好提供了最多的笑料。最能体现作者婚姻观念的则是伊丽莎白，她未必否定财产对于婚姻的重要，然而只见财产不见人，以至财产本身成了“真理”的关键，是她万万不能接受的。

开头的这段话为小说定了调子。不妨说，它也可以笼罩奥斯丁的全部小说，它们无一例外，都是围绕着主人公的婚恋进行；所有故事的讲述，都伴随着作者忍俊不禁的笑——不是冷峻的讽刺，不是尖酸刻薄的调侃，是一个聪慧女子在抿嘴微笑。

某种意义上说，《傲慢与偏见》是一则嫁女的故事。贝内特家一门五千金，要一一找到合适的对象，委实不易。问题出在财产上，贝内特家和奥斯丁家的情形相似，温饱型的小康之家，没有多少陪嫁，从“门当户对”的角度说，她们的选择非常有限。当时的“淑女”标准，就是无须自食其力；嫁不进有恒产的人家，那就意味着跌出绅士淑女的阶层。难怪贝内特太太为嫁女着急上火，每听说镇上来了一个有身份的未婚男子就兴奋不已。

如贝内特太太所愿，大女儿简很快和宾利对上眼，虽小有波折，关系却稳步发展，但后面几个女儿没一个让她省心：三女儿是个女学究，小女儿跟浪荡子威克姆私奔了……

《傲慢与偏见》插图，休·汤姆森绘

才子佳人与世态喜剧

但像这样描述这个故事，《傲慢与偏见》这个书名就没着落了。毫无疑问，嫁女故事当中，伊丽莎白的恋爱才是重头戏，她和达西的情感经历构成了小说的贯穿线索。跟着这条线索，我们可以说，达西是“傲慢”的化身，伊丽莎白则代表了“偏见”。达西出身贵族，尽管舞会上初次见面就被伊丽莎白吸引，却看不上她的家庭，在他眼中，贝内特一家，除了简、伊丽莎白，都很没品，特别是贝内特太太，即使在他向伊丽莎白表示爱慕之际，他也很难想象日后会有这么个丈母娘，不经意间就流露出居高临下的态度。另一方面，伊丽莎白也是个心高气傲的人，她对母亲、妹妹不满处不少，却不能允许达西轻视她的家庭。二人对对方的第一印象都不佳（这部小说初名为《最初的印象》），伊丽莎白更是据此形成了对达西的定见（也就是“偏见”），她不单拒绝了达西的求爱，而且把所有得来的信息都朝对达西不利的方向想象，平白无故给他添了许多罪状。当然，后来她明白了许多事都是误会，达西是个正直善良的人，一直爱着她，并且不声不响帮助她的家庭摆平许多事，包括挽回妹妹与人私奔给她家声誉造成的影响。如此这般，当达西再次求婚时，伊丽莎白便满心欢喜地接受了。就此而言，这部小说可以说是男女主人公，一个克服了自己的“傲慢”，一个修正了自以为是的“偏见”，经过一番误会波折，“终成眷属”的故事。

但是我们千万不要把《傲慢与偏见》想象为一部才子佳人的言情小说，事实上围绕着男女主人公的婚恋，奥斯丁生动描绘了英国乡间生活的种种，刻画了形形色色的人物。与其说这是一部言情小说，不如说是一部世态喜剧更来得恰当。透过势利、虚伪、愚蠢等世态喜剧中少不了的内容，奥斯丁要向读者提供的是她“对人性最透彻的了解”。言情小说中的男女主人公生活在一个浪漫化了的环境中，仿佛可以摆脱一切俗务，一门心思谈恋爱，除了谈恋爱还是谈恋爱，奥斯丁笔下的人物则活动在世俗生活的背景上，她一点也不想把恋爱从日常生活中切割出来，相反，她让日常生活的氛围弥漫在主人公身边的每一个角落。

在诸多的插曲中，柯林斯的出现特别值得一提。此人是贝内特家的亲戚，按照当时英国的法律，女子没有财产继承权，没有男性后代，遗产则由男性亲戚继承，贝内特家没儿子，近亲柯林斯于是成为法定的继承人。这人的一大特点是自我感觉良好，他到贝内特家拜访，提出要娶他们家的一个女儿为妻，在他看来，这是对这家人的某种补偿，他对自己的慷慨颇有点沾沾自喜。既然长女简已经订婚，那就老二伊丽莎白吧——他倒是不挑不拣。于是书中的头号蠢货遇到了贝内特家最聪明伶俐的人。他很有把握地向伊丽莎白求婚，结果可想而知，因为最不可能对他假以颜色的，正是这位二小姐。奇的是柯林斯认定伊丽莎白的拒绝只是淑女式的矜持，高姿态地不予计较，再次要求她答应他。伊丽莎白肯定没有遇到过这么不知趣的人，几乎是有点动怒地严词拒绝了。

但欣赏柯林斯的人是有的，贝内特太太便是。她正为达西与伊丽莎白的好事未成懊恨不已，柯林斯送上门来简直是天上掉馅饼。顺便说说，喜剧是要笑料的，假如说柯林斯充当了书中头号笑料的话，贝内特太太就该排第二，蠢人遇到蠢人，才会“所见略同”。她因老二拒绝了柯林斯大为生气，知道自己说服不了伊丽莎白，便去搬兵，让贝内特先生出面。贝内特先生对太太的大惊小怪、缺少涵养早已习惯，却又对婚姻无奈，只好以玩世不恭来对付，他有句名言：“你到这世上，还不就是你笑笑别人，也让别人笑笑你？”（当年林语堂提倡“幽默”，就将这金句放在了某一期《论语》杂志的封面上。）聪明人喜欢聪明人，家中他最钟爱的就是二女儿。知道与太太说不通，他就让她把伊丽莎白叫过来。

贝内特太太满心欢喜，以为这一回在大是大非问题上，老头子终于站在了她这一边，她雄赳赳去叫来的伊丽莎白则满腹狐疑，她不解向来了解她性情的父亲怎么能相中柯林斯。接下来的一幕堪称全书的高潮戏：老爷子当着母女二人对伊丽莎白发话道，若答应嫁他，你就不再是我的女儿了。——这肯定是书中最令人痛快的一幕。我们可以想见伊丽莎白是怎样的欣喜，贝内特太太又是怎样的暴跳如雷。

柯林斯的故事却还没完。碰壁之后，他很快又向镇上另一女子夏洛特求婚。夏洛特是伊丽莎白的闺蜜，家境比她更糟，几乎不大可能有体面的婚姻。显然，夏洛特采取了务实的态度。这事让伊丽莎白大为吃惊，她不相信好友看不出柯林斯的愚蠢，能够接受他糟糕可笑的言谈举止，而她竟然答应了对方的求婚。两个朋友的关系一度变得别扭起来。最后伊丽莎白想明白了：倘若夏洛特放弃了这个机会，也许就要一辈子做老姑娘了。这是她很真实的处境。

在全书轻快流利的调子中，这是稍许显得沉重的一段，但却非常关键，比前面让人痛快的一幕更有分量。这是现实给伊丽莎白上的一课。此前在她的意识中，婚姻就是找到情投意合的人，虽说体面生活的保障是不言而喻的。她不大去想婚姻中现实的一面，这件事却如晴朗天空中出现的阴云——经济的因素进入她的视野里，提醒她两情相悦之外婚姻会有的其他考量如何干扰当事人的选择。意识到这一点并不会改变她本人，根据书中的描写读者会相信，即使错过了达西，伊丽莎白也不会放弃她的标准，嫁给一个她无感的人。（奥斯丁本人的终身未嫁未尝不是一个很有说服力的注脚。）但是能够设身处地为别人着想，说明了她的“成长”，不妨说，在这一事件中，她也在修正自以为是的“偏见”。

毫无疑问，伊丽莎白是奥斯丁笔下最光彩照人的形象。与《简·爱》的女主人公相比，她身上似乎没有多少叛逆色彩，看似与标准的淑女无异，但她对女性的见解却与众不同，在拒绝柯林斯时她说道："我不是什么高贵的小姐，我不过是个有见识的普通女子罢了。"人们向来将女性看作"情感的动物"，伊丽莎白强调的则是她的判断力（这也正是她比周围的人高出一截的地方），须知判断力、见识，这些都是划归男性的强项，奥斯丁如此突显伊丽莎白身上的这一面，对于传统的观念，是不是有那么点"颠覆"的意味？

很多读者都被伊丽莎白的性格魅力俘虏，他们喜读《傲慢与偏见》，很大程度上就是因为喜爱这一人物。奥斯丁本人对伊丽莎白也特别钟爱，她在给姐姐的信中曾经说，她不能相信这样一个人，会有人不喜欢。读完《傲慢与偏见》，我们或者会同意，她的自信绝对是有理由的。

这么一部写鸡毛蒜皮、琐细人生的小说为何能在英国乃至世界文学中被尊为经典？须知一部文学作品的高下并不是由题材的大小决定的，否则文学的价值判断就变得极其简单。《傲慢与偏见》通过"三家村"故事描摹世情、刻画人性，其细腻、准确、生动，不要说在当时，即使放诸后世，也少有人及。就英国文学史而论，她将菲尔丁一脉的写实小说带到了一个更高的高度。她高超的小说艺术更成为衡量后世作家的一种标准，比如如何塑造人物，她就提供了精彩的示范。英国作家E.M.福斯特在《小说面面观》中有"圆形人物"与"扁平人物"之说，"圆形人物"系从多个角度刻画，立体而丰满，"扁平人物"则囿于单一角度，刻板而单薄。他就塑造“圆形人物”给出的例子，首先就是奥斯丁。福斯特拿来给奥斯丁垫背，举为塑造“扁平人物”代表的，则是大名鼎鼎的狄更斯。仅此一端，也就见出奥斯丁在同行心目中的不同凡响了。

《傲慢与偏见》插图，休·汤姆森绘

名家点评

我个人认为，《傲慢与偏见》总体来说，是（简·奥斯丁）所有小说中最令人满意的一部作品。

——毛姆

最近一百多年以来，英国文学史上出现过几次趣味革命，文学口味的翻新影响了几乎所有作家的声誉，唯独莎士比亚和简·奥斯丁经久不衰。

——埃德蒙·威尔逊

简·奥斯丁的所有作品我都读了很多遍，次数多得都记不清了。

——J.K. 罗琳

中译本概况

1935年，商务印书馆出版杨缤翻译、吴宓作序的《傲慢与偏见》，这是该书最早的中译本，出版当年还被列入清华大学“文学与人生”课的必读书目；几乎同时，大学出版社出版董仲篪译本，题名为《骄傲与偏见》，胡适题签，梁实秋作序。

1955年，上海文艺联合出版社出版王科一译本，流传甚广，之后收入上海译文出版社的名著系列。

2000年，译林出版社出版孙致礼译本，后收入“经典译林”。

2009年，译林出版社出版孙致礼翻译的《简·奥斯丁小说全集》，2016年出版修订版。

2019年，译林出版社出版《傲慢与偏见》限量珍藏版，选用王科一译本，收录休·汤姆森全部插图，复刻1894年乔治·艾伦经典版本。

第八讲　简·爱

夏洛蒂·勃朗特（1816—1855），英国小说家、诗人。

激情与诗意

简·奥斯丁去世的时候，夏洛蒂·勃朗特差不多刚出生，作为小说家，她是地道的晚辈。奥斯丁生前就被司各特那样文坛泰斗式的人物夸赞，又极有读者缘，被拿来做后辈作家的榜样，几乎是自然而然的。夏洛蒂·勃朗特成名后，有位对她很欣赏的批评家给她写信，夸赞之余，就说有些地方，她还得向奥斯丁学习。勃朗特很虚心地找了奥斯丁的小说来读，读来读去，读不出好来，相反，那位前辈小说家笔下的人物在她看来苍白无力、面无血色，她在给批评家的信中给奥斯丁下的断语是："她根本不知激情为何物。"

这话奥斯丁的粉丝不爱听，但却是实情：奥斯丁的小说里并不缺少诚挚的情感（尽管在"理智与情感"两个选项当中，她总是把优先权让给"理智"），但"激情"这种东西我们几乎见不到。只是一部小说的高下，并不是看"激情"的有无来定的。我们只能说，这是两个完全不同类型的作家。从情感方式来说，奥斯丁"小资"，勃朗特"愤青"；从写作的路数及风格来说，奥斯丁"写实"，勃朗特"浪漫"。风格即人，她们写作上的迥异其趣，源于她们的人——她们有相同的性别，完全不同的性情。这两个人到一起，一定话不投机。她们的种种不同，又和她们各自的家庭、经历有很大关系。

夏洛蒂·勃朗特1816年出生在英国北部约克郡的一个乡村牧师家庭。母亲早逝，她八岁时被送进一所专收神职人员孤女的慈善性机构——柯文桥女子寄宿学校。在那里，她的两个姐姐玛丽亚和伊丽莎白因染上肺病而先后死去。她在《简·爱》中对苛严、阴暗的寄宿学校的描写，即来自这段时间她自身的经验。后来夏洛蒂和妹妹艾米莉回到家乡，十五岁时她进了伍勒小姐办的学校读书，几年后又在这个学校当教师。其后她曾做过家庭教师，这很容易让人联想到《简·爱》中女主人公的身份。

她的父亲与奥斯丁的父亲都是神职人员，她的家境却糟糕得多，又兼幼年丧母，被家人钟爱、极有才华的弟弟则染上酗酒、吸毒的毛病，而父亲的健康也每况愈下。凡此种种，令这个家庭有几分压抑，与奥斯丁一家的其乐融融恰成对照。甚至她家那一带的自然环境也显得严酷，让人想起《呼啸山庄》的场景。在这样的氛围中，勃朗特姐妹都寡言少语，性格内向。但拘谨羞涩的外表下面，却是"内心狂野"，正是内心不可遏止的激情催生出《简·爱》《呼啸山庄》这样激荡人心的小说。这里所说的勃朗特姐妹指的是夏洛蒂·勃朗特和她的两个妹妹艾米莉·勃朗特、安妮·勃朗特。三姐妹均有文学才华（特别是夏洛蒂和艾米莉），这一点，加上无一例外的早逝（夏洛蒂三十九岁去世，已经是三姐妹中寿命最长的，艾米莉活到二十九岁，安妮也只活到三十岁），让她们成为英国文学史上令人叹惋的一则传奇。

夏洛蒂·勃朗特的写作是从诗歌开始的，她出版的第一部作品是和两个妹妹合出的诗集。出版后很受冷落，这以后她转而写小说。但她并未将那份诗的激情束之高阁，而是将其贯注到了小说之中。英国小说有两个传统，一个是从文献记述、纪实色彩的作品发展而来，倾向于对外部世界、日常生活的写实；一个与传奇（romance）、抒情诗有更多的牵连，更注重内心情感的刻画。在后一传统中，作者抒发情感的冲动往往压倒了叙事（讲故事），其成败不在反映现实的逼真程度，而在能否把读者带到一个诗意的高度，让读者拥有超乎日常生活之上的情感体验。勃朗特显然属于后一传统，她的《简·爱》就有着强烈的抒情气息。这部书一出版就引起轰动，她后来还写过《谢莉》《维莱特》《教师》等，不管就成就还是就对读者的吸引力而言，这些作品都没法和《简·爱》相比。

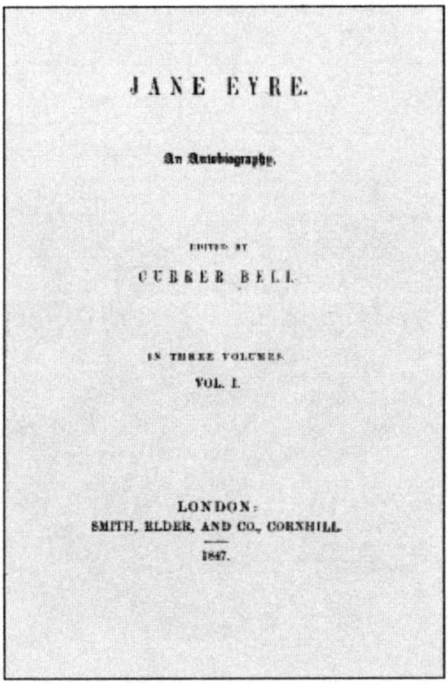

JANE EYRE.

An Autobiography.

EDITED BY

CURRER BELL.

IN THREE VOLUMES.

VOL. I.

LONDON:

SMITH, ELDER, AND CO., CORNHILL.

1847.

《简·爱》初版的扉页

《简·爱》与“灰姑娘故事”

《简·爱》的故事并不复杂：简·爱是个孤儿，被舅母弃养，在孤儿院长大。孤儿院教规严厉，生活条件恶劣，经常有孩子病死，她最好的朋友海伦就因肺病去世。这样严酷的环境锻炼出主人公刚强的性格，简·爱从小就以她的沉默、倔强对抗周围的世界，一直与环境格格不入。在孤儿院接受了六年的教育又教了两年书之后，她还是选择了离开，应聘到桑菲尔德庄园做家庭教师。

小简·爱和舅妈里德太太争执，F. H. Townsend绘

就整部小说而言，简·爱在孤儿院的经历只是序幕，真正的大戏在她来到桑菲尔德庄园以后才开启。庄园的主人叫罗切斯特，是个性格忧郁、喜怒无常的中年男子，对她的态度时好时坏。整

个庄园笼罩在一种阴郁的氛围中，像是罗切斯特阴晴不定、难以捉摸的性格的延伸。更有甚者，有时还会听到一种令人毛骨悚然的奇怪笑声。与这笑声一道，还有种种奇怪的事情发生，比如莫名其妙的失火。

就在这扑朔迷离的背景之上，作者浓墨重彩地书写简·爱与罗切斯特的奇特恋情。

罗切斯特回来后经常举行家宴，在一次家宴上向一位名叫英格拉姆的漂亮小姐大献殷勤。简·爱被召进客厅，却受到布兰奇母女的冷遇，她忍受屈辱，离开客厅。此时，她已经爱上了罗切斯特。其实罗切斯特也已爱上简·爱，他只是想试探简·爱对自己的爱情。当他向简·爱求婚时，她答应了他。在婚礼前夜，简·爱在朦胧中看到一个面目可憎的女人，在镜前披戴她的婚纱。

第二天，当婚礼在教堂悄然进行时，突然有人出证：罗切斯特先生十五年前已经结婚。他的妻子原来就是那个被关在三楼密室里的疯女人，不用说，奇怪的笑声就是从那里传出的。简·爱不能接受这样的婚姻，如果接受，她就在事实上把自己放在了一个情妇的位置上。一个凄风苦雨之夜，简·爱离开了罗切斯特。在寻找新的生活出路的途中，简·爱风餐露宿，沿途乞讨，历尽磨难，最后被牧师圣·约翰收留，并在当地一所小学校任教。不久，简·爱得知叔父去世并给她留下一笔遗产，同时还发现圣·约翰是她的表兄，简·爱决定将财产平分。圣·约翰是个狂热的教徒，打算去印度传教。他请求简·爱嫁给他并和他同去印度，但理由只是简·爱适合做一位传教士的妻子。简·爱拒绝了他，并决定再看看罗切斯特。她回到桑菲尔德庄园，那座宅子已成废墟，疯女人放火后坠楼身亡，罗切斯特也受伤致残。简·爱找到他并

牧师圣·约翰在家门前发现简·爱，F. H. Townsend 绘

大受震动，最终和他结了婚，过上了自己理想的幸福生活。

这样复述《简·爱》，很容易让我们忽略了小说的精彩之处，仿佛它不过是加入了一点神秘怪诞因素（阁楼上那个疯女人几次神秘的出现让故事有几分"扑朔迷离"）的言情小说而已，倘若进一步"删繁就简"，盯着故事的骨架和结局，我们甚至可以把它"还原"为一个"灰姑娘式"的童话。

构成"灰姑娘故事"的几个要素在《简·爱》中仿佛可以一一

找到对应。其一，灰姑娘善良聪明，优越于她身处的环境，然而处境却很糟糕，可说是“心比天高，身为下贱”。——简·爱显然要高于罗切斯特身边与他同一阶层的那些无聊贵族女子，比她们更善良，拥有更真挚的情感，可她出身卑微。家庭教师乃是半主半仆的身份，在她们傲慢的眼中，与下人无异，正如“丑姐姐”们对灰姑娘的态度。其二，白马王子的出现，王子英俊潇洒，品德高尚，而且慧眼识人，能一眼看中埋在尘埃里的灰姑娘。——罗切斯特，一个外表阴沉、性情暴躁的中年男子，乍一看与白马王子相去甚远，但是他的贵族身份，他玩世不恭的外表下的深情，他的男子汉的担当，都让他有资格扮演一个改头换面的白马王子，而他毫无势利之心，无视地位的悬殊爱上了简·爱。其三，灰姑娘故事少不了大团圆的结局，白马王子的出现改变了灰姑娘的命运，让她脱离糟糕的处境，从此步入幸福的生活。——罗切斯特与简·爱经历了更多的考验，然而一波三折之后，有情人终成眷属，简·爱早先的卑微身份、贫寒生活也随之改变，仿佛要让他们的幸福生活没有一点缺憾，作者甚至让罗切斯特瞎了的双眼重见光明……

被“剥夺”了美貌的女主

但是做这样的类比时，我们有意地忽略了一点，即简·爱没有灰姑娘的美貌，她相貌平平，而且一无佳人温婉的性情，相形之下，甚至显得倔头倔脑。这是《简·爱》与形形色色“灰姑娘”故事的最大不同之处。不要小看这一点，夸张点，我们甚至可以说，这一点恰好构成了这部小说的前提——倘若简·爱虽身份低下却貌若天仙，这个故事就得彻底改写，那就是另外一个故事了。

平民女子嫁入高门巨族，这样的佳话虽然稀罕，却不是没有，但不论现实中还是想象中的“灰姑娘”，美貌都是一个先决条件。才子佳人故事中讲究的是“郎才女貌”，这是冥冥中人们普遍接受的一种“般配”原则。这里男性的“才”可以做种种置换，换成“财”，换成地位等都可以，女性的美貌则是必需的。它可以充当某种交换条件，在不利的情势下完成对财富、地位的“逆袭”——好歹建立了走进婚姻的新的等式，虽然未必靠得住。夏洛蒂却剥夺了女主人公的美貌，简·爱必须在没有这项“灰姑娘”几乎必备的资本的情况下，赢得“高富帅”的爱情。在浪漫故事中，这一变化堪称一次“革命”。后来小说、影视中不漂亮的女主人公的出现，都是从简·爱开始的。当然，这种做法非常冒险，很少有浪漫故事的作者敢下这样的重手。好多年后，有个崇拜夏洛蒂的英国女作家写了一部《吕蓓卡》（又译《蝴蝶梦》），很多地方都让人联想到《简·爱》，明显不同的是，作者“恢复”了女主人公的美貌。台湾言情小说家琼瑶也是心仪夏洛蒂的，但是很难想象，她会让笔下的“灰姑娘”相貌平平。

不妨说，通常的“灰姑娘故事”，突显的是平民女子的幸运，《简·爱》给人至深印象的，则是女主人公的性格魅力。小说中居于中心位置的是简·爱强有力的性格。读惯了言情小说的人会专注于男女主人公谈情说爱的桥段，其实夏洛蒂花了很多笔墨写简·爱到桑菲尔德之前的经历。简·爱在逆境中锻炼出一分刚强，不管是在里德太太家，还是在孤儿院，面对压迫，她从不逆来顺受，她的反应总是显示出她的倔强。

延伸到爱情当中，这份倔强表现为对爱情中平等人格坚定不移的捍卫，下面这段对罗切斯特的表白，像申辩，也像呐喊：

> 你以为，因为我贫穷、低微、相貌平平、矮小，我就没有灵魂，也没有心吗？——你想错了！我的灵魂跟你一样，我的心也跟你的完全一样。如果上帝赋予我财富和美貌，我会让你难以离开我，就像我现在难以离开你一样。上帝没有那么安排，但我们的精神是平等的，就像我们的灵魂穿过坟墓，站在上帝面前，彼此平等——本来就是如此。

她在得知罗切斯特妻子的存在这个事实后选择离开，以及后来回到桑菲尔德义无反顾与已是瞎子的恋人结合，也都应从她的倔强中得到解释。以此性格，她的爱情注定不是优雅的，而是炽烈的，她只能以这种方式去爱，幸运的是，她从罗切斯特那里得到了回应，罗切斯特的一番表白，正好可以和她的爱情宣言“无缝对接”：

> 我有时候对你有一种奇怪的感觉——特别是像现在这样，你靠近我的时候，我左边肋骨下的哪一个地方，似乎有一根弦和你那小身体同样地方的一根类似的弦打成了结，打得紧紧的，解都解不开。要是那波涛汹涌的海峡和两百英里左右的陆地把我们远远隔开，那时候，我的内心就会流血……

注意一下男女主人公表白爱情时使用的词语：“灵魂”“精神”“内心”——强调的都是超越世俗的那一面。比奥斯丁笔下男女主人公的表白要高调得多，由此也可看出这部小说要肯定的是一种浪漫的情感。

哥特小说的影子

这样一个浪漫的情感故事，是在一个“哥特式”的背景上演绎的。这里有必要交代一下《简·爱》与哥特小说的关系。“哥特式”原是用于欧洲中世纪建筑的一个术语，指一种怪异的建筑风格，这种建筑给人以阴森、神秘之感，好多中世纪的教堂、古堡都是这一路。18世纪至19世纪，英国流行一种小说，以哥特式建筑为背景，叙述一个扑朔迷离的故事，常常是凶案之类，后来就有人用“哥特式”点出这种小说的特征。夏洛蒂显然读过不少这一类的故事，《简·爱》就借用了哥特小说的一些元素：桑菲尔德庄园给故事提供了一种神秘阴暗的氛围，罗切斯特的妻子——阁楼上的疯女人——的几次出现都似真似幻，给小说平添几分“怪力乱神”的味道，尽管事实上小说里白天的时间并不比夜晚少，给人的感觉，却似乎总是在黑影幢幢的夜晚（相反，你会觉得《傲慢与偏见》总是在白天），这错觉当然是作者对神秘氛围浓墨重彩地渲染造成的。

但《简·爱》当然不是一部哥特小说，区别在于，哥特小说除了悬疑还是悬疑，一旦化解悬疑，就不剩什么了；《简·爱》有悬疑，然而占据读者意识中心的，始终是简·爱这个形象。她给我们留下的强烈、深刻的印象，很大程度上要归到这部小说的自传色彩。有人把《简·爱》看作夏洛蒂·勃朗特本人的“诗意的生平”，顺着这话，还可以说，简·爱是作者的“理想化的自我”。简·爱就是夏洛蒂希望自己成为的样子，她把自己的女性立场——对男女不平等的抗议，对女性独立人格的坚持——自己的全部情感，都一股脑儿赋予了这个人物。简·爱因此也成了她的代言人。后来的一位英国才女作家弗吉尼亚·伍尔夫对此有精彩的评论，说简·爱用全部的力量来肯定自己的情感，响彻在小说中的一个基调是：我爱，我恨，我愤怒……

就因为情绪的饱满，《简·爱》的一些不足之处，比如罗切斯特这个人物的概念化（他更像是女性幻想出来的男性形象，尽管不是标准的白马王子），技巧的欠缺，等等，都变得可以忽略不计了。

名家点评

于是我们翻开《简·爱》……作者牵着我们的手，迫使我们沿着她走过的路，使我们见她之所见，她片刻也不离开我们，也不允许我们忘掉她的存在。最后，我们被夏洛蒂·勃朗特的天赋、激情和愤慨浸得满满的……是她心里的那红红的、一阵阵闪亮的火焰点亮了她的书页。

——弗吉尼亚·伍尔夫

《简·爱》使我非常感动、非常喜爱。请代我向作者致意和道谢，她的小说是我能花好多天来读的第一本英国小说。

——威廉·萨克雷

《简·爱》表达出的思想，即妇女不甘于社会指定她们的地位而要求在工作上以及婚姻上独立平等的思想，在当时是不同凡响的。

——列夫·托尔斯泰

中译本概况

1935年，李霁野全译本《简爱自传》在郑振铎主编的《世界文库》连载；同年商务印书馆出版伍光建节译本，名为《孤女飘零记》；同年，茅盾也曾翻译过该书，译名为《珍雅儿》，但他只译了三章，且未发表。

1980年，上海译文出版社推出祝庆英译本。

1990年，人民文学出版社推出吴钧燮译本。

1993年，译林出版社推出黄源深译本，后收入“经典译林”。

第九讲　巴黎圣母院

维克多·雨果（1802—1885），法国作家。

法兰西的良心

18世纪末到19世纪初，浪漫主义文学席卷了整个欧洲。这之前统治欧洲文坛的，是古典主义，浪漫主义就是造古典主义的反。两者的不同是全方位的，简单地说，就是古典主义讲规矩，浪漫主义不要规矩。从潜流到主流，从边缘到中心，有一个过程。在法国，浪漫主义得势比较晚，因为这里是古典主义的大本营，旧势力比在德国、英国大得多。不过到后来，法国的浪漫主义闹得最厉害，比英、德都更轰轰烈烈——我是说动静特别大，极富戏剧性，更像一场运动，其领导人物也更像一个领袖。这个人物就是维克多·雨果。

雨果生活的年代前有大革命，后有巴黎公社，风云激荡，一幕幕大戏在上演，他一直是个卷在时代大潮里的人。受母亲的影响，年轻时他是个保皇党，后来则成了坚定的共和党人。不管政治上做何种选择，他的人道主义立场是一以贯之的。还有一点终生不变的，是他的创作激情。在文学上他一帆风顺：十五岁时他就在法兰西学院的诗歌竞赛中得奖，十七岁获"百花诗赛"头名，二十岁出版《颂诗集》，因歌颂波旁王朝复辟得到路易十八的赏赐。看上去这是奔宫廷诗人而去的节奏了。

然而他注定是为广场而非宫廷而生的：因对波旁王朝、七月王朝失望，他成为共和主义者。拿破仑三世称帝，雨果反对，并因此流亡国外十九年，帝制存在一天，他就一天不回去，以此来表示不妥协的共和立场。这时他已不仅仅是一个诗人、作家，而成了一面反抗专制、反抗压迫的旗帜。身在孤岛，他写下的大量反帝制的诗文却传回法国，全法国都在倾听他的声音，此所以帝制倒台他回到巴黎时，像一个凯旋的英雄。他和其他浪漫派诗人不同，除了大作家的名声之外，他还被视为法兰西民族的良心，反抗压迫的正义化身。这一形象在他的晚年早已定格，八十岁生日时，有六十万仰慕者走过他巴黎寓所的窗前，为他祝寿。1885年雨果以八十三岁高龄去世时，法兰西共和国为他举行了国葬，举国致哀，超过两百万人参加了巴黎的葬礼游行。遍数世界各国大作家，享受这样荣耀的，恐怕绝无仅有。

雨果做过议员，也经常扮演公共知识分子的角色，但他对公共生活发言，仗的还是他作为一个大作家的影响力。

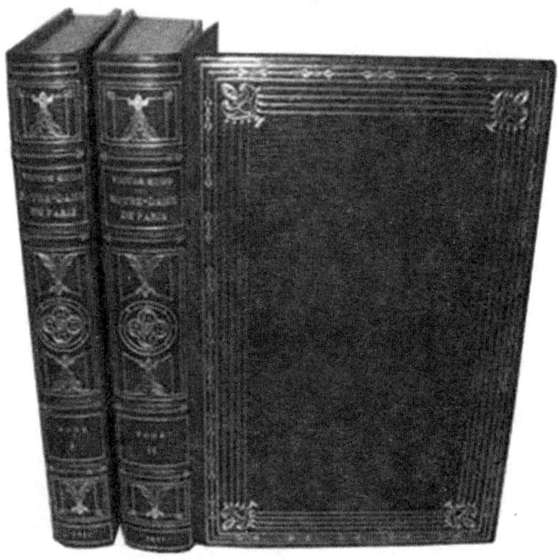

《巴黎圣母院》初版

浪漫派诗人的小说

浪漫主义文学是以“情”为驱动力的，抒情是强项，以抒情见长的诗歌自然是浪漫主义最核心的文类。雨果尽管诗歌、戏剧、小说都写，并且都有很高的成就，但首先是一位诗人。他居法国浪漫派“四大诗人”之首（其他三人是缪塞、维尼、拉马丁），诗歌的写作贯穿其一生。比较起来，他的小说、戏剧创作都有阶段性，戏剧集中于早期，小说则多写于中年以后。而且，“诗”也构成了他其他创作的底色，渗透到他的小说、戏剧中去——不论戏剧、小说都带有诗的色彩。就一般情形而言，戏剧、小说都是叙事性的，在浪漫派作家手里，则都有了强烈的抒情色彩，甚至抒情压倒了叙事。他的小说都不以结构的严密，叙事的老到见长，引人入胜者，在于在叙事中加入抒情、议论，三者打成一片，行文泥沙俱下、一泻千里的气势。中国古代文论经常说到“气”，曹丕说“文以气为主”，韩愈有“气盛言宜”之说，前者大体是指个性，后者指道德修养的浩然之气，去掉韩说中的头巾气，二者到雨果这儿都用得上——他的行文，的确是“气盛”。因为气盛，读者阅读时被裹挟而去，他时或有之的自相矛盾和粗糙，我们都忽略不计了。他最著名的几部小说，《巴黎圣母院》《悲惨世界》《九三年》，都是如此。

《巴黎圣母院》是雨果早期的一部小说，就“浪漫”而言，比《悲惨世界》《九三年》来得更典型。这部小说的情节大开大合，大起大落，高潮迭起，充满戏剧性。我们得先将几个人物拎出来，以便“纲举目张”。这部小说有个中译名，叫《钟楼怪人》，当然，是指卡西莫多。但实际上，它的中心人物，是美人爱斯美拉达。整部小说不妨看成一场对爱斯美拉达的争夺战。以她为中心，书中人物（圣母院的敲钟人卡西莫多、弓箭队长腓比斯、穷诗人格兰古瓦、圣母院副主教克洛德）被串到了一起，就像巴黎圣母院充当了中心的场景一样。

但我们不要将人物关系想象成通俗小说里的多角恋，书里写的虽然是男女之间的关系，却不是一般的男女情感。这里面最内层的关系，是爱斯美拉达与克洛德和卡西莫多，腓比斯、格兰古瓦与那三人之间的爱恨情仇比起来，无足轻重，不过是串场连接的性质，用以烘托那三人之间的"命运"大戏。"命运"不是我的杜撰，是雨果在书里大加渲染的。就他的宏大题旨而言，"命运"涉及人类的历史、文化，落实到人物身上，则是三人的"前世今生"：小说前面就暗示一女产下美丽女婴却被人调包，换成驼背且极丑陋的男婴，母亲不能接受这事实，将男婴遗弃在巴黎圣母院前。副主教克洛德收养了丑婴。到后面我们知道，女婴即爱斯美拉达，丑婴则是卡西莫多。将结尾处，真相大白，憎恨爱斯美拉达的修女古杜勒正是她的生母。

通过调包一事，三个人的命运似早已扭结到一起，但因果的关系却是通过一连串带有巧合性质的戏剧性事件展开的。"正传"一开始，多年前被调包现已成人的男女主人公就被并置到一起：巴黎圣母院前面的广场上，一边是卡西莫多因丑陋无比被举为"愚人节"的国王，受人侮弄；另一边是爱斯美拉达在跳舞卖艺，美艳迷倒众人，包括穷诗人格兰古瓦。待他身不由己跟踪而去，正撞上爱斯美拉达被劫持，他欲加阻拦被打倒。这以后他误入乞丐、流浪汉聚集的"奇迹宫"，这里是有江湖规矩的，外人进入便要被处死，除非与内部的人结婚。这当口爱斯美拉达奇迹般现身，与他结成名义夫妻救了他一命。此前爱斯美拉达被抢而能脱身，是因弓箭队长腓比斯的出现，她就此爱上了这位英俊的救命恩人。就在第二天，因劫持爱斯美拉达被捕的卡西莫多在广场上示众，众人皆唾弃他，爱斯美拉达却有怜悯之心，独上前给这个劫持自己的人水喝。

爱斯美拉达爱上了外貌英俊的腓比斯，他们在夜里幽会，不料腓比斯被人刺伤，她也因此被当作女巫抓了起来。就在她要被处死的时刻，卡西莫多冲进刑场，把她救到圣母院的钟楼上，因为那里是世俗法律无权管辖的地方。为了她的幸福，卡西莫多去寻找腓比斯，然而腓比斯这个逢场作戏的花花公子，已经丢下她另寻新欢去了。巴黎圣母院的副主教克洛德企图纠缠她，此人看起来道貌岸然，其实心底邪恶，早就觊觎爱斯美拉达的美色。正是他指使卡西莫多劫持了她，又躲在暗中用匕首刺伤了腓比斯。卡西莫多是克洛德收养的弃儿，一向对他唯命是从，此时居然极力保护爱斯美拉达不受他的凌辱。

法院决定逮捕爱斯美拉达，流浪汉们赶来营救，遭到国王军队的镇压，死伤惨重。克洛德乘混乱之际，用谎言欺骗格兰古瓦把爱斯美拉达带出圣母院的后门，逼迫她顺从自己，在遭到坚定的拒绝之后，克洛德恼羞成怒，把她交给隐修女看管，自己去叫官兵。隐修女认出爱斯美拉达是自己十六年前丢失的女儿，但是眼看着她被官兵抓去而无能为力，被刽子手推倒致死。

克洛德站在圣母院的顶楼上，看到爱斯美拉达被吊上绞架，发出得意的狂笑。卡西莫多则终于认清了克洛德的狰狞面目，把他从钟楼顶上推下去摔死，自己则来到刑场上，抱着爱斯美拉达的尸体遁入了墓地。几年后，人们发现了他们拥抱在一起的遗骸。

《巴黎圣母院》插图，吕克·奥利维耶·贝松1881年绘

传奇色彩与美丑的两极化

浪漫派文学的一大特征是它的传奇性：奇人、奇事、奇情、奇景、奇境。我们千万不要以读写实小说的标准来要求《巴黎圣母院》，反过来也一样。首先它的背景放在了中世纪，——浪漫主义的传奇性可以通过各种方式制造出来，其中之一，就是时空的距离，或者在时间上，或者在空间上，与当下的现实区隔开来。中世纪生活，对雨果的读者而言，有一种奇异性（丐帮的“奇迹宫”如江湖黑社会，是常人生活之外的另一世界），雨果又强化了这一点。以读写实小说的眼光来看《巴黎圣母院》，其情

节简直令人难以置信，这里面有太多的巧合，太多离奇的事情发生：弃婴，调包计，绑架，行刺，劫法场，禁闭，攻打巴黎圣母院……光是劫持事件即一而再，再而三的发生。雨果还又不时制造一点神秘氛围，如一开始我们只知卡西莫多抢人，同行的另一人不知是谁，还有爱斯美拉达的身世也到最后才“真相大白”。但作为一个悬念故事，《巴黎圣母院》一点也不高明（当然雨果也志不在此）。总之，从上面的情节内容去看，很容易将其混同于滥调的通俗小说。

雨果的奇异处在于，他把这样一个故事，归并到一种宏大的修辞中去，用以表达他的观念，赋予它远远超出故事、人物本身的意义。雨果想说的，远比我们上面概述的要多，他显然不仅是在讲故事；他还要讲建筑，讲历史，讲文化，讲人类命运。他花了好多笔墨描述巴黎圣母院，俨然这个庞然大物的中世纪哥特建筑也是一个有生命的重要角色，远不止是故事发生的场所。担心读者不解小说的旨趣，雨果特别在书中提出，小说是一部叙事剧。他的小说是一部史诗，记叙了所有人的历史，圣母院作为目击者，乃是历史无声的主角，时间与生命作为发展的、有机全景的思想，则以历史中的一些人作为核心展开。——他的故事就裹在关于人类历史进程的描述与滔滔议论之中。

就人物论人物，卡西莫多、爱斯美拉达、克洛德也是不能以平常人论的。他们负荷了雨果的很多观念，比如美与丑，善与恶。他在《克伦威尔序言》中提出过著名的“美丑对照原则”，称“丑就在美的旁边，畸形靠近着优美，丑怪藏在崇高的背后，恶与善并存，黑暗与光明相共”。听上去是要审丑（将“丑”也纳入审美的范畴，即对丑也可以做审美的观照），事实上重心却在“对照”上面，即在文艺作品中大量地运用美丽、高尚与丑陋、卑贱的人物或意象做对比，以给读者造成强烈的心理反差，使故事情节更为跌宕起伏。所以他关注的是艺术效果的问题，而不是艺术如何完整反映现实的问题。

《巴黎圣母院》距这一美学原则的提出只有两三年，可以看作是一次具体的实践。爱斯美拉达是美的化身，美到了极致，勾魂摄魄，格兰古瓦身不由己就跟过去了，克洛德则为了得到她几近疯狂，贵族小姐也都被拉来给她垫背，她进入腓比斯未婚妻的房间时，所有的贵族小姐都黯然失色。卡西莫多则是丑的典型，雨果要极写其丑，干脆把他写成一个畸形人。你也可以说，雨果在有意识地排列出美丑、善恶之间的各种组合关系：在爱斯美拉达身上，美与善是高度一致的，在克洛德、卡西莫多身上我们却看到了美与善的分离——前者道貌岸然而内心丑陋，后者外貌丑陋却内心善良高贵。

爱斯美拉达的美与卡西莫多的丑当然构成了对比，而美丑、善恶的对比同时也出现在同一人物身上。这里的关键是对比，雨果将美丑、善恶都向各自的极致推送，而后再并置到一处。与写实派作家笔下人物的复杂多面不同（作者要写出的是人物的复杂性，以至我们无法用简单的善恶二分法去加以定义），雨果关心的不是善恶、美丑之间的起承转合，而是它们突兀地出现在你眼前产生的戏剧性效果。善与恶，美与丑，都以极端的形式显现，雨果要的就是强烈，再强烈，他期待读者的，也不是接受人物的可信，而是由强烈对比产生的震惊。如果说格兰古瓦、腓比斯还可以常人度之的话，爱斯美拉达、卡西莫多、克洛德就绝对是大一号的，那是超常的比例。他们只有在想象的世界里才有可信

1959年法兰西银行发行的五法郎面值钞票

度，这也合于浪漫派文学的逻辑，一种想象的真实。

名家点评

在文学界和艺术界的所有伟人中，雨果是唯一活在法兰西人民心中的伟人。

——罗曼·罗兰

（雨果是）极少数的真正受到民众欢迎的作家之一，可能是唯一的一位。

——萨特

雨果像暴风一样轰响在世界上，唤醒人心灵中一切美好的事物。

——高尔基

中译本概况

1923年，上海商务印书馆出版俞忽翻译的《活冤孽》，作者译名为“嚣俄”，这是《巴黎圣母院》最早的中译本。

1928年，《孽海花》的作者曾朴译完《巴黎圣母院》一书，译名为《钟楼怪人》。同年，曾朴在上海自营的真善美书店将此书印行，迅即风行国内。该书译名应受到1924—1925年间在上海上映的美国电影《钟楼怪人》(电影取材于雨果作品《巴黎圣母院》)的影响。

1949年，上海骆驼书店出版陈敬容翻译的《巴黎圣母院》，该译名从此成为本书的通行译名，该译本之后由人民文学出版社出版。

1986年，上海译文出版社出版管震湖译本。

1994年，浙江文艺出版社出版潘丽珍译本。

1995年，译林出版社出版施康强、张新木译本，后收入“经典译林”。

第十讲　红与黑

司汤达（1783—1842），法国作家。

不受同时代人待见的大师

讲欧洲文学，通常都是古典主义、浪漫主义、现实主义顺着来，所以雨果先登场，后面才是巴尔扎克，其实后者比雨果还要大三岁。还有一位19世纪法国文学的大人物——司汤达，比巴尔扎克又早出生了十几年。要是以成名的先后来排序，司汤达就要排到最后。雨果少年成名，巴尔扎克在世时已经很火，司汤达则要到死后才确立起自己作为文豪的地位。他没有雨果呼风唤雨的号召力，作品也远不如巴尔扎克的畅销，在他生前，只有巴尔扎克对《巴马修道院》大为赞许，后来带给他更大荣耀的《红与黑》则无人问津。不过司汤达对自己的小说很有信心，不止一次预言："我将在1880年为人理解。"关于《红与黑》，他则说："我看重的仅仅是在1900年被重新印刷。"他1842年去世，即使他对自己的寿命有乐观的估计，他所预言的，也是"身后名"了。但毫无疑问，他的话没落空，在后世的评价中，他被看作与雨果、巴尔扎克比肩而立的文学大师，《红与黑》更被视为心理分析小说的一个高峰。

"激情"与"幸福的少数人"

司汤达年轻时是个热血青年，拿破仑的狂热崇拜者，二十多岁时放弃上名校，跑去投军，跟着拿破仑的大军南征北战，往南到意大利，往北打到过莫斯科，从莫斯科撤退时，他是部队的一名军需官。这是那一辈作家中绝无仅有的经历，他的"行伍出身"也让他更有理由分享拿破仑的荣耀。但拿破仑垮台后他的日子就不好过了，他长期生活在意大利，有段时间因他和一些意大利爱国者有联系而被驱逐回国，直到后来才又被派到米兰。

司汤达是个直言不讳的享乐主义者，他认定人来到世上，就是来追求快乐的，有快乐才有幸福。怎么才快乐？司汤达眼中的快乐生活是一种激情的生活，即充满热情地投入对现世幸福的追逐中。在他的字典中，“激情”绝对是个关键的字眼，他一腔热血地跟着拿破仑东征西讨，不管不顾地谈了一场又一场恋爱，当然，还有写作上的全情投入，凡此种种，无一不可拿来为他的“激情”二字做注。甚至对艺术的欣赏，他也如醉如痴。1817年他到意大利，在佛罗伦萨终日流连于文艺复兴时期的大师杰作，某日他在圣十字教堂参观米开朗基罗、伽利略、马基雅维里的陵墓，出来后即感头晕目眩、心头乱颤、站立不稳，医生诊断这是因密集欣赏艺术珍品过于激动所致。后来就有人以他命名了一种因强烈美感而引发的病症，叫作“司汤达综合征”。

就因为对激情的崇拜，他喜欢意大利——说起来，他母亲是有意大利血统的——对自己的同胞倒看不入眼，认为他们虚伪做作，没有真性情。他的好多作品都和意大利有关，像长篇小说《巴马修道院》、短篇小说集《意大利遗事》，不妨看作他对“意大利性格”的研究。事实上他还有不少批评性的著述，研究意大利的绘画、意大利人，等等。他去世后葬在了米兰，墓碑上是他自撰的墓志铭：

亨利·贝尔，米兰人
活过，
写过，

爱过。

这可以看作对他一生很平实的概括，但另一方面，也不妨看作是他带着几分傲娇的自我宣示：他的一生是全情投入追逐生活的，只有“幸福的少数人”才拥有这样的激情人生。——他在《红与黑》上的献词，就写着“献给幸福的少数人”。

司汤达位于蒙马特公墓的墓地

《红与黑》中的爱情与政治

关于巴尔扎克的代表作是哪一部，也许众说纷纭，就司汤达的代表作达成一致则不是难事——肯定是《红与黑》。这部当时不受待见的小说后来成为司汤达的代名词，对大多数读者而言，它就等于司汤达。有人这么说过，巴尔扎克以他构筑的庞大系列小说“人间喜剧”傲视侪辈，但如果从中单挑出一部来与《红与黑》PK（对决），他几乎注定会是一个输家。

《红与黑》的故事相当集中，我们可以看作是平民青年索莱尔·于连短暂一生的个人奋斗史。

于连的父亲是个开锯木厂的，父兄都是接受自己卑微处境，“守多大碗吃多少饭”的人。唯于连一心向往着出人头地，他像司汤达一样，是拿破仑的铁杆粉丝。拿破仑军队里，平民子弟也可凭着军功成为将军，这给无数出身底层的法国年轻人带来希望。可惜到于连想干一番事业时，拿破仑已经倒台，到处都在捉拿“波拿巴分子”。留给于连们的唯一通向上流社会的路，就是进入教会当神职人员。于是于连不得不把内心的那份狂热藏起来，装作虔诚无比，笃信宗教。他的强项是记性好，拉丁语非常出色，这让他有机会在侍奉上帝之前到市长家里当家庭教师。市长把他当下人，待他冷漠而高傲，市长太太德·莱纳夫人待他却很友善，并且爱上了他。于连对这位女主人一方面是爱慕，一方面是强烈的征服欲，他把与夫人的恋情看作是对市长的报复。后来这段恋情暴露，他离开小城进了神学院，那是个乌烟瘴气的地方，人与人之间尔虞我诈，于连学到的，不如说更在如何伪装自己。他的一位恩人把他介绍到贵族德·拉莫尔侯爵身边做秘书，凭着超强的记忆力，他充当保王党人的密使，顺利完成一次秘密情报的传送，由此成为侯爵的亲信。

与此同时，他还完成了对侯爵之女德·拉莫尔小姐的征服：小姐愿与他交往，是要逃离让她感到无聊的上流社会，他则是要让这个对他居高临下的人低下高傲的头来。这场猫和老鼠的游戏，最后是于连赢了。侯爵得知小姐怀孕的消息勃然大怒，架不住小姐铁了心要嫁，为了维护家族的体面，他给于连搞了个贵族头衔。到这时，于连已算是飞黄腾达，更美妙的前景正待展开。谁料侯爵这时接到的一封信让一切瞬间成了浮云。这封抖搂于连在市长家劣迹的信是德·莱纳夫人写的。她是个虔信温柔的人，如果不是于连的出现，绝不会有出轨的事。和于连在一起时，她在恋情中忘怀一切，一旦于连不在眼前，她就陷入罪恶感之中不能自拔，她做忏悔时说出了一切，神父则利用这一点，逼她写下了那封告发的信。盛怒之下的于连返回小城，找到旧日情人向她连开两枪。夫人只是受了伤，他却因此被判了死刑。在狱中于连思前想后，看穿了这个世界，也看穿了自己，所有的野心都失去了意义，对德·莱纳夫人的感情却重新燃烧起来，她到狱中的探望成了他真正的幸福时刻。尽管德·莱纳夫人和德·拉莫尔小姐都在说服法庭，希望救他，他也不是没有生机，最后他还是拒绝忏悔，走上了绞刑架。

司汤达是个特别关注时代的作家，《红与黑》有个副标题，叫“1830年纪事”，大有为历史做注的意味。这部书写于1829年，次年出版，写作与时代几乎是同步。对时代的关注，又落实在政治上。事实上政治一直是司汤达的一个兴奋点（另一兴奋点当然是爱情），于连的冒险一直在爱情与政治中穿行，二者像在他的其他小说里一样，经常搅拌在一起。书中的各种政治势力的较量，保王党人的密谋，在现实中都有迹可循。甚至书名也是对当代政治生活的某种暗示。欧美的文学作品，命名大都很简单，经常就是以主要人物或地名、故事场景来命名，比如《哈姆雷特》

《堂吉诃德》《大卫·科波菲尔》《简·爱》《欧也妮·葛朗台》，等等。“红与黑”则有象征意味，一种解释是，“红”是拿破仑军队制服的颜色，“黑”则是教会神职人员道袍的颜色，它们代表着先后主导现实的两种势力，也是于连跻身上流社会的欲望的投射。巴尔扎克希望通过对社会生活全景式的描写来做历史的书记官，司汤达则总是找到时代旋涡的中心，在那里把住时代的脉搏。将《红与黑》当成一部社会批判小说也是有理由的，于连在法庭上的那番慷慨陈词甚至可以看作对那个时代敌视平民的上层社会的控诉：

……即便我的罪不那么严重，我看到有些人也不会因为我年轻值得怜悯而就此止步，他们仍想通过我来惩罚一个阶

《红与黑》1831年版扉页

级的年轻人，永远让那个阶级的年轻人灰心丧气，因为他们虽然出身于一个卑贱的阶级，却有幸受到良好的教育，敢于厕身在骄傲的有钱人所谓上流社会当中。——这就是我的罪行……

“往上爬”的基调与作为悲剧英雄的于连

但是《红与黑》首先是一部于连的个人奋斗史，而随着时间的推移，读者的注意力愈加集中到主人公的性格与命运上，具体的社会历史背景已被淡忘了。英国20世纪60年代号为“愤怒的青年”的那一拨小说中，有一部叫作《往上爬》（又译《上层的空位》），若要概括于连短暂一生的所作所为，可以把“往上爬”移过来作为书名，他的主旋律，就是通过自己的奋斗进入更高的社会阶层。“心比天高，身为下贱”——他要想成功不知要比上层社会的人难多少倍。所以他一直处在紧张的状态，从进入市长家一直到枪击德·莱纳夫人，他一直不容自己有半点松懈、半点退缩。每到关键时刻他都以暗中痛斥自己的没出息来激励自己：颤抖着头一次把手放到德·莱纳夫人身上；孤注一掷地爬窗进入德·拉莫尔小姐的闺房……，每一次他都因可能导致的后果而恐惧，而都在一通自我激励之后豁了出去，像一个赌徒。我们看到他一次次赌赢了，但他也从未因此轻松，爱情的柔情蜜意他从未品尝过，他好像是在迎接一场接着一场的战役，情场得意成为他度量奋斗成功指数的刻度，收获的恋情因此也在无形中变成了战利品。直到在狱中，先前的打拼都成虚话，他才松弛下来。和德·莱纳夫人在一起，他意识到，此时他品尝的，才是幸福的滋味。下面这段话是他对恋人说的："（当年）我们在树林里散步的时候，我本来可以多么地幸福啊，可是一种强烈的野心却把我带到虚幻之国里去了。"

我们不应将这段话当作"人之将死，其言也善"来解，于连是真有所悟的，前面说过，这书有作者的题词，"献给幸福的少数人"，结尾处由于连道出真正的"幸福"，自有某种呼应，当作"幸福"谜底的揭晓也未尝不可。为什么是"少数"呢？因为大多数人执迷不悟。但是我们千万不要以为这是司汤达用于连的悲剧炮制的一锅心灵鸡汤，将《红与黑》当作一部解脱之书来读肯定是不对的，毕竟，留在我们记忆里的于连不是一个大彻大悟的中国人哲学里所谓"放下"的形象，而是一个个人主义英雄。不要忘记司汤达定义的幸福还是一种充满激情的人生，他笔下的几个主人公都在激情驱使下寻求自我实现，不要说于连、德·拉莫尔小姐这样不甘平庸的人物，即使矜持、温婉如德·莱纳夫人，也终会在某个时刻被内心的激情裹挟而去。激情之来，如决堤之水，司汤达自然是欣赏的。

不论在西方还是在中国读者那里，于连已然定格在"个人野心家"的形象上了。在西方语境中，"个人野心家"没有我们这里那么重的道德谴责色彩，"野心"与"雄心"在西方语境里是同一个词。从负面来说，"个人野心家"意味着不顾一切地追求自我的实现，乃至于不择手段。法国19世纪小说中不乏这一类的形象，从巴尔扎克笔下的拉斯蒂涅克，到莫泊桑小说《俊友》里的主人公概莫能外。这些人是清一色的"俊友"，都攀上了上流社会的女性，女人缘在他们往上爬的过程中助力不少。于连也是美男子，且有不择手段的一面，但却不宜归入其中。

将于连与“俊友”们区隔开来的，是他的自尊与高傲，他的英雄主义。

他把他的自尊看得比什么都重要，从做家庭教师时不能忍受市长大人的居高临下，到以高傲对玛蒂尔德的高傲，再到法庭上被上层人士蔑视的眼神激怒，他随时准备捍卫他的自尊，为此不惜代价。他有野心家的野心，却没有野心家的机心，他处心积虑要往上爬，但他最后采取行动又往往并不是深思熟虑，谋定而后动，而更多是冲动的结果。在他身上我们不大能找到市侩的气息，他不能接受自己的平庸。最后他拒绝忏悔，宁可上断头台，更让他有了一种反抗社会的平民英雄的意味。

每个时代、每个地方都有于连式的平民青年，他们不乏聪明

《红与黑》1884年版插图

才智，却身处下层，他们不甘居于人下，渴望出人头地，希望凭着个人的奋斗打出自己的一片天地，于连这一形象恰是他们的缩影。也因此，于连激起了广泛的共鸣。许多作家笔下的人物也一再地让人联想到于连。上世纪80年代，中国作家路遥曾写过一部名为《人生》的中篇小说，激起热烈的讨论，主人公高加林就被有些论者说成是“中国的于连”。这从一个侧面说明了于连形象的深入人心。而于连在同类的主人公当中，无疑是最具悲剧色彩，也最富英雄气息的一位。

心理分析小说

塑造这样一个人物，司汤达主要是从他的内心入手。心理描写是重头戏。司汤达全神贯注于于连的情感活动，分析他的行为动机，相较而言，他的外部活动倒是次要的了。心理分析小说在法国很发达，有位叫贡斯当的法国作家，可以说是先驱人物，司汤达更进一步，不仅是心理刻画更为细致，而且他的描写更有动态感，不像贡斯当，一进入心理描写，人物往往便与环境失去了联系。关键是，司汤达的刻画极其准确，将人物复杂的内心活动展露无遗，让人不得不佩服他过人的心理洞察力。那个时代心理学还不成气候，司汤达的描写却与现代心理学的发现不谋而合。

一直有一种说法，称西方小说长于心理描写，中国小说精彩处则更在描写人物的动作、对话。这说法不能说不对，然太过笼统。其一，西方的小说并非向来如此，你到《堂吉诃德》《小癞子》里去，恐怕找不到多少今天我们称之为“心理描写”的东西，若说这涉及小说类型的话，我们也可以说，“内向”的、注重人物内心活动的小说在18世纪以前的欧洲是没有的，直到英国作家理查森的《帕美拉》出现。文学中人的情感、心理的呈现，别有所在——在诗歌、戏剧中。其二，心理描写是个可大可小的概念，作为一种手法，它可以是直接的，也可以是间接的。如果取广义的概念，将间接的描写也囊括其中，那中国古典小说中其实不乏其例，最典型的就是《红楼梦》，曹雪芹对人物心理的刻画细致入微，唯他的描写多用曲笔，间接的暗示为多。所以我们这里要将心理描写限制在直接的描写上，司汤达的强项，也在于此。

直接的心理描写在西方文学中也是各有门径的，有学者将其大致分为内心独白、心理分析和意识流。内心独白最典型的例子出现在戏剧中，“独白”本身也是一个相对于“对白”（或“对话”）的概念：剧中人不是和其他人物说话，他对着观众说而并不期待回应——事实上是“自说自话”，自问自答。其一大功能，就是呈现人物的内心活动。莎士比亚剧中有很多这样的桥段，《哈姆雷特》中那段最著名的“生存还是毁灭，这是一个问题”的独白，就是主人公内心焦虑的呈现。浪漫派作家的小说里经常有内心独白出现，因为主人公经常与作者重合，有时候不妨看作是通篇独白，所谓“独抒胸臆”，主观抒情的色彩特别强。《红与黑》不同，司汤达不做抒情式的描写，称《红与黑》为“心理分析小说”，重在“分析”二字，作者不仅呈现人物的心理活动，而且要掂量、品评、判断其内容，透视其“意义”。“分析”一词原本就透着冷静、旁观的意思，心理分析式的描写也确是既进入人物的内心又跳出其外，不像多数浪漫派作家那样，浸没在人物的内心世界之中。有的时候，是作者充当分析者；有的时候，人物即是有自省倾向和能力的人，于连就是这样的人，他一边投入行动，一边时时审视自己的动机，好像另一个存在跳出自身，把自己当成了观察和分析的对象。通常有这样的自省倾向的人，更适于充当心理分析小说的主人公。

作为心理描写的一途，心理分析也有别于意识流。大略言之，意识流更注重对人物潜意识、无意识的呈现，即显现人的意识中并未浮出水面的部分“原生态”的混乱、无序状态，任其纷然杂陈而不介入、干预。心理分析小说并非不触碰人物潜意识的部分，然主要处理的是人自觉的意识层面上的心理活动，也以此为分析的对象。因为有这样的差别，意识流小说常令读者摸不着头脑，心理分析小说则是清晰的，像《红与黑》，环境、现实并不呈现为人物意识流万花筒中的碎片，而有其清晰的轮廓，于连的内心活动也是有序的，读者可以毫无障碍地追踪、把握其演化的线索。

有意思的是，司汤达的诸多小说中，只有《红与黑》具有鲜明的心理分析小说的色彩，不过就凭这一部小说，他就已经足以被认定为一位大师级的人物了。

名家点评

司汤达的《红与黑》中的于连是19世纪欧洲文学中一系列反叛资本主义社会的英雄人物的“始祖”。

——高尔基

《红与黑》是我平生最受益的书籍。

——纪德

正是因为《红与黑》，左拉称他为自然主义之父，而布尔热和安德烈·纪德则称他为心理小说的创始人。《红与黑》确实是一本令人惊叹的书。

——毛姆

中译本概况

1944年，重庆作家书屋出版赵瑞蕻译自法文的《红与黑》，这是该书最早的中译本。

1986年，上海译文出版社出版郝运译本。

1988年，人民文学出版社出版闻家驷译本。

1993年，译林出版社出版郭宏安译本，后收入“经典译林”。

第十一讲　高老头

巴尔扎克（1799—1850），法国作家。

1850年8月18日，巴尔扎克逝世。雨果站在法国巴黎的蒙蒙细雨中，面对成千上万的哀悼者慷慨激昂地评价道："在最伟大的人物中间，巴尔扎克是名列前茅者；在最优秀的人物中间，巴尔扎克是佼佼者。"雨果是个浪漫派，说话常不免夸张，这又是在葬礼上，有些煽情是自然的。不过这话比较靠谱，中国读者听上去尤其赞同。很长时间里，中国的教科书对这位法国小说家评价特别高，将他视为欧洲现实主义文学的代表人物，因为马克思、恩格斯对他的评价极高，恩格斯就说过："这里有1815年到1848年的法国历史，比所有沃拉贝尔、卡普菲格、路易·勃朗之流的作品中所包含的多得多。"有此评价，巴尔扎克在中国想不火都不行。

巴尔扎克像，罗丹塑

近乎疯狂的写作

巴尔扎克的名字是和“现实主义”联系在一起的，他的写作路数和雨果完全两样。但他在写作上的热情一点不比雨果低，甚至更疯狂。他高产得惊人，在写作的全盛期，一年要写好多部小说，而且差不多都赢得喝彩，像《高老头》那样的名作，居然是用不到一周的时间完成的，简直像是写作速度的神话。

如此说来，他好像生来就该是写小说的，其实不然。至少他父母没想过他会成为一个大作家。他父亲是个发迹的农民，母亲是个银行家的女儿，他们从未给他文学方面的培养。他在巴黎大学读的是法学院，当然是他父亲的意思。但他对法律不感兴趣，倒是旁听了许多其他课程，除文学之外，他还进修了数学、物理、化学、生物，这在文科生中很少有。自然科学方面的兴趣日后也影响到了他的写作，他构思《人间喜剧》的一个契机，就是读了生物学家布封的书：布封写博物全书，他是不是可以来写一个人类社会的“全书”？

与无数的文艺青年一样，巴尔扎克的文学梦一开始就受到家人的反对，他与父母之间的紧张关系，文学难辞其咎。大学毕业后，他拒绝父亲给他安排的公证人事务所的位置，铁了心要吃文学这碗饭。为向父母证明自己确有文学天赋，他几乎有一年时间足不出户，写出了一部戏《克伦威尔》。结果很令他沮丧，法兰西学院的一位院士读过该剧本后发话道，这位作者还是该干吗干吗，文学就算了吧。

巴尔扎克的确不是出手就高的写作天才。不过他没有就此罢休，有几年，他为书商写了一大堆各种流行小说，想先养活自己再说。再往后他又下海经商，干过出版业，开过铸字厂、印刷厂，想攒下点钱来，给自己日后的写作奠定个物质基础。可惜这些生意最终都是关门大吉，巴尔扎克不仅没赚到钱，反倒欠了一屁股债，最后还是母亲替他还清了债务。这段经历对他唯一的好处是，负债、倒闭、清算的种种苦楚让他领略到这个社会的真相，也由此积累起日后写作的素材——没有哪个法国作家经历过这番商海里的折腾。知道他的这一段（还要加上他读书时在公证人事务所接触的形形色色的人与事），我们看到他那样浓墨重彩地写人的生活中经济的一面，就不应感到意外。

当他回到写作上来的时候，他想写的东西已经与之前大不相同了。当然，此前不管从哪方面说，他都是个失败者，特别需要激励，我们不知道是否有人给过他鼓励，知道的是他自己给自己打气。他在书房里放置了一座拿破仑塑像，在塑像的剑鞘上刻下字句："他用剑未完成的事业，我要用笔完成！"——尽管是个写实风格的作家，他给自己定的这个成功的标准却相当浪漫。假如他没有获得后来的成就，此话就成了笑谈，成为狂妄自大的证据，但是他以他的《人间喜剧》证明了自己，于是他的发奋著书成了一个关于写作的励志故事。

纸上帝国《人间喜剧》

拿什么来与拿破仑PK（对决）呢？拿破仑差不多征服了整个欧洲，建立了一个帝国，巴尔扎克要用笔来建造一个纸上王国，这就是他规模庞大的系列小说《人间喜剧》，它由九十多部长短不一的小说构成，彼此独立又有某种联系，形成一个整体。《人间喜剧》写到了法国的都市、城镇、乡村，不同的地方，不同的阶层，形形色色的人物有名有姓者就有两千多个，现实生活中的各种角色，在小说中差不多都出现了，那个世界仿佛自己就可以运转起来，因为里面什么也不缺。

巴尔扎克像一个胸有成竹的建筑师那样设计他的小说大厦，让一部一部小说累加起来，构成对法国当代生活全景式的展现。所谓“全景”，就是从各种角度去状写法国社会的方方面面。他的有计划、有步骤，可以从他的构想中看出来：《人间喜剧》分成“哲理研究”“风俗研究”“分析研究”三大板块，“风俗研究”下面更小的单位是“场景”，有“巴黎生活场景”“外省生活场景”“乡村生活场景”“政治生活场景”“军旅生活场景”“私人生活场景”等，往下甚至还有更细的划分，比如“穷亲戚系列”（《贝姨》《邦斯舅舅》就在其中）。从这些题目就可看出，他想编织一张巨大的网，覆盖法国社会生活的各个角落，将其一网打尽。

罗马不是一天建成的，《人间喜剧》也不是一蹴而就的。1829年，《舒昂党人》出版，巴尔扎克在文坛上就开始有点名气了，《欧也妮·葛朗台》更让他的名声越出国界，到那时候，他还没有《人间喜剧》的构想。有一天他突发灵感想到将自己的全部作品系列化的主意时，简直兴奋莫名。带给他灵感的是但丁的《神曲》，《神曲》直译是“神的喜剧”，“人间喜剧”乃是“人的喜剧”，隐然有跟但丁这位文坛大神分庭抗礼的意思，有这样的宏愿，难怪他激动得不行。此前的作品后来都各就各位，安放到《人间喜剧》中去——当然，那些为书商炮制的小说不在其列，那是穿开裆裤时的勾当，巴尔扎克宁愿自己根本没写过。往后的所有写作，就是为这座宏伟的大厦添砖加瓦了。按他的计划，《人间喜剧》要写一百三十七部小说，到他去世时，并未全部兑现，但主体工程已完成了。它不以精美著称，内中亦有败笔，但它的宏伟庞大，却是前无古人。

巴尔扎克为此付出的代价是他的健康。他以一种近乎自虐的方式从事创作，夜以继日的工作持续了差不多二十年。每天工作十六个小时，最紧张时则达到二十个小时。如此高强度的劳作让他四十岁时身体就开始走下坡路，五十岁时便疾病缠身，结果，这位看上去很强壮的作家只活了五十二个年头。

当然，苦行僧式的写作不是他的全部。他的个人生活中值得一提的是他对贵族生活的向往，表现为对奢华的上流社会生活的热衷和对贵妇人的仰慕、追求。他成名之后出入贵族沙龙，在巴黎有好几处住所、别墅，乘最华丽的马车，有穿制服的仆役，与数名女子有染且育有几个私生子，他的债务压力与他的挥霍有直接关系。他的做派像个“土豪”，娶个有钱又风雅的贵妇人为妻也是他的“土豪”梦想之一,五十二岁时他终于和相恋多年的韩斯卡夫人结婚，旅行途中却病倒，一病不起，回到巴黎后不久就去世了。

对当代生活的全情投入

巴尔扎克的文学偶像中，对他影响特别大的，是英国作家司各特。司各特擅写历史小说，以他的方式写英国的历代演义，他的类编年史的方式让他的小说构成一个系列，此外他的小说里还有大量丰富的细节。这两点都让巴尔扎克感兴趣。不过他显然不想照单全收，对司各特将历史浪漫化、传奇化的处理，他就不感冒，他要记述的是更加真实的历史。此外，他感兴趣的是正在进行时的历史，也就是当代生活。距离产生美，也产生浪漫，不管是空间上的还是时间上的，巴尔扎克不要这些，他一头扎进活生生的当下，那个时代，很少有像他那样对当代生活那样入迷、全情投入的作家。

他入迷，是因法国社会在急剧变化中，对他就像一个巨大的谜，而他总是有所发现。《人间喜剧》分量最重的一大板块是“风俗研究”（佳构多出于此），广义地说，他的作品也可归为“社会风俗小说”，一般这类小说都有一种看穿人间诸相的世故口吻，巴尔扎克则总是在吃惊地发现，有一种新鲜感——仿佛是第一次面对世界，这恰恰是优秀作家的可贵处。后世的现实主义小说家应该感谢巴尔扎克，因为他大大地开拓了小说的表现领域。鲁迅曾将写作扼要地归为两个问题，一是“写什么”，二是“怎么写”。写什么呢？到巴尔扎克这里，似乎生活的内容都可以进入小说，什么都可以写。他同时代的作家大多只对传奇性的故事才投注巨大的热情，想象力天马行空，巴尔扎克用他的想象力来琢磨现实，现实就像浪漫传奇一样可以激发出他的热情，这股激情又使现实生活中的故事变得津津有味，甚至惊心动魄。

《人间喜剧》太庞大了，我们只能挑一部《高老头》见其一斑。

《高老头》：中产阶级的李尔王？

《高老头》在《人间喜剧》里特别为人称道，一是因本身的高

《高老头》1897年版插图（费城乔治·巴里父子公司出版）

水准，二是因为它在这个庞大体系里所处的枢纽位置。巴尔扎克发明了一种将林林总总的小说勾连在一起，形成整体的办法，即让同一人物在不同的小说中出现，如此彼此看似不相干的故事之间就有了某种联系，这些人物在不同的人生阶段出现，也让读者更能看出他们的“发展”。《高老头》中，这一类人物第一次集中登场亮相，拉斯蒂涅克、伏脱冷、纽沁根先生……所以这部小说可以说是“纲举目张”之作。

小说开头，巴尔扎克不厌其详地描绘了巴黎一隅的一处老旧的公寓——伏盖公寓。这里住着三教九流、各色人等：逃犯伏脱冷，退休的面粉商人高老头，还有从外省到巴黎谋前程的年轻人拉斯蒂涅克。高老头有两个女儿，特别得他钟爱，他让她们受贵族式的教育，参加体面人的社交，而且都嫁给了有钱人，长女嫁了个贵族，二女儿嫁给了银行家纽沁根。为了讨女儿的欢心，高老头不断拿出钱财供两个女儿维持她们排场阔绰的生活，自己的处境则越来越糟，从他在伏盖公寓里的住处越搬越糟就不难看出这一点。但是老爸的付出并没有得到回应，两个女儿根本不管他，若登门则必是向他诉苦，从他这里再榨取一些钱。让高老头难以接受的是，女儿居然当了首饰为情人还债，为此他一病不起。弥留之际老人已然一贫如洗，拉斯蒂涅克卖了自己的手表才得以让他下葬，下葬时女儿也未到场，只派来一辆有爵徽的空车。

倘若我们顺着书名去想，这当然是一个高老头溺爱其女不得回报，终被抛弃的故事——像一出中产阶级的《李尔王》。巴尔扎克的手稿上有他记下的故事线索，说明他正是此意：“高老头

1901年版《巴尔扎克作品集》，中间一册是《高老头》

的事情——老好人——中产阶级，租房子住——收入是六百法郎——女儿们收入是五万法郎，将父亲剥削干净——像一条狗一样死去。”

“厚黑学”与“成长”小说

但事实上这只是小说的线索之一，从另一角度，我们不妨把该书看成是拉斯蒂涅克完成自我教育的成长小说，虽说他的“自我教育”几乎不见正能量的踪影，他的“成长”差不多就是堕落。《高老头》是“巴黎生活场景”中的一部，巴尔扎克对“巴黎生活场景”有明确的设计：主人公大多是外省来的年轻人，在巴黎这个大染缸里浸泡，而后改变、沉沦。拉斯蒂涅克在小说中部分地担当了串场者的角色，通过他的活动，从鲍赛昂子爵夫人到伏脱冷这些属于不同阶层的人以及与之相应的生活场景被串联起来。

拉斯蒂涅克是个从小地方来的初出茅庐的小子，出现在他视野中的巴黎社会特别新奇，如万花筒般令人头晕目眩。但他不是一个纯粹功能性的人物，那些他见识的人与事也在改变着他，他的变化也是巴尔扎克着力表现的。

拉斯蒂涅克到巴黎读书，原是要日后做个清白的法官，但不久即被上流社会的生活迷惑，同时，大都市的另一面也在赤裸裸地向他展开。有两个身份完全不同的人扮演了他的人生导师，一个是神秘人物伏脱冷，一个是他的表姐鲍赛昂子爵夫人。伏脱冷开导他，要出人头地，就得像瘟疫一样轰进人堆里去。具体的方案也拿出来了：伏脱冷让拉斯蒂涅克去追求一有钱女子，为了让她顺利得到财产，还得设法把她哥哥除掉。这是干脆就让拉斯蒂涅克谋财害命了，这样赤裸裸的唆使把还是个雏儿的年轻人吓住了。鲍赛昂子爵夫人风度优雅迷人，与伏脱冷完全是两个世界的人，但她的教诲居然如出一辙，不由拉斯蒂涅克不信。二人所传授的，一言以蔽之，便是法式的“厚黑学”，“厚”是脸皮要厚，“黑”是心肠要冷。

拉斯蒂涅克果然照方抓药，去追求纽沁根夫人。给他的人生课程画上句号的，是高老头的死，这事就发生在他身边，再生动不过地告诉他，这个世界不是为好心人、老实人而设的，不能有任何不切实际的幻想。小说的最后一个场景意味深长：拉斯蒂涅克给高老头送葬后站在蒙马特高地，望着下面巴黎富人区的灯火，咬着后槽牙狠狠地说：“好吧，就让我们较量较量吧！”

之前他的“往上爬”多少还有点“犹抱琵琶半遮面”的味道，这以后他就要扔掉所有的遮羞布，再无顾忌地放手一搏了。——说《高老头》可作为成长小说读，意思就在这里，拉斯蒂涅克完成了他的自我教育，从一个不谙世事的年轻人，到这里定型了。拉斯蒂涅克在《人间喜剧》其他小说，如《幽谷百合》《幻灭》等书里又出现过，那时他已是一个飞黄腾达的中年人。顺着他在《高老头》结尾处下战书式的一句话，我们完全可以“脑补”这中间的“厚黑”故事。这个人物由此也成了一个典型，法语里有个词叫“拉斯蒂涅克式的”，即巴结权贵、不择手段攀高枝的家伙。

名家点评

在最伟大的人物中间，巴尔扎克是名列前茅者；在最优秀的人物中间，巴尔扎克是佼佼者。

——雨果

他是他那个时代的社会的洞察入微的历史家。他比任何人都善于使我们更好地了解从旧制度向新制度过渡。从塑造形象和深度来说，没有人能比得上巴尔扎克。

——法朗士

巴尔扎克是世界上最伟大的小说家，他有着惊人的天才，丰富的思想，巨大的创造力，对人的知识极为深广渊博，观察力精确细微。《人间喜剧》中创造的人物数量惊人。而在我看来，《高老头》是《人间喜剧》的代表作。

——毛姆

中译本概况

1946年，骆驼书店出版傅雷译本《高老头》（译于1944年），之后傅雷于1951年、1963年两次重译，傅雷译本流传广泛。

1951年，文通书局出版穆木天翻译的《勾利尤老头子》。

1993年，译林出版社出版韩沪麟译本，后收入“经典译林”。

2000年以后，人民文学出版社、上海译文出版社等陆续推出张冠尧、王振孙等人译本。

第十二讲　大卫·科波菲尔

查尔斯·狄更斯（1812—1870），英国作家。

自学成才的大作家

狄更斯大名鼎鼎，在英国，以妇孺皆知为标准，莎士比亚之外，文学家知名度最高的，就要数他。有一点对他十分有利：他的小说很适合充当少儿读物，很多人都是在小时候读过他的书，狄更斯是他们青少年记忆的一部分。很多人长大以后，不再读他的书，或是将读他的书视为一种怀旧，读时不由得回到青少年时代的情境，既然怀旧通常很温馨，狄更斯也就作为愉快记忆的一部分而存在。

狄更斯1812年出生于英国朴次茅斯，父亲是海军职员。早年家境小康，他小时候曾经在一所私立学校接受过一段时间的教育，但十二岁时，狄更斯的父亲因债务问题而入狱，一家人随着父亲迁至牢房居住，狄更斯也因此被送到伦敦一家鞋油作坊当学徒，每天工作十个小时。这段经历不堪回首又挥之不去，后来他在小说《大卫·科波菲尔》中，就描写了自己这一段遭遇。

之后由于父亲继承了一笔遗产而令家庭经济状况有所好转，狄更斯一度有机会重新回到学校。十五岁时他从威灵顿学院毕业，随后进入一家律师行工作，后来又转入报馆，二十岁时成为一名新闻记者。狄更斯并没有接受很多的正规教育，基本上是靠自学。

他开始在各刊物上发表文章，并最终收集成《博兹札记》出版，这是他的第一部散文集。但真正使他成名的是1836年出版的《匹克威克外传》，全书通过匹克威克与三位朋友外出旅行途中的一连串遭遇，描写了当时英国城乡的社会问题。这部小说引发了“匹克威克热”，英国城市的街头出现各种各样与匹克威克有关的商品，狄更斯也一跃成为名作家。

此后他的小说一部接一部地问世，几乎每本书都畅销。关于哪些作品可称为他的代表作，众说纷纭，大体上，看重社会批判者推崇他的《艰难时世》《荒凉山庄》《我们共同的朋友》等，偏向可读性及小说艺术者更愿意举出《大卫·科波菲尔》《远大前程》《雾都孤儿》《尼古拉斯·尼克尔贝》《圣诞颂歌》。

我们不妨顺从狄更斯自己的选择——《大卫·科波菲尔》。

《大卫·科波菲尔》(又译为《块肉余生述》)，查尔斯·狄更斯的第八部重要作品，全名是《布伦德斯通贫民窟的大卫·科波菲尔之个人历史、历险、经历和观察（他从来没想以任何方式出版)》，写于1848—1850年。和他的其他作品一样，故事以连载

《大卫·科波菲尔》1849年初版封面

的方式刊登，用时两年。在这部带有自传性质的小说里，狄更斯借“大卫自身的历史和经验”，从某些方面回顾和总结了自己的生活道路，表现出他的人生态度、道德理想。在该书1867年版前言中，狄更斯写道：“和许多溺爱的父母一样，我也有一个心中最喜爱的孩子，他的名字叫大卫·科波菲尔。”

自传色彩与人情世态

故事讲述了大卫·科波菲尔童年到成年的成长经历。父亲去世六个月后，大卫出生了，童年的大卫与母亲和家仆毕果提一块儿生活。七岁时，母亲嫁给了爱德华·摩德斯通。摩德斯通因大卫学习欠佳就常常大打出手；作为回应，大卫咬了他一口，结果被送入了寄宿学校萨伦学堂。学校校长是克里克尔先生，性情残暴。在那里，大卫与詹姆斯·斯蒂福、汤米·特拉德成为朋友。

大卫回家过节，得知母亲生了孩子。大卫返回学堂不久，母亲和婴孩就双双离世。毕果提嫁给了巴吉斯先生。摩德斯通把大卫送到伦敦的酒商那里工作——摩德斯通是其中的一名股东。大卫的房东威尔金斯·米考伯被关进了负债人监狱（国王法院监狱），在那里蹲了几个月，释放后回到了普利茅斯。伦敦再没有人照顾大卫了，于是他决定逃跑。

他从伦敦步行到丹佛，找到了他唯一的亲人——单身、古怪的贝西·特洛乌德姨婆。虽然摩德斯通想要回孩子的监护权，但姨婆决定照料他。姨婆将大卫改名为“特洛乌德·科波菲尔”，即“特洛”，该名字成为他在小说中的众多名字之一。

大卫步入成年，朋友来来去去。这包括毕果提一家，以及小艾米丽。大卫的同学斯蒂福勾引了艾米丽，与她私奔，房东女儿阿格尼丝则成了大卫的知心朋友。米考伯深陷债务烦恼，但终于鼓起勇气，揭露了乌利亚·希普的骗局。在小说里，米考伯被描述为虽然深受折磨，但依然和蔼可亲的人，——他与狄更斯的父亲有类似的遭遇，因欠债而被短期监禁。

就主要人物而言，小说都交代了结局。毕果提的哥哥丹尼尔带着艾米丽去了澳大利亚，米古治太太和米考伯夫妇也一块儿上船，他们在新世界过上了幸福生活。大卫最终成了一名作家，迎娶漂亮而天真的朵拉·洛彭斯为妻，后者不幸在难产后病故。大卫满怀悲痛地出国旅行散心，其间，阿格尼丝始终与他保持联系。当他三年后返回英国时，才发觉阿格尼丝一直爱着他。两人最终走到了一起，与姨婆贝西愉快地生活着。

从上面简要的复述也许我们已可以得到一个印象：大卫经历了很多的人与事，狄更斯一一交代，却并无主导的情节，故事不是那么紧凑抓人。——的确如此，他的小说从来不以情节设置的巧妙严谨见长，他的结构毋宁是松散的，少有戏剧性的紧张。之所以能够俘获众多的读者，狄更斯仗的是让读者感到亲切的世相描摹，还有形形色色活灵活现的人物。

故事围绕大卫的经历展开，但显然的，这不是一部“成长小说”，因为主人公并未经历内心的重大变化，基本上，我们看到的是他的“经历”而不是“经验”。与经营故事一样，描写人的内心旅程也不是狄更斯的强项。

英国19世纪小说以描摹世情的风俗小说最为发达，狄更斯的小说大体可归入此类。他的成名作《匹克威克外传》就很典型。他以带有漫画色彩的笔法勾勒形形色色的人物，这些人物特征鲜明，给人似曾相识之感，狄更斯往往抓住其特征，或是穿戴，或是一个习惯动作，或是一句口头禅，不断重复，加以放大、夸张，以至成为某个人物的标志，一出场便相伴随。比如希普，表情至为夸张，每对人言必称“我是你谦卑的……”，语气恭敬到让人战栗，一张口便知是谁，如在目前。

米考伯的好脾气，毕果提的热心肠，贝西姨婆的冷淡、古怪，都以类似的笔法写出，在英国读者读来，这些人物都非常有英国味。他们会像提起熟人一样提起上述人物以及《圣诞颂歌》里的斯克鲁奇，《匹克威克外传》里的同名主人公，《远大前程》里的匹普，等等。他们就像真实的存在，已经成了英国人生活的一部分，活在英国人的记忆里了。

米考伯先生，弗兰克·雷诺德绘

惩恶扬善与说书人的角色

狄更斯喜欢在小说中惩恶扬善，特别是那些以孤儿为主人公的小说。狄更斯喜欢写“孤儿流浪记”一类的故事，比如《雾都孤儿》（又译为《奥立弗·退斯特》)、《老古玩店》、《远大前程》（又译为《孤星血泪》）等，《大卫·科波菲尔》某种意义上也是。孤儿失去了父母，没有了家庭的庇护，较常人更需要安全感，在狄更斯笔下，却偏偏落在不堪的境地，他总是在让这些小主人公身处险恶之境，并且几乎是注定的，“托孤”所托非人，不是落在凶狠的继父手里（《大卫·科波菲尔》)，就是堕入黑暗的济贫院且流落街头（《雾都孤儿》)，至少也会摊上一位坏脾气的姐姐（《远大前程》)。

这些小说触及当时英国的很多社会问题，同时孤儿的经历也是个很能打动人的题材，因为孤儿的命运令人同情，其经历则天然的带有历险的色彩。对于安全感，对于一个温暖的家的寻找是主人公内心的渴求，也自然而然成为小说的一个主题。而最终狄更斯总是善解人意地让笔下人物找到这个家。大卫找到了贝西姨婆，后者给了他保护，他最后也有了自己幸福的家庭，像是对他不幸童年的一个补偿。

不单是结局，狄更斯小说的暖意还来自主人公总会遇上的好心人，世界的冷酷、黑暗、险恶与主人公遇到的好心人，二者是一个奇妙的对比，这些人或有各自的弱点，或者会显得可笑，却都善良、诚实、乐于助人，《大卫·科波菲尔》中的毕果提、米考伯夫妇，还有贝西姨婆，都是这样的好人。

因为狄更斯热衷于塑造这样的好人，又一再为读者奉上大团圆的结局，有人说他的小说里洋溢着“圣诞精神”（恰好他有部小说就叫《圣诞颂歌》）。过去我们的教科书上往往强调他作品中社会批判的一面，事实上他一面揭示着贫穷、不公等社会问题，一面也在为读者提供慰藉，这种慰藉还包括一些不那么善良的人最后的良心发现。甚至被举为“批判现实主义”代表作的《艰难时世》里的葛雷梗最后都幡然悔悟。这传达了狄更斯人性本善的信念，也可以说，是他对人性的一种理解。

在经典作家中，也许狄更斯最当得起“平易近人”四个字。这涉及作者与读者之间的关系。有些作家冷艳高贵，望之俨然；有些作家不动声色，与读者始终保持距离（如福楼拜）；狄更斯则对读者极尽体贴，他更像一个与读者同喜同悲的说书人，绘声绘色讲述他的故事。与读者同喜同悲，说到底，是因为他和读者大众站在同一个平面上，共享诸多的常识，包括道德观念、价值尺度，以及对人生、人性和社会的理解。这一方面让他俘获了无数的读者，另一方面也引来了一些对小说抱有更高期待的读者的诟病。《美妙的新世界》的作者赫胥黎就曾对狄更斯不以为然，认为他的小说不能满足成熟智力的要求。现代的严肃作家不再满足于传统说书人的角色，他们给自己的使命不是通过故事去加固读者既定的观念，而是要对社会、人生提供独特的深一层的理解。换句话说，他们与流行的意识形态、社会的主流价值是保持距离的，不屑于种种心灵鸡汤。与其说他们是娱乐公众的人，不如说他们是捣乱者，在原本平静的湖面投下石子，“吹皱一池春水”，让读者从一个新的角度去看待现实，看待人性。这样的作品，因为与读者的观念会有冲突，阅读起来就要费点脑筋。

反过来说，狄更斯的小说读来轻松，乃是因为他对读者既有的意识不构成冲击和挑战，读者阅读时没有什么障碍，如同欣赏一场拟人化的表演。狄更斯的小说世界简单明了、黑白分明，没有什么复杂暧昧之处。比如，他的小说里可以清晰地划分出“好人”“坏人”，《大卫·科波菲尔》里，毕果提、米考伯夫妇、贝西姨婆等当然是好人，继父摩德斯通，性情残暴的寄宿学校校长克里克尔，还有那个表面谦卑实则心术不正的希普，则是坏人。好人一概心地善良，坏人照例十恶不赦。而智力成熟的人都知道，世界不是这样黑白分明的，只有孩童才将对人世的认识建立在简单的“好人”“坏人”的划分与判断之上。至于“善有善报，恶有恶报”的一厢情愿，在赫胥黎那种口味的读者看来，更是温情主义的明证，未免太“鸡汤”了。

狄更斯缺少对社会、对人性的洞察力，相应的，他塑造人物的手法也是简单的，简单明了是他的秘诀。他的人物正因他对某个特征的不断重复与放大而容易被人记住，这却是以牺牲性格的丰富与立体为代价的，往往一个特征就等于人物的全部，可以“一言以蔽之”，就像漫画里本·拉登脸上只剩下一部大胡子，成龙脸上唯余硕大的鼻子。英国小说名家E.M.福斯特在《小说面面观》中将小说人物分为“圆形人物”与“扁平人物”，二者的不同在于，前者指作者从不同侧面有内有外地塑造人物，因而富于立体感；后者指作者只从单一的、固定的角度去描写人物，抓住一点不及其余，因而不免流于平面化。福斯特举“扁平人物”的例子，正是拿狄更斯开刀的。福斯特当然不否认“扁平人物”存在的必要性，问题是狄更斯笔下的人物全是扁平化的，他的评断上也就透露出两类人物的高下之分了。

然而上面说到的只是某一类论者的观点，他们执着于作家作为灵魂工程师的精英角色，其评价当然无碍于狄更斯在文学史上的崇高地位。狄更斯在他那个时代很流行，绝对属于畅销作家，但他的通俗并非曲意迎合读者的结果，他与读者原本就是水乳交融的。通向伟大的途径未必只有“精英”化这一条，狄更斯即使抱着娱乐公众之心，由于他的发乎内的同情与体察，倒是浑然不觉间就带出了具有原型意味的情境。比如他一再地写孤儿，以至于我们不妨从象征的意义上将其叠加起来理解为具有普遍意义的情境：引申地说，这个世界上每个人都是孤儿，我们被抛掷到一个陌生而敌意的世界，都在寻求某种安全感，摸索着面对各自的命运。

名家点评

《大卫·科波菲尔》是所有英国小说中最好的一部。

——列夫·托尔斯泰

狄更斯在19世纪小说家中无人能比。他的名声早已超出了英伦三岛和大洋彼岸的新大陆，从他身上汲取营养的作家不可胜数，如陀思妥耶夫斯基、乔伊斯、卡夫卡、福克纳、纳博科夫、贝克特、拉什迪以及2001年的诺贝尔文学奖得主奈保尔等。

——哈罗德·布鲁姆

狄更斯开城市小说之先河，只有在城市经验的维度上才能理解狄更斯的天才。

——雷蒙·威廉斯

中译本概况

1908年，商务印书馆出版迭更司著作《块肉余生述》，即狄更斯的《大卫·科波菲尔》，该译本由魏易译成白话文，林纾将白话文转化为文言文。

1943—1947年，文化生活出版社推出许天虹译本《大卫·高柏菲尔自述》。

1950年，三联书店推出董秋斯译本。

1980年，上海译文出版社推出张谷若译本《大卫·考坡菲》。

2004年，译林出版社推出宋兆霖译本，后收入“经典译林”。

第十三讲　包法利夫人

福楼拜（1821—1880），法国作家。

“苦吟”派小说家

福楼拜在中国没有他学生莫泊桑名气大——这是说在一般读者，而不是在作家、研究者中——主要是因为后者是中小学教材中的常客。事实上他在文学史上是比莫泊桑大一号的人物，他给西方小说带来的变化是革命性的。

他的生平很平淡。浪漫派的文人，通常自己的经历比作品更有戏剧性，更有声有色，比较起来福楼拜的生活却波澜不惊。他过的是一种半退隐的生活，离群索居，埋头写作，好像为后世那种宅在家里的“坐”家的写作模式开了一个头。

福楼拜出生在法国北部城市鲁昂，父亲是市立医院的院长，颇有名望。鲁昂这个地方因出现在他的小说中，变得广为人知。他一生大部分时间也在这里度过，他从叔父那里继承了一笔遗产，父亲过世后他一直居住在鲁昂城附近的一处别墅里，不用为生计犯愁，专心写作，只是偶尔到巴黎会会朋友。

他写作方面的逸事更像故事，比他的生活经历更吸引人。

其一是他的精雕细刻。他的挑剔是出了名的，《包法利夫人》他写了一千八百页，成书后只有五百页，可见他下足打磨的功夫。他一生留下的作品只有区区几部，考虑到他终身未婚，又没有其他方面的活动，在西方小说家中，实在是低产。其写作速度与巴尔扎克正好是两极：他往往枯坐数小时还写不满一面，就是写下的那几行，没准又因不满意去了掷纸篓。有个故事更夸张，说有天早上，一个客人去拜访福楼拜。福楼拜用过早饭就上楼去工作，一直忙到中午。吃午饭时，客人问他写了多少，福楼拜说，我写了一个逗号。吃过午饭，福楼拜又埋头工作了一下午。

到晚饭时，客人又问下午写了多少，福楼拜说，我把早上那个逗号抹掉了。

在福楼拜之前，已出了不少小说大家，不过与诗歌、戏剧相比，小说作为一种样式还显得粗糙，他是头一个把小说当作一门精密的艺术来琢磨的人。中国古代诗人有“苦吟”一派，所谓“吟安一个字，捻断数茎须”，是说在诗句上推敲的功夫。福楼拜在小说上也这样惨淡经营。他曾有言：“一句好的散文应该同一句好诗一样，是不可改动的，是同样有节奏，同样响亮的。”他对莫泊桑的教诲许多人都知道：“所有要说的事物，都只有一个词来表达，只有一个动词来表示它的行动，只有一个形容词来形容它。因此就应该去寻找，直到发现这个词，这个动词和这个形容词，而决不应该满足于‘差不多’。”他自己首先是个身体力

《包法利夫人》1857年初版扉页

行者，可以说，他追求的是文章的最高境界，概而言之，就两个字，“准确”——准确，再准确，让字句准确地捕捉到所要表达的意思。

福楼拜已成为写作艺术上不懈追求的典范，俄国作家果戈理被称为“俄国的福楼拜”，二人在风格上有很多不同，这话是从写作态度上说的，可见福楼拜在精益求精这点上已成了衡量其他作家的一种高标准。

《包法利夫人》像福楼拜的其他作品一样，也展示了这样的标准。

真实的与虚构的

《包法利夫人》写的是女主人公短暂的一生。书中主角爱玛·鲁奥是一位在农庄长大的女孩，因为父亲的腿骨折受伤而认识了平凡的小镇医生夏尔·包法利。包法利为她的美貌而倾倒，向她求婚，在成为包法利夫人后，平淡的婚姻生活让爱玛大失所望。她沉浸在追求炙热爱情的美梦中，先后结识了年轻人赖昂和贵族鲁道夫，并与后者发生了肉体关系。鲁道夫只是一个逢场作戏的花花公子，在厌倦了爱玛的肉体之后，他决定抛弃爱玛而到鲁昂去找另一个情妇。爱玛知道后大病一场，病好以后，她想痛改前非，开始重新生活。包法利医生带她去鲁昂看戏解闷，凑巧在剧场里遇到了爱玛曾为之心动的赖昂。两人旧情复燃，她借口学钢琴，偷偷跟赖昂幽会。陷入热恋的爱玛，从服装商人勒内那儿赊购了大量的服饰打扮自己，经营她的爱巢，累积大量债务，遂瞒着丈夫把房产权抵押了。不断的借债与典当，使得爱玛陷入困境，法院限定爱玛在二十四小时内，把全部八千法郎的借款还清。她求助于情人赖昂，暗示他盗用公款，赖昂却对她冷漠以待。最后爱玛在绝望之余吃下砒霜，痛苦地离开了这个世界。包法利先生受到严重打击，不久也死了，爱玛遗下的女儿寄养在姨母家里，因姨母家穷，后来进了纱厂。

据考证，《包法利夫人》改编自一个真实社会事件。包法利医生的原型正是福楼拜父亲的学生、外科医生德拉马尔，他是一名乡下医生，早年丧偶，1839年娶了农场主女儿、十七岁的德尔菲娜，也就是爱玛的原型。德尔菲娜年轻漂亮，但也风流淫荡，她不满乏味的丈夫，经常和别的男人通奸，由于爱打扮、乱花钱，她很快债台高筑又无力偿还，最终服毒而死。

福楼拜坚称《包法利夫人》"原型说"纯属无中生有，是没影子的事。但他的好友说了，确有其事，就是他建议福楼拜写的。福楼拜倒不是要赖账，他是警惕、反感读者对号入座的"还原"冲动，他们往往勘破了"本事"就把小说这茬给忘了，或者说，以对"本事"的"偷窥"代替了对作品的沉潜含玩。而他的小说是要细读才能解得其中味的，把《包法利夫人》"还原"为与原型相似度极高的故事，无异于买椟还珠。

俄裔大作家纳博科夫的《文学讲稿》厚厚一册，大部分都在说《包法利夫人》，足见该书的确值得玩味。福楼拜绝对有理由让我们无视他的小说与原型之间的联系：原来的故事不过是一个社会新闻里屡见不鲜的风流案，可以出现在任何地方的小报上，被人们拿来充当茶余饭后的谈资，福楼拜则化腐朽为神奇，从中塑造出令人难忘的形象，"升华"出普遍的意义。

说他"化腐朽为神奇"，是指他用最寻常的材料做出了一席盛宴。《包法利夫人》的故事太平常了，平常到他那个时代的作家大多会弃之不顾。它最大的特征，就是平庸：情节平庸、人物平庸、环境（背景）平庸。很难想象雨果那样的浪漫派作家会对这一类故事感兴趣。司汤达、巴尔扎克“现实”得多了，但他们的小说中仍然有传奇的因素。福楼拜则把“浪漫”过滤得干干净净，一点不剩，他的“现实”就是由乏味的日常生活构成的。

当然，取材还只是福楼拜反“浪漫”的一部分，同样的素材可以有不同的处理，一个寻常的故事也可以改头换面，“包装”成华美的大戏，所以更关键的是福楼拜如何处理素材。这里我们最可以看出他反“浪漫”的一贯到底：别的作家，或者会努力去从平庸中寻找不凡，福楼拜的努力则在锁定“平庸”，留住凡庸生活的原汁原味，不是将日常生活拔高了把握它，而是就在它原本的形态里擒获它。好比南派的大厨，他小心翼翼要突出的是食材的本味，决不添加过多的作料来破坏或是改变它。对福楼拜而言，任何夸饰的处理都是矫情的，矫情即媚俗，媚俗才是真正的平庸，所以他不动声色的写法也是在以他的方式反抗平庸。

平庸的悲剧与悲剧的平庸

对《包法利夫人》的读者而言，下面两个问题都是要回过头来想一想的。其一，爱玛·包法利何以会走到那一步？其二，为什么福楼拜要说“我就是包法利夫人，包法利夫人就是我”？

在许多欧美读者那里，包法利夫人已固化为一个荡妇的形象，好比中国人口中的潘金莲。“荡妇”指的是淫乱放荡的女人，想想看我们开始看到的爱玛，她嗜读浪漫的文学作品，常做白日梦，缥缈的幻想一直是她生活的原动力。这个形象与“荡妇”反差太大了——打个比方，我们很难想象一个读琼瑶如痴如醉的人最后成了荡妇。福楼拜的本事就在于将这过程写得丝丝入扣，令人信服。

关于包法利夫人的命运有多种解读。

一种解读是“遇人不淑”。不妨看看爱玛生命中的三个男人。爱玛带着少女的梦嫁给包法利，很快就证明了这是一个错误，她有多爱幻想，那位先生就有多实际，她“生活在别处”，总期待着奇异的事情在她身上发生，那位却对现状心满意足，根本不知平庸生活之外的世界。赖昂、鲁道夫的出现几乎是必然的。固然是鲁道夫勾引了爱玛，但也可以说，因为丈夫的平庸，因为她一直幻想着属于她的“浪漫”，事实上她有着一种“时刻准备着”的状态。

问题是鲁道夫根本不是她一厢情愿想象的骑士，在他那里，爱玛不过是他一长串情妇名单上新增的一个，一旦腻味，便弃如敝屣。与鲁道夫这样的情场老手相比，赖昂一开始显得嫩，与爱玛在一起时显出初出茅庐的胆怯，但到大都市历练一番，与爱玛再度相逢时，已是一个油滑之辈，爱玛是又一次全情投入，他则全当捡送上门来的便宜，一旦爱玛陷入绝境，他的一念就尽在全身而退了。总之，或不能满足她，或不肯陪她做梦，三个男人误了她的终身。那么，是不是遇上了合适的人，女主人公的命运就会因之改变？

问题是，存在那样的可能性吗？就此我们可以进入另一种解读，即爱玛所处的环境决定了她的命运，她的浪漫幻想在平庸、冰冷的现实面前，注定要碰壁。简单地说，她处在一个平庸的世界，她周围全是平庸之辈。《包法利夫人》写的是女主人公的悲剧，却是从包法利先生写起，好几十页，都在写包法利的生活，他的教育，他的母亲，由他母亲安排的第一次婚姻……福楼拜远兜远转，却不是闲笔，他是在给小说定调子，借由对包法利生活的叙述，平庸的气息已是扑面而来。小说有个副标题，叫作“外省风俗”，外省生活的特点即是闭塞、死水不波的平静，以及心满意足中的一分沾沾自得。爱玛脑子里那些在修道院里读的浪漫故事与之完全对不上景。偏偏爱玛是个如飞蛾扑火般追逐幻想的人，照作家王安忆的说法，她有将现实“想象成另一个样子的能力”，不断地用幻想来涂改现实的生活。从包法利到鲁道夫到赖昂，还有她自身的处境，她都有本事“想象成另一个样子”。然而现实仍然是固有的样子，岂会因她的想象而改变？当她看清了这一点时，离死也就不远了。

那么爱玛何以一而再，再而三地陷入幻想，终至被虚幻的梦想所误？在这里我们与另一种解读相遇——她的全部幻想都是修道院里读的那些浪漫故事塑造出来的，她中毒太深。虚无缥缈的浪漫故事让爱玛不切实际地向往一种浮华的生活，她认假为真，浪漫故事中的种种成为参照的全部标准，真实的生活反要根据它来修订。她已没有了本然的情感反应，全部的满足感来自对那些图景的临摹。那些诱人的图景让她与平庸的现实格格不入，前面说她最初的沦落一方面是鲁道夫的诱惑，一方面也是她自己“时刻准备着”——准备着入戏，进入想象中和浪漫故事相通的世界。

小说里有个细节，在与鲁道夫欢好之后爱玛兴奋地说：“我有一个情人了！我有一个情人了！”一种疑在梦中的兴奋正道出了她的入戏，与鲁道夫的偷情被她当成了一次从平庸的出走。结果却证明，鲁道夫的逢场作戏和她的入戏底子里是平庸至极的一场市井烂熟戏码。我们得佩服女主人公幻想力的强大，她可以在刚栽了跟头之后又把赖昂想象成一个梦中情人，结果可想而知，给她带来刺激的偷情最终也变得平淡无奇。假如她没有读过那些云里雾里的诗与小说，她是不是就不会想入非非，因此也就不会有那样的下场？

但是读过那一类读物的人（即使是俗不可耐的书）未必都会深受其害。这里有必要参考一下纳博科夫的解读。他认为包法利夫人的悲剧不能完全归罪于环境，她本人的低级趣味、心智的不成熟也是一因。幼儿时对童话信以为真不足为奇，成年之后仍不能区分想象与真实，就属于弱智，爱玛就是如此，以她那种错误的读书法，好书也会变成毒药。

心智不健全之外，她又是个浅薄贫乏的人。一个浪漫的人，心灵上也有深沉与浅薄，优雅与庸俗之分，纳博科夫说爱玛“聪慧、机敏，受过良好的教育，但她的心灵却是浅陋的：她的魅力、美貌和教养都无法抵消她那致命的庸俗趣味。她对异国情调的向往无法驱除心灵中小市民的俗气。她墨守传统观念，有时以传统的方式触犯一下传统的清规戒律，通奸不过是逾越传统规范的一种最传统的方式。她一心向往荣华富贵，却也偶尔流露出福楼拜所说的那种村妇的愚顽和庄户人的粗俗”。

事实上福楼拜在小说中多处暗示了爱玛低俗的趣味，她幻想的内容不外乎浮华的生活，她“倒贴”送给鲁道夫的小玩意，她在鲁昂布置的爱巢（福楼拜暗示那种脂粉气里有一种妓院的味道）莫不透露出趣味上的恶俗。尽管有许多花哨的藻饰，骨子里仍然是俗——看似两极，她其实是庸俗世界的一部分。此所以同是“出轨”，我们对安娜·卡列尼娜会寄予更多的同情，对爱玛·包法利却无法唤起同样的情感。

这样一个人物，贴上“荡妇”的标签当然是简单化了，但读者难以找到认同（对比一下安娜·卡列尼娜，还有《红与黑》中也有“出轨”之举的德·莱纳夫人）却也一点不奇怪。奇怪的是，福楼拜说：“我就是包法利夫人！”他毫不留情地写出女主人公的庸俗“本质”，却又有这样的表示，岂不怪哉？

“我就是——”这样的句式，不是一般的同情，那似乎是一种深切的认同。问题是，这是一种什么样的认同。我们可以将此话理解为写作中的移情状态，作家写作就像演员体验角色一样，往往有一种带入，福楼拜曾说，写到爱玛服毒那一段，他自己口中也满是砒霜的苦味，这就是化身人物，感同身受的体验。

但“我就是包法利夫人！”表达的意思尚不止于此。当然，那不是线性对应的简单认同，而是一种复杂、纠结的认同。认同可以是局部的，也可以是整体的；可以是表层的，也可以是内里的；可以是具体的，也可以是抽象的。从幻想、浪漫这一点上看，我们不是不能从包法利夫人身上找到与福楼拜的对应，青年福楼拜曾经把浪漫派大师雨果当作自己的偶像，是一个从浪漫主义窝里反出来的人，自身就有着爱浪漫、幻想的基因，对此他其实是矛盾纠结的。这才有“我就是包法利夫人！”这样的沉痛之语。

再往深里说，在不同的层次上，哪一个人不是像爱玛一样，生活在自己的一厢情愿之中？所以我们不妨把福楼拜的话看作悲天悯人的表述。

《包法利夫人》插图

冷漠无情与作者的退隐

福楼拜那句话是在小说之外说的，相当之“形而上”，在小说里，我们则看不到他的“同情”，相反，他显得极其克制甚至冷漠，仿佛“天道无亲”。

《包法利夫人》一出版就引来了一场官司，他因该书被指责“败坏道德，诽谤宗教”。以卫道士的眼光来看，书中有许多“有伤风化”的描写（就为此，在好多年后的中国，它又被贴上“黄书”的标签，并定为“资产阶级”的属性，“文革”中一直被禁），如果读得够细，还会发现不少涉性的暗示。但是闹到经官动府，却不尽是为此，因为类似的故事早有人写过，比福楼拜更“色”的也不在少数。

问题在于他没有一点惩恶劝善的意思。

这场官司福楼拜赢了（原本是要他修改的，但他坚持一字不动），这意味着对他的道德指控未能成立，但是他还有其他的麻烦：他对违反道德习俗的女主人公不加指责、批判，却又未表示同情——假如爱玛是个被环境毁了的可怜人，他怎么又无动于衷？“有伤风化”让卫道士大为恼怒，他的冷漠则又让当时的读者难以接受，他们不习惯这样的写法。当时的报纸上登过一幅漫画，上面画着大头小身变了形的福楼拜，一手拎着一颗鲜血淋漓的心脏——那是包法利夫人的心脏，一手持着放大镜。其中的讽刺意味一目了然，是说福楼拜冷酷无情，对待笔下的人物，就像一个冷冰冰的外科医生。

浪漫派文学是主“情”的，情感的抒发是其主要的特征，雨果、乔治·桑绝对不会这么写。抒情之风到司汤达、巴尔扎克那里明显降温了，他们更多地以客观写实的手法来扮演时代生活记录者的角色，但他们从不掩饰对人物的态度，不时出面对书中的人与事指指点点，与他们同喜同悲。《红与黑》中，司汤达对于连的回护乃至感同身受，不言而喻，巴尔扎克在《高老头》中写到高老头被女儿抛弃的凄惨结局时大发感慨，差不多要呼天抢地了。福楼拜反其道而行之。他最在意的是真实，认定“美就意味着真实，虽说真实的东西不一定都美，可是最美的东西，永远是真实的”，“丧失了真实性，也就丧失了艺术性”。写实派的作家都将写出真实定为自己的目标，问题是，材料取自现实并不就此保证作品的真实，在福楼拜看来，作家保持超然的立场，客观冷静的态度，才能确保真实性的传达。掺杂主观情感好比戴着有色眼镜看世界，理想的状态则应该像镜子一般，只负责映照，不负责评判，作者掺和其中，影像势必走样。

福楼拜当真让自己像镜子般冷漠，比照一下巴尔扎克、司汤达笔下的主人公与包法利夫人的死，这一点就更显突出。司汤达笔下于连的死显出英雄气概，巴尔扎克要唤起读者对高老头的同情，福楼拜呢？他只是不动声色地写出死亡的实况。且看福楼拜怎么落笔：

> 爱玛的下巴靠在胸前，两只眼睛大得像两个无底洞；两只手可怜巴巴地搭在床单上，就像人之将死其心也善，其形也恶，恨不得早点用裹尸布遮丑一样。……她仰起头来，叹了一口气，又倒在枕头上了，她的胸脯立刻急速起伏。舌头整个伸到嘴外，眼珠还在转动，灰暗的像两个油尽灯残的玻璃罩，人家会以为她已经死了，但是她还拼命喘气，喘得胸脯上下起伏，越来越快，快得吓人，仿佛灵魂出窍时总得蹦蹦跳跳似的。

爱玛与于连、高老头的情况完全不一样，作者与人物的关系也不一样，于连之于司汤达，简直就是替身，巴尔扎克对高老头有无限的同情，福楼拜对爱玛的态度要复杂得多，但她毕竟是他笔下的主人公，而他其实不无同情，可是写到最能引起怜悯的死亡，他一点也不心软，当真有一种科学家面对生物标本的冷静。爱玛的“死相”，怎么说也引不起美感（同样是自杀，托尔斯泰决不会以这样的笔触去写安娜的“死相”），但对福楼拜而言，不容情地写出来，才是“艺术”，至少，无碍于“艺术”。围绕着爱玛之死，他还写到了药剂师、两位医生、神父等人的种种表现，他们对爱玛毫无怜悯之心，药剂师甚至因为趁这机会能请到外科名医到家里吃饭兴奋不已，福楼拜无疑对这些角色极为厌憎，但就在这当口他仍然保持着轻松的口吻交代他们的种种做派——真是“冷”得可以。

习惯巴尔扎克式小说的读者到福楼拜这里不免感到困惑，他的如同天道无亲一样的冷漠原来是要把主动权交给读者，他将人物故事“和盘托出”，让读者自己下判断，倒变成了对读者的冒犯。打比方说，巴尔扎克式的小说，作者充当了导游的角色，读者跟着他，知道对书中的人与事采取什么态度，不必担心迷失方向——作者是上帝，信从上帝，哪会有错？福楼拜拒绝承担导游之责，他比司汤达、巴尔扎克更精细地向你呈献地形地貌，却不指点路径，你想询问他也没处去问。骤然没了导游，读者陷入四顾茫然的状态也是无怪其然。

福楼拜是有意为之。用他的话说：“作者的想象，即使让读者模模糊糊地猜测到，都是不允许的。”文学作品的“一行一页，一字一句都不应当有一丁点作者的观点和意图的痕迹”。就是说，他要达到“纯粹的客观”。

同时代人的笔下，福楼拜天性热情，在现实中很看重人格、正义、友谊，会因为见到卑鄙之人、卑鄙之事而愤愤不已。但他有他自己的艺术的纪律，进入艺术之门，就得把那一切统统留在身后。在另一处他说过，作家应该“深深地藏匿自己，像木偶戏演员那样小心翼翼地遮掩着自己手中的提线，尽可能不让观众觉察出他的声音”。既然提出了这样的要求，他小说中克制、超然、不动声色的叙事调子就是必然的了。在情感的流露上，雨果都是做加法，巴尔扎克亦如此，福楼拜却是做减法，减法的极致，就是作家仿佛不存在，至于抛头露面发议论，当然更是悬为厉禁。

话虽如此，在绝对的意义上，作家全然消失是不可能的，既然小说里的世界是他一手制造的。福楼拜反对的是作家直接登场，但若“藏匿”得好，他并不反对。在《包法利夫人》中，他就“深深地藏匿”了自己。不像后现代作家，他对笔下的世界把控得很严，他的存在像空气一样，看不见，摸不着，却又无所不在，他的态度渗透在故事的全部叙述中，像盐溶在水里。这比作者抛头露面的指指点点要微妙得多，读者必须耐下心来，细细品味，才能捕捉到蛛丝马迹。

《包法利夫人》因此是一部针脚细密的小说，有好多伏笔、照应和暗示，可以说是遍布机关暗道，通向福楼拜隐藏起来的观点，不去仔细寻绎，就难解其中味。仍以爱玛之事为例：爱玛弥留之际听到外面传来盲人的歌声，唱的是民谣，似乎不相干的(这盲人前面就出现过，唱着同样的小调)，她突然“像僵尸触了电一样坐了起来，披头散发，目瞪口呆”。“瞎子！”她喊道。爱玛大笑起来，笑得令人难以忍受，如疯如狂，伤心绝望，她相信永恒的黑暗就像瞎子丑恶的面孔一样可怕。她随即抽搐一阵便断了气。爱玛到底为何伤心绝望，为何大喊一声“瞎子！”，福楼拜一字未加解释，对她的一生也未有一语评断，但细心的读者想起瞎子的一再出现，自然有理由去想，女主人公虽有一双美丽的眼睛，却如瞎子一样看不清周围的世界，只顾扑向她的幻想。福楼拜的评断就在其中，却决不道破。爱玛的大叫，是她大彻大悟了吗？——作者就这样，引而不发。

有人称《包法利夫人》是“最完美的一部小说”，与福楼拜同时代的大作家左拉称《包法利夫人》为“新艺术的法典”，前者重在称赞小说本身的完成度，小说艺术的炉火纯青，无可挑剔，后者则点明这部小说的开风气之功，为后来的作家立了新的规则。今天看来，左拉的话一点也不夸张。《包法利夫人》之“新”在哪里？新就新在福楼拜异常执着并贯彻始终的那一点，即作家的退隐。尼采宣布“上帝死了”，石破天惊，在小说领域，福楼拜要求作家消失，隐身到作品后面去，同样是革命性的（想想看，作家在他的想象世界里，正是等同于上帝的）。

现代小说与现代派小说

后世的作家，特别是20世纪以后的作家，大都继承了福楼拜留下的这份遗产，让小说中的人与事自我呈现，力避作家本人情感的流露，成了大多数纯文学作家的选择。相反，“多愁善感”沦为一个不名誉的词，如果哪个作家被批评为不够“纯文学”，他的“罪状”中，多半会有“廉价的伤感”之类，在小说中议论滔滔，大发感慨，更是不可想象的了。也就是说，作家从小说中消失成了小说写作中一条新的“纪律”，要求严格的作家，都甘于接受这样的纪律。后来法国的“新小说”，还有罗兰·巴特提出的“感情的零度”主张，都可以追溯到福楼拜这里。

与19世纪法国的其他大作家相比，福楼拜在世时的名声不见得最大，但他对后世的影响超过了雨果、巴尔扎克、司汤达。他的写法直接开启了西方现代小说，正是在此意义上，他被尊为“西方现代小说之父”。

这里说的“现代小说”与“现代派小说”有一字之差，不可不辨。现代派小说是现代派文学的一部分。现代派文学起于何时众说纷纭，有以20世纪划界的，也有往前上溯到19世纪末的，但有一点可以肯定：不是小说挑的头，挑头的是诗歌。何为“现代派小说”说来话长，不妨抛开定义，从该派经典作家作品去体认，比如詹姆斯·乔伊斯的《尤利西斯》、普鲁斯特的《追忆逝水年华》、伍尔夫的《墙上的斑点》等。其共同特点是小说情节线索的破碎、跳跃，故事失去清晰的轮廓，令读者读来如堕五里雾中。如此这般，作者乃是有意为之，因为他们都接受非理性主义的哲学，认定写实派作家相信的有序的所谓“客观世界”不过是心造的幻影，人是理性的动物的说法也相当可疑，直觉、非理性的冲动毋宁更是人的“基本面”。依此信念，他们描摹世界的重心也就从外部世界转入人的内心，并且将内心中暧昧不明部分不加过滤的呈现，外部世界融解在人物破碎的意识流动中，仿佛在意识幽暗的闪烁中才影影绰绰地存在。时间、空间都依照人物的意识活动来处理，变得失去了确定性。传统的阅读习惯遭到颠覆，读者茫然失措，原因就在这里。

“现代小说”则是一个比“现代派小说”更宽泛的概念，它没有后者那样强烈的“离经叛道”的实验色彩，基本的时空秩序仍维持着，故对读者而言，远不像后者那样晦涩难懂。一部写实的小说，注定不属“现代派小说”的范畴，但不妨称其为“现代小说”。之所以为“现代”，我这里强调的乃是作者的退隐这一点。这一点，换叙事学的说法，即是限制视角的运用，即我们总是通过小说中某个人物的视角来体察小说里的人与事，作者作为一个无所不知的叙述者消失了，躲到了人物的后面。福楼拜以前，并非所有的小说家就不知“限制视角”为何物（事实上，我们在《红楼梦》里也可以找到限制视角的运用），但福楼拜显然是一个更自觉地接受“限制”，并将其当作某种原则的小说家。而且从他开始，作者退隐，不动声色的叙述，限制视角的使用，在西方小说的写作中，已然成为一种潮流。

名家点评

福楼拜复兴了法国文字的生命。

——马塞尔·普鲁斯特

没有福楼拜，就不会有法国的普鲁斯特、爱尔兰的詹姆斯·乔伊斯，俄国的契诃夫也不会成为真正的契诃夫。

——纳博科夫

他是世界文学中最讲究文法修辞的大宗师。他本人是个对世界的绝望者，深知人的劣败，无情揭露。

——木心

中译本概况

1925年，中华书局出版作家李劼人翻译的《马丹波娃利》，这是《包法利夫人》的首个中译本。

1948年，李健吾译本问世，由文化生活出版社出版，之后由人民文学出版社出版，流传甚广。

1992年，译林出版社出版许渊冲译本，后收入“经典译林”。

1998年，上海译文出版社出版周克希译本，2015年译者授权译林出版社出版，收入“名家名译”系列。

第十四讲　羊脂球

莫泊桑（1850—1893），法国作家。

契诃夫眼中的“大狗”

历数19世纪法国小说家，我们会说巴尔扎克“伟大”，司汤达“深刻”，福楼拜“完美”，再往下数，到什么时候会出现莫泊桑的名字，很难说。但他显然要比同一档次的许多作家名声都来得大，这很大程度上要归功于他在短篇小说上下的功夫。这也是我们要将他放到书中来讲一讲的原因。他是短篇小说之王，在契诃夫出现之前，这个领域里，没人能和他争锋。契诃夫后来居上，为短篇小说开出新境，追随者无数，但他出道时对莫泊桑高山仰止，在偶像面前很是谦卑，在他看来，莫泊桑已经写到那份上了，后来者还写个什么劲？他给自己的写下去的理由是：“有大狗，也有小狗。小狗不该因为大狗的存在而心慌意乱。所有的狗都应当叫，就让它们各自用自己的声音叫好了。”显然他把莫泊桑看成了短篇小说很难企及的一个标高。

但是莫泊桑之前，短篇小说其实是不大受人待见的。小说家要想留名后世，都是指望长篇小说，——不是没人写短篇，雨果、司汤达、巴尔扎克、福楼拜、左拉，还有因《最后一课》为很多中国读者熟悉的都德，都有短篇作品，且不乏名篇，问题是，那是他们创作长篇小说的余兴节目。莫泊桑则相反，他写过几部长篇，这些小说中虽有出色的，如《漂亮朋友》，但不足以让他享受大作家的待遇，相反，他的短篇小说让他得以分享“大师”的荣耀，——他写了三百多个中短篇小说，仅仅从量上看，他就是把这种小说家族中原本边缘的品种当主业来经营的。

当然，不仅仅是量。他之所以被尊为短篇小说的大师，除了他的作品本身的出色之外，更在于他以他对短篇小说技艺的琢磨，奠定了欧洲现代中短篇小说的模式。这里说“模式”，意思是，从他以后，短篇小说仿佛有了一定之规，后来者大体上就顺着他的路子走了。

莫泊桑的签名

严师的训练

莫泊桑出生在法国上诺曼底一个没落贵族家庭，父母很早就离异，后来他一直随母亲生活。母亲是个颇有品位的文学爱好者，从小就有意培养莫泊桑这方面的兴趣，充当了他的文学启蒙老师。十三岁时莫泊桑就学习写诗，又写过剧本。中学毕业后他就读于巴黎大学法学院，普法战争爆发后他入伍参战，表现英勇。战后他到海军部任职，当了十年小职员。这期间他一直没有停止学习写作，母亲的社交圈显然对他不无帮助，最值得一提的是，福楼拜是她的朋友，1873年莫泊桑拜福楼拜为师，这对师徒的关系成就了文学史上的一段佳话。1880年莫泊桑因《羊脂球》一举成名，这以后他便辞职专事写作。

莫泊桑像他的老师一样喜欢隐居，孤独、沉思是他习惯的状态，外出旅行也是独自一人。另一方面他又沉溺于声色犬马的生活，成名后名利双收，更是纵情声色，流连风月。这样的生活并不能让他摆脱孤独，他的内倾后来发展为忧郁症，早年就染上的梅毒更令他非常痛苦，不止一次想自杀，终至于精神病发作，进了精神病院，就在医院中去世了，死时只有四十三岁。

以他的短命，莫泊桑应该算是一位高产的作家，他的中短篇大多写于1880年至1890年这十年间，这是他写作的高潮期，佳作连连，《羊脂球》《项链》《我的叔叔于勒》《两个朋友》《菲菲小姐》《米隆老爹》《绳子》等一大批，都堪称杰构。但莫泊桑并不是一个出手就高的天才，在发表《羊脂球》之前，他有过很长一段磨炼技艺的时期。就从他拜师福楼拜算起，他也要到几年后才开始发表作品，福楼拜这位严师显然抑制了年轻人发表的冲动，他曾对莫泊桑说："天才，无非是长久的忍耐。"更有甚者，莫泊桑第一次发表作品，他不单不夸赞鼓励，反而大泼冷水。

《羊脂球》插图

1875年，二十五岁的莫泊桑首次发表小说《人手模型》，写杀人犯的手做成的模型竟复活了，而且又开始图谋不轨，最后“断手再植”方才让它平静下来。福楼拜批了莫泊桑一通，说这是挖空心思的胡编乱造。按照他的理念，创作应立足于生活，他培养了莫泊桑对生活的感受力和敏锐的观察力，也培养了他严谨的写作态度和对文体美的追求。

莫泊桑后来的写作大体上是沿着福楼拜指点的路径，《羊脂球》是一个标志，到这时他修成了正果。福楼拜非常苛刻挑剔，对《羊脂球》倒不吝惜赞美之词，他肯定地说，这是一篇“可以传世的杰作”。

窥一斑而知全豹的佳构

《羊脂球》是莫泊桑的成名作，也是他的代表作之一。成名作和代表作不是一回事：前者令作者一举成名，后者则代表了作者的最高成就。《羊脂球》让两者重合了。

这篇小说最早出现在一部叫作《梅塘之夜》的短篇小说合集里。梅塘是巴黎郊外一小镇，大作家左拉的别墅坐落于此，左拉常在此款待文友。这时的左拉已在文坛扬名立万，身边聚集了一拨文青，号称“梅塘集团”。这里面就有当时还寂寂无名的莫泊桑。某日这拨人又在梅塘别墅相聚，饱食之余，左拉提议每人讲一故事，以普法战争为背景，且以身作则，第一个讲，这就是后来的《磨坊之役》。轮到莫泊桑，他讲的便是《羊脂球》。后来六人六篇小说，结集为《梅塘之夜》。既然限定写普法战争，且又规定照第一人取材的时段来（《磨坊之役》已写到法国人战败，后面的人自然就都写之后的故事），这本小说集不妨看作一次“命题作文”的汇集。与一般情况相比，“命题作文”显然更具可比性，论者不免要就集中各篇品评高下，结果《羊脂球》压倒《磨坊之役》，左拉无意中做了陪衬人，莫泊桑则一夜成名。莫泊桑对自己这番“出道”的经历津津乐道，后来有文章详述过程。

有意思的是，这拨人议定讲述同题故事，与他们对短篇小说这一体裁的兴趣有关，他们都认定，短篇写得最好的，是当时旅居法国的俄国作家屠格涅夫，而短篇太难写了。左拉遂有后来的建议。莫泊桑是否已然打定主意，要在短篇小说上有所建树，我们不得而知。他自己也不会料到，后来他倒成了俄国作家心目中的一个标杆：契诃夫诚然说过低首下心的话，另一位文豪托尔斯泰则翻译过他的短篇。

《羊脂球》描写普鲁士军队向巴黎大举进攻后，被敌军占领的鲁昂一些居民出逃到法军还据守着的勒阿弗尔港的故事。

车上的乘客各色人都有，堪称“三教九流”：有民主党爱国人士科尔尼代，贵族德·布雷维尔伯爵夫妇，商人鸟先生夫妇，两个修女，民主党政客卡雷·拉马东夫妇和一个绰号叫羊脂球的妓女。他们来自不同阶层，出逃的原因也各不相同，一路上各有各的表演，几天的旅程，如同“车厢社会”一般，上演了一幕世态剧。

主人公是个“性工作者”，身材丰满圆润，所以有“羊脂球”的诨名。羊脂球一个人带了一篮子的食物，足够她吃上三天，她知道这些体面人看不起自己，可她还是慷慨地请大家一起吃。她的慷慨换来了车上人态度的改变。其后就到了戏剧性的时刻：马车在途中被一普军军官扣留，放行的条件是要车中的羊脂球陪他睡觉，羊脂球大声斥骂这个无耻之徒。但是车上的那些人为了个人安危逼迫羊脂球做出自我牺牲。在需要羊脂球帮助时他们用尽华丽的词句来赞美她，修女们甚至引用《圣经》的故事，劝羊脂球逆来顺受；羊脂球出于无奈，当然也因被他们捧得有些飘飘然，终向敌人献身。谁料马车被放行后，羊脂球又成了众人嘲笑、唾弃的对象。在小说的结尾，我们看到一车人都在大快朵颐，而被排除在外的她在角落里伤心难抑地哭泣。

这篇小说很能见出莫泊桑小说的特点。福楼拜强调的敏锐的感受力、犀利的观察和冷静的叙述，都得到充分的展示。莫泊桑仿佛就隐身在这群人的身旁，不动声色记录下一路上的种种，不加评判而诸人的嘴脸暴露无遗。羊脂球是故事的中心，活泼热心又没心没肺，一如她一团喜气的外貌。虽从事的是最“肮脏”的职业，事实上却是一车人中心地最单纯的一个。她一路上的遭遇是另一型的“始乱终弃”故事。身为下贱，日常的屈辱也许是生活的一部分，但此次在非“日常”的环境下（车上诸人与她不是嫖与被嫖的关系），她招来的是一场更大的羞辱。但对她表示同情并非莫泊桑所重，车上人对她态度的变化才是小说的最大看点，很大程度上，羊脂球充当了人心世态的测度计。

同行的人身份不一，共通处在于都是体面人，尤其是在羊脂球的面前。上车伊始他们便看破了羊脂球的身份，本能地将她看作是对体面的一种威胁，于是或刻意保持距离，或不加掩饰地表露厌憎，仿佛不如此不足以证明自己的正经人身份。像一切的人群一样，这些人彼此之间多有看不入眼处，然而通过表演对羊脂球的不屑，他们结成了一个体面人的整体，而羊脂球成了一个孤单的异类。

改变状况的是羊脂球备下的那篮子丰盛的食物。所谓“始乱”，也就从这里开始。羊脂球的好心肠让她在那伙人表演了他们的看不起之后仍将食物拿出来与人分享，体面人的问题是如何吃了她的而不失“体面”，她的不计“前嫌”让他们的自欺欺人仿佛自然而然。不管怎样维持住矜持，他们在“体面”之下的态度还是悄悄发生了变化，——我所谓“乱”，指的就是这些人态度的改变让羊脂球产生了错觉，以为她已经被接受为他们中间的一员了。为普鲁士军官提供性服务后回到车上时，照事前众人的奉承，她应该有理由得到他们的感恩。尽管她还是觉得有点没脸见人，却也没想到旅伴们会那么露骨地翻脸不认人。谁都要离她远点，“伯爵用尊严的神气搀着他妻子的胳膊，使她远远地避开那种不清洁的接触，仿佛她带来了羞耻”，另一个除了“远远地用怒眼望着她”，还要用低声向她丈夫说：“幸而我不同她坐在一条长凳上。”与刚踏上旅程时相比，他们加倍地表演厌憎与轻蔑。是他们撺掇羊脂球接受敌人非礼要求的，羊脂球顺遂了他们的心愿倒反过来证明了“她的肮脏”——她就是这么个货色！——证明他们此前贱视她理由是多么充分。

小说是以一种揶揄嘲讽的调子开头的，也结束在冷嘲之中：重新上路，车上人开始享用各自的美味，这让我们想起前面羊脂球的慷慨，这一次他们在修整之后，食物准备充分了，但他们当然不会想到与羊脂球分享，后者的存在，仿佛只是让他们有机会扮演正人君子。这时候科尔尼代有点无厘头地唱起《马赛曲》，“羊脂球始终哭着，并且不时还有一声忍不住的呜咽，在两段歌词的间歇中间从黑暗世界里传出来”。

《项链》插图

短篇小说成为一门艺术

我们不要忘记这篇小说的体量：在短短数十页的篇幅里，莫泊桑生动刻画了多个人物，活灵活现，神情逼肖，你不得不佩服他的能耐。

在此我们有必要对短篇小说这种样式在莫泊桑手里完成的“变身”再加说明。

先得明确，我们通常按照篇幅长短，将小说划分为长篇、中篇、短篇。长篇、短篇相对明确，中篇小说是模糊的中间地带。

流传较广的莫泊桑小说集中译本，有称为《莫泊桑中短篇小说选》的，其中较长的篇什，篇幅上并不比契诃夫的《草原》《第六病室》等更长，收入了这些作品的契诃夫的小说集则标明为“短篇小说选”，可见标准的游移。在此不必胶柱鼓瑟，硬从字数上在中、短之间做出清楚的界划，更重要的是从写法上将短篇小说与长篇小说区分开来，而《羊脂球》无疑是短篇小说的范例。

“五四”时期，胡适大力倡导中国文学的现代化，包括短篇小说的现代化，他写过《论短篇小说》一文，称中国以往没有真正的短篇小说，应该向西方学习。够格的短篇小说应该是什么样？答案是，写“生活的横截面”。以树木做比，长篇小说是写树的全貌，从树根写到树梢，短篇小说不必如此，它展示树干锯开后的那个截面，窥一斑而知全豹。他举出的正面例子，是都德和莫泊桑。胡适有意无意忽略的是，事实上，欧洲的短篇小说也有一个变化的过程。在莫泊桑之前欧洲不是没有短篇小说，假如我们把薄伽丘的《十日谈》算上，那早就有了。问题是，它们都不是现代意义上的短篇，即胡适所谓“横截面”的写法，而是有头有尾，如同长篇的梗概。“横截面”式的写法是莫泊桑的发明，或者说，在他手上固定下来的，由此他重新定义了短篇小说：短篇与长篇的区别不仅在于篇幅的长短，还在于不同的写法。相对于长篇有头有尾的纵式结构，短篇小说的结构是横向而片断化的，没头没尾（或者说，掐头去尾），“攻其一点，不及其余”。《羊脂球》就很典型，只聚焦于一次旅行，其他都略过，这个“横截面”却以片断透视了整体。

这里莫泊桑面临的问题是，一个掐头去尾的故事，如何让它引人入胜。不比契诃夫以后的读者（契诃夫另起炉灶，在短篇小说中消解了故事，从他开始，读者阅读短篇小说已然培养出另外一种趣味)，那个时代的读者仍以故事为念。恰恰在这里，莫泊桑显示出他高超的技巧。他的短篇小说素以构思巧妙著称，如同造园者经营园林一样，通过巧妙的安排，该藏者藏，该露者露，他在方寸之地制造出峰回路转、曲径通幽的效果。一个掐头去尾的故事，却有起伏，有悬念，有高潮。《羊脂球》《项链》《我的叔叔于勒》等，都是这方面极好的例子。

可以说，莫泊桑让短篇小说成了一门艺术，他为后来者开出了一条新路。从他开始，写短篇小说蔚然成为风气，许多人致力于短篇的写作，凭短篇小说立足文坛。他的追随者众多，但契诃夫崛起之后，特别是到20世纪以后，莫泊桑显得有点门庭冷落，不过也还有毛姆这样的作家不离不弃沿着他的路径走下去。

莫泊桑影响力的下降，与读者趣味的变化有关。他的写法比较封闭，对新世纪的读者而言，显得过于刻意。有道是“有一利必有一弊”，他的高超技巧是他的强项，在最好的时候，与小说的题旨相得益彰，这方面最好的例子就是《羊脂球》。有的时候，他过于仰赖技巧，小说写得花团锦簇，却不免形式大于内容，深度不足。在他的追随者那里，这一点往往推向了极致，弱点更被放大了。一个典型的例子是欧·亨利。有人将他与莫泊桑、契诃夫并称为短篇小说的三大师，事实上盛名之下，其实难副——这说法是很可疑的。夸张点说，欧·亨利的写作差不多吊死在了《项链》这棵树上。他太在意制造出人意表的效果，巧妙的构思几乎就是一切，其小说“巧凑”的痕迹太重，以至单薄而不耐读，许多读者已经习惯于等着他在结尾处花样翻新，仿佛前面都是铺垫，最后有这“眼前一亮”，就是全部了。

莫泊桑没到这地步，他的很多作品保持了形式内容之间的平衡。从文学史的角度说，他更是值得大书特书，因为他构成了短篇小说演变重要的一环。“一代宗师”的名号，他是当之无愧的。

名家点评

我根本无法想象历史上竟有这么一个时代，它能像巴黎一样拥有如此好奇同时也是如此精明的心理学家。我试举……一位真正的拉丁人，我特别喜欢的人，莫泊桑。

——尼采

莫泊桑之后，实在没有什么短篇小说可言了，不过大狗叫，小狗也叫，我们总还得汪汪汪地汪一阵子。

——契诃夫

他的小说具有形式的美感和鲜明的爱憎，他之所以是天才，是因为他不是按照他所希望看到的样子而是照事物本来的样子来看事物，因而就能揭发暴露事物，而且使得人们爱那值得爱的，恨那值得恨的事物。

——列夫·托尔斯泰

中译本概况

1904年，冷血（陈景韩）在《新新小说》第1年第2号上翻译发表的《义勇军》是莫泊桑作品首次进入中国。之后，鲁迅、周作人、周瘦鹃、胡适等陆续译介莫泊桑的多篇小说。

李青崖是最早系统翻译莫泊桑的译者，1923年起商务印书馆出版了他翻译的《莫泊桑短篇小说选》三卷。

之后，王振孙、郝运、柳鸣九等法语翻译家都出版了各自的莫泊桑译本。

1998年，译林出版社推出汪阳翻译的《羊脂球：莫泊桑短篇小说集》，后收入“经典译林”。

第十五讲　汤姆·索亚历险记

马克·吐温（1835—1910），美国作家。

“第一位真正的美国作家”

美国是个移民国家，早先的移民来自欧洲，美国的文学也从欧洲来。很长时间里，美国文学都在欧洲文学的笼罩之下，直到华盛顿·欧文的出现。他是第一个有国际影响的美国作家，故被尊为“美国文学之父”。“美国文学”的概念要能够成立，首先就是取材上要写美国的风貌，美国的人与事，其次就是要有美国的味道。这方面，比华盛顿·欧文晚几十年的马克·吐温更为突出，所以也有人称他为“美国文学之父”。就对美国文学的影响而言，马克·吐温更来得深远。威廉·福克纳就称他为“第一位真正的美国作家，我们都是继承他而来”。他是美国乡土文学的集大成者，海明威曾经说过：“一切当代美国文学都起源于马克·吐温一本叫《哈克贝里·芬历险记》的书。”

马克·吐温比欧文更乡土，很大程度上是因为他早年生活在一个更乡土的环境里。欧文出生在纽约一个富商家庭，马克·吐温出生在美国密苏里州佛罗里达乡村居民点的贫穷律师家庭。四岁时迁居到的密苏里州汉尼拔市也是个小地方，后来他最出名的两部小说《汤姆·索亚历险记》《哈克贝里·芬历险记》就是以这里为背景，虽然他给这儿另起了个名。十一岁时父亲患肺炎去世，他十三四岁便不得不出去谋生，先后干过印刷学徒、排字工、矿工、领航员。他成为一个作家，完全是靠自己摸索，也可以说，他是在社会大学里修炼成功的。这位没有受过正规教育的美国人后来凭他的文学成就获得牛津大学的文学博士学位。

他的真实姓名是萨缪尔·兰亨·克莱门，马克·吐温是他使用的众多笔名之一，也是最常用的。一般认为这个笔名源自早年的水手术语。萨缪尔曾当过领航员，与其伙伴测量水深时，他的伙伴叫道“Mark twain!”，意思是“两个标记”，亦即水深两寻（约3.7米，1英寻约1.852米），这是轮船安全航行的必要条件。可见这笔名很随意，他用这笔名给众多的报刊投稿时，并没把自己当个大腕，他也没奔着大作家的交椅去。事实上在成名之后我们也看不到他字里行间有“矜持”的味道，从另一角度说，他用这笔名也透露出他的幽默感，而幽默正是马克·吐温作品留给读者的第一印象。

不少工具书上介绍他，除了“小说家、演说家”之外，还会奉上“幽默大师”的冠冕。像狄更斯一样，他投稿的很多杂志都是以幽默吸引读者的，让他一举成名的《卡拉维拉斯县驰名的跳蛙》就是一则篇幅短小的幽默故事，读了让人捧腹大笑。马克·吐温还是一位演说大家。在当时的北美，听演说是大众的一项重要消遣，演说家巡回演讲，就像现在艺人走穴演出一样，马克·吐温演讲，吸引人之处，仍是他的幽默。幽默是他一贯的风格，当然，他的幽默不是搔胳肢窝式的：一是无低级趣味，二是常夹着讽刺，《百万英镑》《竞选州长》都是显例。他在自传里总结他写幽默小说的经验，说“为幽默而幽默是不可能经久的。幽默只是一股香味儿和花絮。我老是训诫人家，这就是为什么我能够坚持三十年”。这是对读者的一种提醒，反过来我们也不要找到了“训诫”就忘了他的幽默——他的“训诫”从来都是诙谐百出，妙趣横生的。

与英国人绅士味的幽默不同，马克·吐温的幽默更接地气，特别平易近人。若说英国幽默比较“雅”而含蓄，他的美式幽默就更俗，更直接。其中的“土”味很大程度上要归因于语言的

"土"：他大量地使用口语的表达，而且不避俚词俗语。他的幽默和美国西部传统有关。在美国西部，劳作之余，人们常以说笑话、讲故事来轻松一下，我们可以想象，马克·吐温早年对这种形式再熟悉不过了。在那样的说笑氛围里（演讲可以说是说段子的某种专业化延伸），文绉绉的书面语行不通，此外也不允许紧拉慢唱的铺垫，故事必须很快就抓住听众。前面提到的马克·吐温的成名作《卡拉维拉斯县驰名的跳蛙》像极了将那种场合的故事绘声绘色地移到了纸上。

《汤姆·索亚历险记》1876年初版卷首图

顽童故事与“外面的世界”

马克·吐温作品中，至今在世界范围内仍被广泛阅读的，当推《汤姆·索亚历险记》和《哈克贝里·芬历险记》，后者又译为《顽童历险记》。这个译名也可以用在《汤姆·索亚历险记》上——从某种意义上说，汤姆·索亚比起哈克贝里·芬来是个更标准的“顽童”。这两部小说也可以说是姊妹篇，因人物、背景是相同的，哈克贝里·芬在《汤姆·索亚历险记》里作为配角已经出现了。

《汤姆·索亚历险记》篇幅不大，故事也不复杂：汤姆幼年丧母，由姨妈收养。聪明顽皮的汤姆受不了姨妈和学校老师的管束，常常逃学闯祸。一天深夜，他与好朋友哈克贝里·芬到墓地玩耍，无意中目睹了一起凶杀案的发生。因为害怕被凶手发现他们知道这件事，汤姆、哈克贝里带着另一个小伙伴一起逃到一座荒岛上做起了“海盗”，家人以为他们被淹死了，结果他们却出现在了自己的“葬礼”上。经过激烈的思想斗争，汤姆终于勇敢地站出来，指证了凶手。不久之后，在一次野餐活动中，汤姆与他心爱的姑娘贝琪在一个岩洞里迷了路，整整三天三夜饥寒交迫，面临着死亡的威胁。后来终于成功脱险，还和好友哈克贝里一起找到了凶手埋藏的宝藏。

顽童故事，在文学上已成为一个类型了。甚至也有革命化的顽童故事，比如《小兵张嘎》。它的首要条件当然是得有一个“顽童”。张爱玲说，好人爱听坏人的故事，坏人可不爱听好人的故事。这里的“坏人”未必是道德意义上的，往往是指主人公更有个性，容易和环境发生冲突，因此也就有“戏”。倘是一种循规蹈矩的性格，一切按部就班，没有意外的事情发生，那就没有

"戏"了。顽童之为顽童，就在于他活泼好动，不愿意受约束，因此也就容易闯祸。事实上我们看这类小说的一大乐趣，就是看主人公不断地闯祸，不然何来"历险"呢？

《汤姆·索亚历险记》刚开始，我们就看到主人公又闯祸了，他因此被姨妈罚去刷墙。一个人在那儿刷墙，眼见得小伙伴一一路经这里去玩耍，实在是一种煎熬。但汤姆凭他说故事的本事，居然把他正在服的劳役渲染成仿佛是天底下最有趣的事，且难度超高，引得小伙伴都想一试身手，结果要用各种小玩意来讨好巴结他，才有幸获准帮他干活。就这样他坐收"贿赂"，让人把活全干了，而干活的人干得兴兴头头，还都如蒙赏赐一般。这是小说里的头一场高潮戏，汤姆的淘气、鬼精灵，以及活泼天性一下就显露无遗。(这一幕在塑造汤姆形象上可谓"先声夺人"，给人印象极深，以至于现在马克·吐温故乡汉尼拔市每年的"马克·吐温节"上都有一项活动——刷墙比赛。)

汤姆是个天生的心理学家，无师自通地知道怎样调动人的积极性，他通过重新定义，把一桩惩罚性的苦差事变成了一件乐事(可旁通于今日职场、市场的艺术)。他也显示了他的领袖才能，将一群人忽悠地跟着他走。美国对人才的培养、考察，重创新能力和领导才能（leadership)，大学招生除成绩之外，就很看重这一项。汤姆的孩童天性中显露出他兼具灵活头脑和领袖气质。但是当时的美国小镇上的学校，还有大人对小孩的规训，显然与孩童的天性相违，正常情况下，他的冒险精神是得不到鼓励的，汤姆得自己创造一个"外面的世界"，在那里释放他旺盛的精力。

汤姆的"冒险"都是溜到"外面的世界"发生的，那是一个超出成人掌控之外的地方。墓地、离小镇不远的"海盗"聚义处，还有山洞，这些地方让汤姆和他的朋友饱受惊吓，却又乐趣无穷。正经点说，我们在书中看到了孩童世界与成人世界的对立，学校、教堂、大人的管束构成了一种秩序，马克·吐温用漫画的笔法，极写礼拜日、课堂上的刻板沉闷，汤姆则一再以他的调皮捣蛋破坏这秩序，读者会对他那些破坏秩序的勾当报以会心一笑，作者的态度也就在这里。

马克·吐温讽刺了虚伪庸俗的社会习俗、可笑的宗教仪式和刻板陈腐的学校教育，当然也讽刺了小镇上形形色色的人物。但他的讽刺是温和的，至少对人是如此，他们显得可笑而并不可憎，

《汤姆·索亚历险记》1876年版插图

迂腐而不乏善良，他们有一整套可笑的规矩，对规矩的执着倒又于滑稽之外见出了他们的简单纯朴，马克·吐温对他们言谈行事的描写，于汤姆的冒险之外构成了美国的小镇风情录。不要忘记，汤姆的冒险，正是在小镇风情式的欢快笔调里展开的，在这样的氛围里，“淘气大王”汤姆·索亚得以在不停闯祸的情况下成为小镇人心目中的英雄，马克·吐温最后也以让他成为小富翁的结局奖励了他的冒险。

孩童视角与成人眼光的重叠

与后来的使用第一人称的《哈克贝里·芬历险记》不同，《汤姆·索亚历险记》是一部第三人称的小说。但这一点没妨碍小说的童年视角：我们的所见所闻莫不是通过汤姆的眼睛、耳朵，鲜少溢出他的感受之外。马克·吐温对孩童的心理、心性了如指掌，刻画得异常生动、准确，唯孩童有这样的好奇心，唯有这样的好奇心，世界才显得如此丰富有趣，充满神秘感。

不过细细体察，我们又可以在儿童视角的后面看到成人的眼光——对汤姆和小伙伴所作所为、所思所想的欣赏目光。汤姆的爱出风头，他的想象和对“罗宾汉”的模仿，他与贝琪之间的两小无猜，还有他所有的恶作剧……在成人眼中无不洋溢着儿童天真烂漫的气息。事实上小说章节的标题也泄露了这一点：“淘气大王汤姆·索亚”“汤姆刷墙的小伎俩”“和贝琪的亲密Kiss”“发誓严守的秘密”……都是成人的外视角，调侃打趣里透着欣赏。事实上全书的叙述口吻就是如此，在这里呈现在孩童眼中的世界和呈现在成人眼中的孩童，二者水乳交融地重合在一起。这是一部成人写的书，与孩童“现在进行时”的写作，完全是两种风味。

《汤姆·索亚历险记》因此既可以是一部少儿读物，同时又不拒绝成年人的欣赏。事实上，成人读者也许更能读出它的横生妙趣。这样一本书，相当长一段时间里，销路却不好，直到马克·吐温去世以后，才变得广受欢迎，且成为不折不扣的畅销书，同时，也成了美国文学的经典。在世界范围内，马克·吐温的所有作品中，该书的名气最大。这部分要归因于它通常被划入儿童文学的项下。如此归类，不仅因为书中的主人公是个孩童，还因为它“单纯”而朴素的三观：善良、正直、诚实、勇气，乃是最最普遍的价值。相比起来，马克·吐温的另一名著《哈克贝里·芬历险记》就要复杂得多。

有趣的是，在世界各国差不多要成为少儿推荐必选图书的这两本书，都上过美国一些地方的禁书单，因为其中的脏话和不雅的词语。马克·吐温抱怨道：“我对自己写的话十分苦恼。我专为成人们写了‘汤姆·索亚’和‘哈克贝里·芬’，没想到男孩儿、女孩儿都被允许阅读它们了，这让我倍感纠结。年少时被弄脏的心灵就再也洗不干净啦。从我的经历来说，直到今天，我都怀着无法平息的怨恨，因为不忠的监护人在我十五岁前准许，并强迫我阅读未经删节的《圣经》。做出此事又想在坟墓的这边呼吸清新甜美的空气，还没人能做的出来呢。”话中有马克·吐温一贯的幽默，未可据此就断言，二书乃是以成人为预想读者，不过至少，成人是他期待的读者的一部分。我说《汤姆·索亚历险记》成人读者读来更能得趣，并非说说而已。每个人都有一个难忘的童年，对成年人而言，童年记忆常常是一种蛊惑，“朝花夕拾”

别有一种亲切感。马克·吐温的视角一显一隐，乃是双重的，他给成人读者带来的阅读感受也有双重性，好比今日之我与儿时之我的对望，其中是时空的距离和一种也可以叫作“成长”或“成熟”的东西。

《汤姆·索亚历险记》中的小镇也令人难忘，那是工业化完成以前的社会，简单、悠闲而自在。对美国人而言，读该书也是记忆的重温。而今那样的生活对我们来说也变得遥远，现代生活的压力促使人们刹不住车地往前奔，此时回望马克·吐温笔下的汤姆们，不啻回到“初心”。

1972年美国发行的纪念邮票

名家点评

我喜欢马克·吐温——谁会不喜欢他呢？即使是上帝，亦会钟爱他，赋予其智慧，并于其心灵里绘出一道爱与信仰的彩虹。

——海伦·凯勒

所有现代美国文学，都起自马克·吐温的书。

——海明威

马克·吐温成了幽默家，是为了生活，而在幽默中又含着哀怨，含着讽刺，则是不甘于这样的生活的缘故了。

——鲁迅

中译本概况

1940年，山城书店出版章铎声翻译的《孤儿历险记》，这应是《汤姆·索亚历险记》最早的中译本。

1955年，人民文学出版社出版张友松译本。

1992年，上海译文出版社推出张建平译本。

2000年，译林出版社推出朱建迅、郑康译本，后收入“经典译林”。

第十六讲　变形记

卡夫卡（1883—1924），奥地利作家。

1924年，卡夫卡在布拉格去世，当时的欧洲文坛不会有多少人意识到，一位大师走了，而且这个人后来成为20世纪整个西方文学的标志性人物。到了21世纪，回过头来盘点刚刚过去的那个世纪的文学，很多媒体、机构给文学家排座次——不像几百年前的经典、经典作家，那早已尘埃落定，刚刚过去的时代，最是众说纷纭——卡夫卡几乎总是稳坐头把交椅，要知道，常常出现在他身后的，是普鲁斯特、詹姆斯·乔伊斯、乔治·艾略特这样的大师级人物。1924年的诺贝尔文学奖颁给了波兰作家莱蒙特，这个名字早已不被人提起，卡夫卡却随时间推移被越来越多的人知道。他不仅在西方有众多的追随者，在东方也不乏拥趸，中国当代作家残雪、格非、余华等都把他当作自己的导师。近年在读者中风靡一时的日本作家村上春树也是卡夫卡的崇拜者，他有本小说叫《海边的卡夫卡》，干脆让主人公分享了伟大作家的名字。

“一切障碍都在粉碎我”

卡夫卡出生在布拉格，这个城市一度是奥匈帝国的一部分，现在是捷克共和国的首都。当时的布拉格人有讲德语的，有讲捷克语的，卡夫卡两种语言都讲得很流利，但他选择了德语作为写作语言，所以我们要略啰唆地说，他是奥匈帝国的德语作家。

卡夫卡的父亲是个犹太商人，有很多学者都提醒我们注意作家的犹太背景，但卡夫卡自己说，他的犹太身份关系不大。卡夫卡在学校接受的是法学方面的教育，毕业后即进入保险公司工作，终其一生，他都是一名职员。他的志趣却在写作上，他把在保险公司的工作看作养家活口的“生计”，很是鄙视。他一再抱怨“生计”分散了他在写作上的注意力，却一直无法改变“朝九晚五”的状况。他的写作大都是在下班以后进行的，从职业的角度，我们可以说，卡夫卡绝对是个业余小说家。写作既不是他的生活来源，也不在他的时间表上占据首要的位置。

在德语作家中，这种志趣与现实的分裂似乎是有传统的，从歌德到浪漫派作家中的好多位，比如诺瓦利斯、霍夫曼，都是一方面是循规蹈矩的官吏、办事员，一方面在写作中君临天下，在现实之外拥有另一个世界。至少表面上，两种生活“井水不犯河水”。像卡夫卡，胜任他在保险公司的工作，上司满意，升职也没耽误。我们很难想象，像雨果、拜伦、巴尔扎克等，会每天按部就班拎个皮包到办公室去上班。卡夫卡每天的工作就是看各种工伤报告，而后做理赔，再就是写年度总结之类，我想大多数在创作上有抱负的人都会觉得难以忍受，宁可放弃稳定工作。卡夫卡的创作冲动、文学抱负较一般文学爱好者要大得多，但他就那样抱怨着一直忍受下来了。

创作是他一生的主旋律，他的生活则波澜不惊，甚至可以说无声无息。下面几点也许值得一提。一是和父亲的关系。这位父亲外向、强势，在家中是个暴君，家人几乎每天都要受到斥责，卡夫卡则内向、懦弱，父亲的意志对他而言几乎是不可抗拒的。在父亲眼中，卡夫卡就是个怪人，他在文学上的天分和抱负，父亲一点也不感兴趣。他只希望卡夫卡像他自己一样工作，获得他那个意义上的“成功”，而卡夫卡总是不达标。卡夫卡对父亲“敢怒而不敢言”，他给父亲写过上百封信，倾吐心中的积郁，将自己失败的性格归因于父亲的淫威，这些信一封也没寄出过。二是卡夫卡终其一生没有结过婚。按照传记中的记述，他曾两度订婚，最后都当了逃婚者，只是通常的“逃婚”是当事人受到外力的压迫，环境的不许，他是自己退缩了，害怕这种紧密的关系。后来查出他患有肺结核，这在当时属不治之症，婚姻也就无从说起了。他给未婚妻、女友写过很多信，或许在信中说过的话比面对面说过的话更多——看上去他更愿意以书信的方式来交流。

书信对于卡夫卡的意义非同小可，书信的功能是和对方联系和沟通，对他而言，信当然是写给对方的，同时也是写给自己的，那是澄清、反思自我的一种方式，其中充满了各种自我分析。现在我们了解卡夫卡其人，很大程度上就是通过这些信件。这些信件成了卡夫卡内敛、纠结的性格的证据。显然这位作家对人际交往有心理障碍，写信才能让他感到自如一点。事实上在现实生活中卡夫卡从来就是不自信的，他曾说过：“一切障碍都在粉碎我。”

他一生最具戏剧性的事件发生在他身后：他要求好友布罗德在他死后销毁掉他的《审判》《美国》《城堡》等小说，布罗德违反了他的意志，将这些作品出版了。有学者这样说，假如布罗德听从了卡夫卡，西方20世纪的文学就会是另一个面目。当然，卡夫卡也就不会有后来至高无上的地位。我们知道张爱玲在遗嘱中要求将《小团圆》等遗作销毁，遗嘱执行人后来还是将那些作品出版了，终让读者有机会更完整地认识这位作家。但此事与卡夫卡身后的“违约”事件完全不能相提并论，因张爱玲在生前已经成名，大部分作品都已发表，《小团圆》等书的出版并不影响到对她的总体评价。卡夫卡的情况不同，因为卡夫卡生前发表的作品很少，而且都是较短的作品（《审判》《城堡》《美国》三个长篇都是未完成的状态）。他虽全身心投入写作，对名声却并不在意，他生前没什么名气，一个原因就是发表作品的量不大。如果没有布罗德的自作主张，我们面对的卡夫卡将是残缺得厉害的一幅画像。

人变虫的故事

这里我们要谈论的《变形记》倒是卡夫卡完成并在生前就已出版的作品。它是卡夫卡的代表作，是在欧美高校课堂上被频频提及的20世纪文学作品之一。欧洲文学史上，有三部名作都译作《变形记》：古罗马诗人奥维德的诗篇，古罗马作家阿普列乌斯的小说（又译《金驴记》）。但现在最常被提及的，是卡夫卡这部在三个《变形记》中篇幅最小的作品。

“一天早上，格里高尔·萨姆莎从噩梦中醒来，发现自己在床上变成了一只硕大吓人的甲虫。”——《变形记》就是这样开始的，这也应该是卡夫卡作品中最为人熟知的句子。接下来我们看到的故事，便是格里高尔如何去面对和适应变了形的自己，还有他的家人，在父母和妹妹眼中，他那样子让人讨厌又害怕，他原是这个家庭的顶梁柱，现在成了负担，家人不知拿他如何是好。

刚开始格里高尔以为那不过是他的一个梦，还想着得赶快起来，别误了火车（他是个旅行推销员，平日的工作就是四处奔忙），误了车后果严重：上司不会听他解释的，员工干得再辛苦，他们也无动于衷。但是他变成甲虫这个事越来越像真的了，因为母亲敲门催他起床，他发现自己回答时声音不对头；妹妹央求他打开门，他又发现自己下不了床，瘫在那里，褐色的肚腹，好多条腿在无效地乱动。挣扎之际，他听见外面有他主管的声音，他的顶头上司是因他迟迟不上班，查他的岗来了。他警告格里高尔，再耽搁会丢了差事，还说他近来表现得不卖力。格里高尔申辩着，还说马上就开门，他的话门外的人却一个字也听不懂（他也意识到自己的声音变了），据此他们认定他是生大病了。最后他终于用嘴把门锁给打开了。他为误事向主管道歉，但一见到他那副样子，母亲就晕厥过去，主管吓得跑出了公寓，他想追上去，他父亲却挥动手杖把他赶回了睡觉的房间，关死了门。他在过道里受了伤，折腾得筋疲力尽，睡过去了。

再次醒来的格里高尔看见房间里放了牛奶和面包，起初他很兴奋，因这是他喜欢的食物，不料一吃之下发现完全不对味了。第二天妹妹葛蕾特进来，发现牛奶没动，就换了些剩饭剩菜摆在那儿，格里高尔吃得倒很来劲。这以后就成了惯例——葛蕾特每天进来放吃的并且打扫房间，她进来时格里高尔就躲到沙发下面去，以免自己那副样子吓着她。他慢慢也有点适应了，整天趴在墙上听家人说话。他们常常在讨论家中糟糕的经济状况，原是格里高尔养家的，现在指望不上，他们必须去找事做了。格里高尔曾打算攒钱让妹妹去学小提琴的（这事除了葛蕾特谁都不信），现在说起来也像天方夜谭了。他还听到他母亲想进房间来看他，但被父亲和妹妹阻止了。格里高尔慢慢适应了自己的甲虫身体之后，开始在墙上、天花板上爬来爬去打发时间，妹妹发现了他的新消遣，就和母亲进来把房间腾空让他有更多的地方活动，他却不能接受了，他想留下墙上他喜欢的一幅画。他从藏身处出来，母亲看到他挂在墙上，又吓得昏过去，葛蕾特见状对着他喊起来，这还是他变成甲虫后第一次有人对着他说话。他出房间跑到了厨房，父亲看到了就拿起苹果砸过来，有一个打在他背上，重重伤了他。

有天晚上，格里高尔听到妹妹在拉琴，这是应几个房客之邀。家中窘迫，就出租房间来补贴家用。格里高尔平时都很小心不让人看到自己的，这时在一团灰暗情绪中听到琴声，心有所动，不觉间就爬过来听。几个房客见到，大惊失色。父亲想让他们回到各自的卧室，他们则嚷嚷着要退租，威胁说房钱也不付了。葛蕾特觉得受够了，明白哥哥的存在对全家每个人都是一个负担，她对父母说，再这样下去家就毁了。父亲同意摆脱这个累赘，让格里高尔理解他们的难处，好自为之。格里高尔没有抱怨，他回到了自己的房间，很快就死了。

格里高尔死了，全家人都松了一口气。他们计划搬到一处小点的公寓，是为了省钱，也是为了不要再想起格里高尔让人尴尬

《变形记》封面

的存在。灾难渐被淡忘，生活恢复到常态，葛蕾特越长越动人，小说结尾处，老两口在筹划她的婚事了。

荒诞的情节与逼真的细节

上面是对《变形记》尽可能详尽的复述。卡夫卡的小说素称难解，详尽的复述不见得就能在这方面提供什么帮助，但我还是希望通过复述来给大家一个更清晰的轮廓。用“极简”的表述，我们也可以一言以蔽之，说这是一个人变虫的故事：格里高尔变成了甲虫，过段时间死掉了。

卡夫卡的故事本身从来不复杂，事情往往很简单。它的难解来自故事的荒诞性，而卡夫卡又拒绝提供任何解释。比如，格里高尔怎么会变成甲虫的呢？他的声音已经变了，说出的话谁也听不懂，家人何以就认定房间的那只大甲虫是他？这些卡夫卡都未加说明，他把它当作一个事实，理所当然地让我们接受，仿佛事情本来就是那样。事实上卡夫卡的小说经常是离奇古怪的，与我们经历过的现实相去甚远。人变甲虫这种事，谁遇到过呢？我们从小就听神话故事，看《西游记》那样的神怪小说，但那都是当神话来讲的，卡夫卡却把“怪力乱神”当真实来讲。不真实，就像梦，卡夫卡的故事多半是灰暗的调子，所以若是做梦，就是噩梦（即使他那些没有加入超现实因素的小说，也被他处理得像一场梦魇）。他的全部想象力，都用来让一个荒诞故事具有一种奇异的真实感。

《变形记》的细节都相当逼真，卡夫卡的大部分笔墨都用来刻画主人公和他周围的人如何来面对和接受这个“意外”的“事实”。整个过程被他写得煞有介事，每个人的反应都刻画入微，准确至极。人变成动物、植物的故事，在中外文学中都不鲜见，这类故事经常有一种谐趣，《变形记》里不是没有幽默的笔触，但我们一点也轻松不起来。不仅仅是因为故事的结局，更因为自始至终格里高尔在人与虫之间徒劳无益的挣扎。他的身体变成了虫，意识却还是人的，心思还在惯常的轨道上——一种分裂的状态。从他想的事情说（比如还想着赶火车，到后来妹妹和母亲搬空房间，他想留下墙上他喜欢的那幅画），他还是他；但他开始像虫一样乱爬，习惯吃酸腐食物，又是虫的习性。他看着自己身上发生的变化无能为力，亲人也不知如何对他是好，只要还把他当作格里高尔，他们就无法解脱。和他最亲密的葛蕾特最后举证说他不是格里高尔，这与其说是他又有重大变化，不如说是家人无法忍受而找来的说服自己的托词。

洞察现代生活荒诞性的先知

“我”不是我了——这当然是一个关于“异化”的故事。问题是，在变成甲虫之前，格里高尔的状况并不好。他疲于奔命地工作，生活单调而刻板，可以说，已经是一种“异化”的状态。变成虫让他从日复一日的轨道上突然脱出来，逼着他用另一个视角看取他此前的生活。事物的荒谬性，身在其中往往是看不出来的。于是他看到他往日的生活多么灰暗，看到主管代表着的机构的冷漠无情，甚至也看到了家人对他态度的变化。这一切卡夫卡都没点穿，他仅仅专注于他的冷静的、有板有眼的叙述，似乎只是对他叙述的精确性负责。这也是他一贯的做法：他的态度总是模棱两可，他的叙述充满悖论，他从来不加解释。他要做的经常是反向的，即当他觉得那个句子意思单一，或有解释的意味时，他就把它去掉。

这个故事当然可以有另外的讲法：如果重心放在“前传”上，未尝不可交代格里高尔怎样从人变成了虫（事实上主人公对之前小职员生涯的回顾暗示了这一点），但这不是卡夫卡的方式。正像小说的首句所示，卡夫卡式的犀利正在于他的不由分说。那个句子如同巨大的惊叹号，一下子抛到读者面前，又似截断众流的一声棒喝：人变成虫，这已经是一个必须面对、不容回避的既成“事实”。注意，卡夫卡要我们接受的是一个“事实”（或曰“真相”），而不是一桩奇闻。

正因不加解释，他的小说总是引起各种不同的阐释。他那些看上去很简单的故事也因此获得了象征的意味。《变形记》就是如此，它写的是发生在一个不起眼的小人物身上的离奇故事，却喻示了现代人的普遍处境——那种分裂，一种对“我是谁”的茫然，在这个意义上，我们都是格里高尔。你也许很难把自己的生活与这个“变形”故事联系起来，二者似乎太不相干了。这不奇怪，意识到这一点是需要契机的，就像格里高尔有点意识到自己的真实处境出于一次意外一样——虽然我们肯定不会变成一只甲虫。匈牙利有位马克思派的大批评家，叫卢卡奇，他原本对卡夫卡的怪诞小说持严厉的批判态度，后来在狱中重读《变形记》，却改变了立场，觉得一下读懂了。我有个朋友，早先对卡夫卡一直读不进去，在经历了一场家庭变故后，忽然觉得格里高尔家人对他的态度，与他见到的他父亲重病中周围人的反应、心态何其相似。

卡夫卡的过人之处，正在于他惊人的洞察力，他透过纷纭的世相，逼视现代人生活的真相，并将这真相揭示出来。他是一位先知式的人物，他在文学史上的崇高地位，很大程度上就是因为他在透视人的荒诞处境上扮演了先知的角色。可以说，他重新定义了小说，后来的无数作家从他这里开悟：小说可以这样写，《变形记》这样毫无戏剧性且荒诞不经的故事，可以如此这般，成为不朽的名篇。而卡夫卡这么写，与他惊人的洞察力绝对是分不开的。

名家点评

如果要选出我们这个时代的但丁、莎士比亚和歌德，那个人就是卡夫卡……卡夫卡对我们至关重要，因为他的困境就是现代人的困境。

——奥登

卡夫卡的作品使我茅塞顿开，那时才明白原来小说可以这么写。

——加西亚·马尔克斯

卡夫卡即使在现代所未具有的、错置的词组中，仍拥有现实的魔力。令人牙齿打战、隐隐作痛。卡夫卡是严肃文学中最后一个说故事者，除了模仿他，没有人知道要往何处去。

——苏珊·桑塔格

中译本概况

1966年，作家出版社出版由李文俊、曹庸翻译的《〈审判〉

及其他小说》，其中包括卡夫卡的六篇小说:《判决》《变形记》《在流放地》《乡村医生》《致科学院的报告》《审判》。

1979年，《世界文学》刊登了由李文俊翻译的《变形记》，并发表了署名丁方、施文的文章《卡夫卡和他的作品》，这是国内第一篇全面、系统评介卡夫卡的文章。

1980年代以来，陆续出版了叶廷芳、高年生、张荣昌等人的译本。

译林出版社将李文俊、米尚志翻译的《变形记·城堡》收入“经典译林”。

第十七讲　安娜·卡列尼娜

列夫·托尔斯泰（1828—1910），俄国作家。

俄罗斯在欧洲的最东边，在欧洲文化中一直处于边缘的位置，在欧洲中心地带的人眼里，那里属于“东方”，野蛮而落后。文艺复兴，以至启蒙运动，自西向东而来，越往东势头越弱，到这里差不多就没什么动静了。直到19世纪，俄罗斯在各方面都还很落后，文学上也很衰败，除了一部中世纪的《伊戈尔远征记》，欧洲文学史几乎可以对它忽略不计。但是到了19世纪，俄罗斯文学“忽如一夜春风来，千树万树梨花开”，在很短的时间里出了一大批杰出的作家，令这个国度一跃成为文学上的超级大国。从被影响到影响别人，从跟在人后到走到最前列，一个标志性的人物，是列夫·托尔斯泰。

伯爵的荒唐与忏悔

19世纪初，俄国作家对西欧还是亦步亦趋，主要是模仿法国，后来出了普希金，俄罗斯文学开始具有了自己的面目，展现了鲜明的俄罗斯民族特色。屠格涅夫则将俄罗斯文学带到了西方，在那里得到了认可。托尔斯泰情况又不同，可以说，他完成了一场征服——我的意思是说，与他的前辈相比，他的创作对英、法主导的欧洲文坛而言，更是异质性的，起初西方人不习惯，不认可，后来则不得不面对他的巨大存在，并且尊他为一个大神。很多欧洲作家膜拜他，成为他的追随者。

托尔斯泰出身贵族，有伯爵头衔，所以他又常被称为“托尔斯泰伯爵”，他的家族古老且很有名。当时的俄国还是农奴制社会，贵族的另一身份，就是大地主，托尔斯泰庄园拥有三百八十公顷的土地还有很多农奴，这些都是托尔斯泰继承下来的。托尔斯泰很小时父母即去世，他是由亲戚抚养大的。1844年他进入喀山大学，学的是法律和东方语言，但半途而废。后来他从军，在部队的经历显然比上大学给了他更多的东西。他曾多次参加战斗，作战勇敢，其中比较重要的是克里米亚战争中的塞瓦斯托波尔围城之战，后来他根据这段经历写成了《塞瓦斯托波尔故事集》，此书出版后颇受好评，他在文坛上也开始小有名气。

在这之前他已经发表了自传体小说《童年》《少年》《青年》，描述了主人公的精神成长，它们后来都成为研究托尔斯泰早年思想轨迹的重要资料。托尔斯泰是个有强烈自省倾向的人，他年轻时开始记日记，从中可看出他持续观察自我的习惯，上述小说可以视为自我观察的另一种方式。他似乎过着双重生活，很早他就对农奴怀有同情，给贫苦农民送茅草，关心他们的处境；另一方面他又过着放浪挥霍的生活，赌博欠下过一大笔赌债，出入妓院染上过性病。退伍回到圣彼得堡后，他又再度沉溺于花天酒地的生活。与彻头彻尾的浪荡子不同的是，他一边寻欢作乐，一边又对这种生活怀有罪恶感，清醒地意识到自己的堕落，知道长此以往，人就废了，他的日记里充满了纠结的自我分析。

1862年9月，托尔斯泰与索菲亚·别尔斯结婚，新郎三十四岁，新娘只有十七岁。二人育有十三个子女，其中八个成活。这对老夫少妻的婚姻并不幸福，彼此都有很多不满。别尔斯充当了托尔斯泰的秘书，为他打理庄园、整理文稿，另一方面在日记中对丈夫、对他们的生活有许多怨愤之词。二人之间因性情、观念的不同裂痕越来越大，终至不可修复。有人据此认定这段婚姻的负面影响，但不可否认的是，至少在一个时期内，它给托尔斯泰的生活带来了某种平衡，他最重要的三部长篇小说，《战争与和平》、《安娜·卡列尼娜》和《复活》，都是在婚后写成的。这三部小说，尤其是前两部，使托尔斯泰一跃成为俄罗斯文坛以至世界文坛最重要的作家。

有意思的是，托尔斯泰晚年名声达到顶峰的时候，他本人对文学的兴趣已经淡了下来。词典里关于托尔斯泰的介绍，都会提及他的其他身份：思想家，非暴力的基督教无政府主义者，教育改革家，等等。越到后来，他越被宗教、政治、社会实验所吸引。他对贵族生活方式的罪恶感发展到了对本阶级的否定，转到了宗法制农民的立场。（在《忏悔录》中他说到了自己的思想转变。）但他反对暴力革命，宣传基督教的博爱和自我修身，从宗教、伦理中寻求社会问题的解决。此所以他更热衷于写宗教性、政论性的小册子，更直接地宣传他的主张。办学校，编识字课本，等等，也是他重建宗法制乡村的一部分。至于文学，尽管晚年他仍写过小说、戏剧等，却可以归为他的宣传活动的一部分，早先的创作都被他自我否定了，他甚至说《战争与和平》等巨著不过是“老爷的游戏”。他还有很多时间花在了大量的社会活动上，组织赈灾，抗议沙皇镇压革命者……但影响最大的，还是他不以暴力抗恶的思想，后来人们称之为“托尔斯泰主义”。印度圣雄甘地即是受到他的思想的影响，走上了非暴力不合作运动之路。

托尔斯泰不仅在观念上背叛本阶级，认同宗法制农民，他还当真要过农民那样的生活。在晚年，像早先那样的人道主义，救济农民，改革收租制度减轻他们的负担等做法，对他来说已经远远不够了：那是居高临下的施舍，他要做的是成为他们当中的一员。我们现在看到的托尔斯泰大胡子像中，他都是一身地道俄罗斯农人的打扮。那不是做样子的行头，他常常像农民一样下地干活，自己缝鞋，为农民盖房子，并且持斋吃素，住农舍，过极简朴的生活。他的做法在家庭里引发了矛盾，特别是和夫人的冲突。他身边的一群崇拜者更加剧了冲突，最终导致了他的离家出走。这时他已是八十二岁的老翁，在路途上他患了肺炎，最后客死在一个火车站。

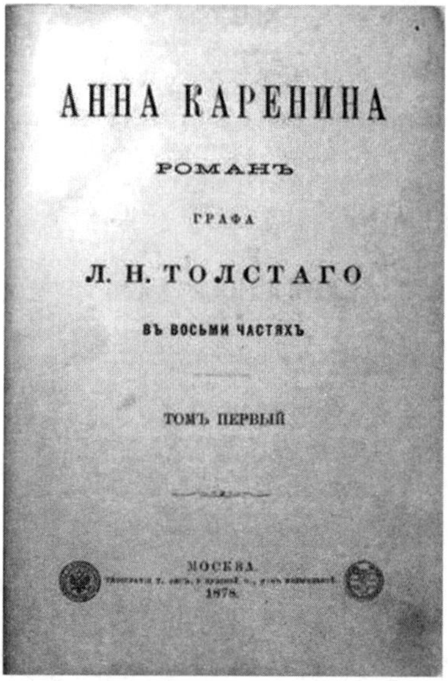

《安娜·卡列尼娜》初版扉页

“悲剧”与“全部真相”

托尔斯泰三部篇幅最大的小说，即《战争与和平》、《安娜·卡列尼娜》和《复活》，恰好是他作品中最著名的。从《童年》开始，他的小说一直带有自传色彩，即使不作为第一主人公出现，他也会以其他重要人物的面目出现在书中。在较早的小说如三部曲《童年》《少年》《青年》中，他写的就是自己；上述三部长篇中，《战争与和平》中的彼埃尔，《安娜·卡列尼娜》中的列文，以及《复活》中的聂赫留朵夫，都有他自己的影子。

但是托尔斯泰并非一个自传性的作家（人物具有自传色彩与自传性作家是两码事），他更倾向于将人物置身于宏阔的社会历史场景中，自我探索（个体的精神成长）与展现广阔的生活画面并重，两者也是交织在一起的。托尔斯泰对后者的兴趣一点不亚于前者，至少有相当长一段时间是如此。因为他对社会生活全景式的描写有史诗的气魄，他的作品常被喻为“史诗式”的。这方面最常被举证的，当然是《战争与和平》。这部以1812年卫国战争为背景的小说堪称鸿篇巨制。西方人对它浩瀚的写法以及其中的历史哲学（托尔斯泰反对英雄史观，认为历史的走向是多种力量形成的合力决定的，且有点不可捉摸，拿破仑那样的人物也不过是历史的傀儡。在西方人看来，这就有东方神秘主义的味道）都有点吃不消，因为19世纪中期的欧洲，文学艺术的中心在法国，小说也以法国最主流，法国的小说线索集中，大体是围绕主人公的命运展开，主题明确，情节相当紧凑。《战争与和平》中有那么多的人物，忽“战争”忽“和平”，场景不断地转换，头绪纷繁，读来散漫得多了。屠格涅夫的小说法国人比较容易接受，因为与“主流”小说的写法相似度较高，托尔斯泰的小说却有一股蛮性，以法国小说的标准，他是不按牌理出牌。要归纳《战争与和平》的主题似乎也无从下手：青春与衰老，生与死，高贵与卑贱，善与恶，自然与人类，战争与和平……书中似乎什么都写到了，小说就像生活、历史本身一样丰富、广阔无垠，因此让人疑惑他不是在写小说，而是在呈现生活本身。借用《美妙的新世界》作者赫胥黎关于"悲剧与全部真相"的概念，我们可以说，绝大多数作家只写出了部分的真实，相应地，只能对应于我们的部分的经验，托尔斯泰则写出了"全部真相"，对应的是人的全体的经验。

在很多资深读者看来，《战争与和平》是托尔斯泰最伟大的小说，不仅因为该书的体量，更因为它的生机勃勃，他笔下的人物比他后来小说中的人物更有生气，作家不像后来那样更乐于去扮演道德家、先知的角色。这里选择《安娜·卡列尼娜》来讨论，主要还是基于可读性的考虑。《战争与和平》不仅卷帙浩繁，它的历史哲学的讨论也让许多读者望而却步——想想看，第四卷最后部分有长达几十页的篇幅，托尔斯泰在以论文的方式讲他的历史观。书中穿插的议论也时时可见，对阅读而言，它们形成了一层硬壳，妨碍我们获得更纯粹的阅读快感。（虽然倘若我们突破了那层壳，从《战争与和平》获得的享受也许是更丰盈而美妙的。）

托尔斯泰的另一名著《复活》篇幅倒是小得多，它的写作时间在《安娜·卡列尼娜》之后，线索也更单一，却因越到晚年，作者身上道德家的成分相对小说家成分更占了上风，耽于道德、宗教问题的思考，传道教诲的色彩越发浓重，读来就沉闷得多。打个比方，《战争与和平》像是一个天高地阔、生机盎然的户外世界，《复活》则似门窗紧闭、通风不畅的室内。《安娜·卡列尼娜》的写作，时间顺序上在《战争与和平》同《复活》之间，正好是一个过渡，就小说艺术而言，比《战争与和平》成熟老练，虽已见道德化的倾向，却还没到《复活》那样耽溺的地步，小说

《安娜·卡列尼娜》1878年版插图

家托尔斯泰与道德家托尔斯泰仍有着某种平衡，故最具可读性。事实上，它也是托尔斯泰作品中最受读者欢迎的一部。

“不幸的家庭各有各的不幸”

这部小说虽说没有《战争与和平》的宏大规模，却仍是百科全书式的，涉及俄罗斯社会的方方面面，但它直接处理的，却是婚姻家庭问题，这从全书开头的两句就不难看出来：“幸福的家庭都是一样的，不幸的家庭各有各的不幸。”——这也是世界文学中最著名的开场句之一。此名的重心当然在后半句：既然“一样”，“幸福的家庭”就不必说了，托尔斯泰要引出的是“不幸”。

小说开始时，安娜·卡列尼娜并未陷入“不幸”，她年轻时与卡列宁结合，育有一子，婚姻已持续多年，安娜在社交场上光芒四射，卡列宁在官场上一帆风顺。外人眼中，这是个幸福家庭，安娜本人对她的婚姻也没有表现出任何的不满。出问题的是安娜的哥哥奥勃朗斯基的家，他与法国家庭女教师的风流韵事闹开了，因此和妻子陶丽闹翻，求助于安娜。安娜是作为一个“晓事的”调解人登场的。

当然，奥勃朗斯基的“不幸”只是个引子。这是个浮浪子弟的形象，分量太轻，他的婚姻故事根本无法负荷托尔斯泰对婚姻生活深刻的观察。这个家庭的危机很快就过去了，“出轨”只是一个短暂的插曲。他们代表了一般贵族家庭婚姻生活的“常态”，出轨与和解都属“题中应有”。托尔斯泰从这个家庭写起，并非闲笔，它构成了婚姻的底色。当然，它是“幸福家庭”一个讽刺性的注脚。

更有讽刺意味的是，安娜原是作为幸福家庭的代表来调解“不幸”的，不料自己很快陷入更深刻的“不幸”之中。她从圣彼得堡到莫斯科来当调解人，在车站认识了年轻军官伏伦斯基，并在莫斯科一次舞会中和伏伦斯基发生致命的恋情，自此不能自拔，伏伦斯基为求得安娜，追随至圣彼得堡，两人陷入热恋，安娜怀孕后向丈夫承认了私情。卡列宁一度想与妻子分居，但为了面子，又拒绝离婚并要求妻子终止恋情。后来安娜分娩时难产，在死亡面前，得到卡列宁的原谅。病后安娜无法压抑自己的情感，终于离家出走。

伏伦斯基带着安娜前往意大利旅行，这时安娜感到无比的幸福。其后她回到俄罗斯，在儿子生日时按捺不住见自己儿子的冲动，却无法容于俄国社会。上流社会把安娜看作堕落的人，断绝和她的往来。安娜移居乡下靠写作打发时间，二人共处日久，伏伦斯基和安娜在生活上的不信任日增，安娜认为情人为前途名誉离她而去，沮丧绝望之下，为处罚伏伦斯基，在火车驶近时跳下月台。葬礼之后，卡列宁带走她的女儿，伏伦斯基受到良心的谴责大病一场，后来志愿从军前往巴尔干参战，希求一死了之，解除痛苦。

与安娜的悲剧平行的是列文、吉娣的故事，两条线并不是没有交叉：吉娣原本倾心于伏伦斯基，未料伏伦斯基被安娜深深吸引，陷溺其中，就此弃她而去。列文一直是吉娣的追慕者，起初被拒绝，后吉娣遭弃，他再次求婚，吉娣为他的诚意所感，最终和他结为夫妇。但两条线索的相交仅限于开始的那一点，随后就"各行其是"，分道而行了。就因为大体是平行的关系，习惯单线小说的读者奇怪托尔斯泰为什么要"节外生枝"，专注于安娜的故事岂不更好？列文这条线是不是分散了我们的注意力？倘若集中笔墨于安娜的故事，小说岂不是更有悲剧的力量？

但如前面说的那样，托尔斯泰的第一考虑从来不是小说的形式感，而是意图的完整表达。像《安娜·卡列尼娜》这样篇幅的小说，他的意图从来不那么单一，他会把更多的经验和思考放进去。设置一个自传性人物作为代言人，是他的习惯性做法。在《战争与和平》中，托尔斯泰分身为安德烈公爵和彼埃尔，《复活》中就是主人公，在《安娜·卡列尼娜》中则由列文作为化身。由此托尔斯泰就把他对俄罗斯社会一个重要方面即乡村的描写与思考引入了小说，当然，还有宗教的思考，这与他本人的经历和思想是不可分的。不过作为一种结构性的安排，设置列文、吉娣故事的最直接意图，是和安娜的悲剧构成对比。小说中有四对婚恋关系，分别是安娜与卡列宁、安娜与伏伦斯基、奥勃朗斯基和陶丽、列文和吉娣，其他三对，“各有各的不幸”，唯独列文和吉娣，与“幸福”沾着边。列文虽在婚后产生了精神危机，这危机大体上却不是来自婚姻本身。

列文与吉娣的幸福正是托尔斯泰的理想。他们的生活是与宗法制庄园的生活方式联系在一起的，远离社交，远离都市的浮华。托尔斯泰对这种生活的理想化，从写《战争与和平》就开始了，一大家子人，简朴的生活，女主人是贤妻良母型，夫唱妇随，生一大堆孩子，一队小鸡跟着母鸡一样，这个画面对托尔斯泰来说，充满幸福感。《战争与和平》中的娜塔莎最后就定格为这样的形象。她是那么多人物中给人印象最深的，天真烂漫，活力四射，满心的憧憬，这是她的少女时代。等到嫁给彼埃尔，她就迅速完成了角色转换，再见不到活力，与之前相比，就像个有几分邋遢的大妈。此所以当时就有很多喜爱娜塔莎的读者对托尔斯泰极为不满，认定他好端端葬送了笔下的人物。吉娣远没有娜塔莎的活力，但其少女的单纯以及嫁给列文后转为贤妻良母一型却是一样的，关键是，托尔斯泰要她成为后来的样子。若是以贾宝玉的立场，这变化当然令人大为失望，但托尔斯泰不是贾宝玉，高尔基曾经说他“非常喜欢谈论女人，但总是带着俄国农民的粗野口气”，总之托尔斯泰的女性观和对男女关系的看法相当传统。判断俄国农民的态度是否要不得不是我们的事，我们要知道的是，这种态度是他希望获得的俄国农民的自然虔诚的情感的一部分，在他的想象当中，幸福的家庭就应该是这种模式。

《安娜·卡列尼娜》手稿（第九稿）

婚姻制度与生命冲动之间的裂隙

以这样的幸福婚姻为参照，再来看安娜的悲剧，我们就更可以看到托尔斯泰塑造人物时的矛盾、纠结。毫无疑问，安娜这一型的女子不是托翁的菜，她绝对镶嵌不到他的幸福家庭中去。托尔斯泰最终将她塑造成有着悲剧结局却令人同情的形象，有违他的初衷，连他自己也没料到。《安娜·卡列尼娜》的构思始于1870年，而到1873年托尔斯泰才开始动笔。这是他一生中精神困顿的时期。最初，托尔斯泰是想写一个上流社会已婚妇女失足的故事，只打算写成一部中篇小说。不料原来的构思不断被修改：小说初稿仅用了短短的五十天时间便告完成，然而托尔斯泰很不满意，他又花费了数十倍的时间来不断修正，前后经过十二次大的改动，迟至四年之后才正式出版。这时，小说废弃的手稿高达一米多高，而最后完成时，已是一部分上下两册，一千多页的鸿篇巨制。那段时间，“全部都应当改写，再改写”，是托尔斯泰经常挂在嘴边的一句话。显然，一部《安娜·卡列尼娜》与其说是写出来的，不如说是改出来的。

最大的改变，莫过于安娜形象的“面目全非”：她从一个低级趣味的失足女人变成真诚，严肃，宁为玉碎、不为瓦全的女性。何以会有这样的变化？一种解释是，作为一个现实主义的作家，托尔斯泰掌握的创作方法的先进性让他获益：现实主义要求他按照人物性格发展的逻辑去塑造他，哪怕这违背了自己的意愿。精研经典的哈罗德·布鲁姆则宁愿归因于作家的才华：“托尔斯泰的叙述才能如此有力而持久，所以他的布道式说教并没有太多地损害他的小说，也没有使其带有偏向。”总之，道德家托尔斯泰向小说家托尔斯泰让了步。简而言之，随着写作的深入，安娜已获得了自己的生命，变成了活生生的存在，超出了作者的掌控。作为一个有丰富写作经验的人，托尔斯泰当然知道，这往往是写作进入佳境的一个标志，而他选择了顺从自己的艺术直觉。

于是我们看到了世界文学中一个著名的女性形象。

安娜身上有一种按捺不住的生气，托尔斯泰从一开始就突出这一点，社交场上风情万种的贵妇人不在少数，这种生气则让她有一种特别的光彩，也让她在伏伦斯基眼中显得分外迷人，把他从年轻貌美的吉娣身边吸引过来，身不由己陷入情网。显然，人的自然情感与社会规范、道德习俗的冲突在这样的人身上才能得到更充分的演绎。

与安娜形成直接冲突的是丈夫卡列宁。这个人物以往多被说成一个冷漠、虚伪的反派角色，实际上他不过是个循规蹈矩的官吏而已，就一般的标准而言，他称得上合格的丈夫，甚至是一个宽大为怀的丈夫——他不是在安娜难产时原谅了她吗？他后来出于面子的考虑以及某种报复心理拒绝与安娜离婚，常被作为他虚伪的证据，事实上也只能说明他的世俗，而不是不道德。只是在文学作品中我们往往对人物提出了超于世俗的要求，卡列宁才显得令人难以容忍，而在现实中大多数人采取的恰是世俗的标准。文学的一个重要功能，就是让我们摆脱世俗的眼光，更无所顾忌地直面人性和人生。不过适当的"还原"仍可以帮助我们避免简单化的道德判断。

细读小说我们就会发现，托尔斯泰无意将卡列宁填进恶人的模子，或是贴上"冷漠""虚伪"的标签，即使这个人物他显然不喜。卡列宁的罪过，就在于他的平庸，他对婚姻的要求，也代表了一般人维持婚姻的常态。安娜带来的汹涌激情则是对常态的冲击。那股激情，也即她身上按捺不住的生气，原本是蛰伏着的，既然结婚多年，她并未对家庭有何不满，现状继续下去是完全可能的。伏伦斯基的出现激活了她的激情，改变了一切。

恰是在激情被唤醒之后，与卡列宁的婚姻连同社交场上的风光才显得苍白无聊。安娜不是不知道她会面对的窘境，也不是对家庭毫无愧疚（尤其是对儿子阿辽莎），但这一切都敌不过内心更大的冲动。她的性格让她如同飞蛾扑火，不管不顾地拥抱感情。小说中有一处，特别能看出她的身不由己，被激情裹挟而去。即看赛马的一段（这一段因马克思派批评家卢卡奇举以说明"现实主义"与"自然主义"之别而格外有名），见伏伦斯基坠马，她失态地大叫出声，令与伏伦斯基的隐情暴露无遗，她不设法掩饰，找回她的矜持，反而对卡列宁说："我爱他，我是他的情妇，……随便你怎么处置我吧。"

即使在这种情况下，安娜仍有可能“悬崖勒马”，或者说“亡羊补牢”，奥勃朗斯基不是在出轨东窗事发后挽回了婚姻吗？上流社会类似的风流事多了去了，大多并未导致家庭的破裂，她的“奸情”败露未尝就没有“回头是岸”的可能。但那样一来，安娜就成了女版的奥勃朗斯基。当然，安娜绝对不是。

安娜的悲剧在于，她的情感发乎天性，人为的道德规范、婚姻家庭却终要来设限。托尔斯泰无疑是婚姻、家庭坚定的捍卫者，但在这里，经由对安娜身上那股激情的描述，他已质疑了这样的“制度安排”。

问题是，安娜与伏伦斯基也没有找到什么出路。二人很快就陷入内外交困的境地。“外”是指外界的压力，奥勃朗斯基式的出轨不难获得社会的接纳，他的“浪子回头”包括之前偷情的遮遮掩掩都是对规则的接受，他也从未想要挑战这规则；安娜他们的同居则是公然的挑战，转而成为对上流社会的“体面”的冒犯，于是他们被视为不名誉的人，被社交圈抛弃。“内”是指二人关系发生的变化，伏伦斯基不能始终将激情保持在与安娜同样的高度，安娜则因自己付出的巨大牺牲将伏伦斯基的爱看作了生活的全部，向他索取更多的爱，求之不得便陷入了怀疑、猜忌的情绪，伏伦斯基被这样的索取弄得心烦意乱，渐生厌倦。安娜越是感到对方热情的降温，便越要得到更多爱的承诺来获得安全感，伏伦斯基则被安娜索取越多，就越是陷入厌倦之中，如此这般，二人关系便陷入了恶性循环。

“内”与“外”是互相联系的，外界压力终会导致二人关系的变形。问题是，即使外力不发生作用，二人的关系也看不到什么前景。这关乎情感的本质，一是激情能够维持多久；二是倘若激情终有从高峰滑落之时，双方是不是同步，如果有先后，一方如何能让对方保持这种源于激情的关系？安娜与伏伦斯基上演的并不是一出“多情女子负心汉”的戏，伏伦斯基无疑爱着安娜，他因安娜卧轨自杀要惩罚自己，到战场上去送死，这个结局也让他与花花公子式的人物保持了足够的距离。但是一段感情仍然无可奈何的凋谢了，而且最终以安娜自杀这样戏剧性的方式收场。

托尔斯泰无比纠结地让他的人物走向这样的结局。高尔基说，托尔斯泰对女人的态度“是一种顽固的敌意。他最喜欢做的事情莫过于惩罚她们”。这是在他的晚年，他自己的婚姻百孔千疮，难以修复之后。不过即使在之前，安娜这样的女子也不是他所欣赏的，他不相信婚姻之外的爱情能够通向幸福，而且“红颜祸水”，他还有一种恐惧，因为安娜身上的激情会导向毁灭。所以他不会让安娜有另一种结局，卧轨自杀某种意义上说是“罪有应得”的惩罚。另一方面，托尔斯泰显然体味到人的自然情感的不可遏止以及它的正当性，所以他让激情的安娜焕发出夺目的光彩。捍卫家庭，视“奸情”为罪，他要惩罚安娜；承认自然情感的正当性，所以他同情安娜，也把这种同情传递给了读者。《安娜·卡列尼娜》的题词用的是《圣经》上的一句话：“伸冤在我，我必报应。”意思是说，人所做的好事和坏事有其快乐和痛苦的结果，这不是来自人，而是来自上帝。俄罗斯学者多以为这正是提示“犯罪和不可逃脱的惩罚”，这或许是有道理的。不过也不妨另做解释：安娜的悲剧，以人世的道德难以裁判，该当何罪，唯有上帝知道。陷入矛盾的托尔斯泰将问题上交了。

在《安娜·卡列尼娜》中，托尔斯泰虽给出了列文、吉娣这对幸福的样板，却并未就婚姻家庭提供完美的答案，但这一点也无碍于这部小说的伟大，事实上伟大的文学作品正是这样的——揭出病症，不开药方。

名家点评

《安娜·卡列尼娜》是一部白璧无瑕、尽善尽美的艺术杰作。现代欧洲文学中没有一部同类的东西可以和它相比。

——陀思妥耶夫斯基

不认识托尔斯泰者，不可能认识俄罗斯。

——高尔基

从文艺复兴以来，唯一能挑战荷马、但丁与莎士比亚的伟大作家。

——哈罗德·布鲁姆

中译本概况

1917年，中华书局出版由陈家麟、陈大镫据英文转译而成的文言文节译本《婀娜小史》。

1956年，人民文学出版社出版周扬、谢素台翻译的《安娜·卡列尼娜》，这是第一个中文全译本。

1981年，上海译文出版社出版草婴译本。

1992年，浙江文艺出版社出版力冈译本。

2014年，译林出版社推出草婴译本，收入“经典译林”。

第十八讲　罪与罚

费奥多尔·米哈伊洛维奇·陀思妥耶夫斯基（1821—1881），俄国作家。

从“穷人”到灵魂拷问

19世纪是俄罗斯文学的黄金时代。关于“黄金时代”的代表人物，曾有“三巨头”之说，指的是屠格涅夫、托尔斯泰和陀思妥耶夫斯基。从影响的深远来说，屠格涅夫是不能和其他两位相提并论的，我们也举不出堪与《战争与和平》《卡拉马佐夫兄弟》等相提并论的巨著。托尔斯泰与陀思妥耶夫斯基都是立于世界文学之巅的伟大作家，俄罗斯文学的双璧。他们的文学取径不同，一个展示了人类生活的广度，一个探测了人类灵魂的深度。托尔斯泰引领我们进入的是一个深邃复杂的世界，但这个世界与我们以常识理解的世界仍有很大程度的相似性；陀思妥耶夫斯基则引导我们进入一条幽深的隧道，这是我们通常足迹不能到达的地方，即使偶然进入也难以长时间驻足，因为难以承受那一份焦灼和紧张。

托尔斯泰的世界是正常人眼中的世界，陀思妥耶夫斯基呈现给读者的，往往像是重症患者眼中的世界。很多人都有的经验，病中的人有一种特别的敏感，意识到常态下我们不会意识到的东西——一种对于世界表象的奇异的穿透力。与托尔斯泰相比，陀思妥耶夫斯基更是一位走极端的作家，他的读者往往也是两极化的：或者是读不进去，对他的世界很是抵触；或者是对他五体投地，读他的小说像坠入巨大的旋涡一般，跟着人物卷入最深处。

陀思妥耶夫斯基的生涯充满戏剧性，这倒不是说他的经历怎样丰富多彩，而是说他经受了巨大的内心事件。有几点，对他成为那样一位作家是至关重要的，这里稍加罗列。其一，他孩童时代的生活。他的父亲是一名退休军医，工作的地点是莫斯科郊外的一个穷人医院，荒郊野岭，犯人公墓、孤儿院、疯人院，他的天地除了家人，就是穷人、病人。他的父亲是个无可救药的酒鬼，对家人很粗暴——有个说法，《卡拉马佐夫兄弟》中那个暴虐的老卡拉马佐夫就是以他为原型的。也就是说，陀思妥耶夫斯基是在一种相当严酷、粗粝的环境中长大的。其二，他二十四岁就以《穷人》一举成名，尼克拉索夫和别林斯基这两位文坛上举足轻重的人物读了初稿都认定他是一个天才，并且认定，果戈理后继有人了。果戈理是当时俄罗斯文坛旗帜性的人物，这个评价因此非同小可。其三，陀思妥耶夫斯基并未就此走上名作家的坦途，他因对空想社会主义的兴趣，参加了圣彼得堡拉舍夫斯基小组，1849年因牵涉到反沙皇的活动被捕，并被判了死刑，只是在行刑的最后关头改判流放西伯利亚，他的生死，只在一线之间，经受的心理震荡，常人难以想象。流放长达十年，严酷的环境令他的身体和精神都遭受严重摧残。他早先就患有癫痫症，经此磨难，发作大为频繁。其四，1860年他终于回到圣彼得堡，继续写作生涯。这时他的思想已发生很大变化，早先的小说带有社会写实意味，此时则开始转向宗教与哲学的探讨。

陀思妥耶夫斯基最著名的作品《罪与罚》《白痴》《群魔》《卡拉马佐夫兄弟》，都是他转向之后的作品。他的成名作《穷人》以及较早的《被侮辱与被损害的人》，从书名就可看出怜悯底层苦难的人道主义和社会批判色彩，他也因此被别林斯基视为果戈理的传人（虽然他后期的作品已经远不是“果戈理的道路”所能笼罩，他成了“人类灵魂的拷问者”）。

这里要讲的《罪与罚》很典型地显现了他转向后的特征。

犯罪小说与拉斯柯尼科夫的“问题”

《罪与罚》的主人公拉斯柯尼科夫是个法律系大学生，在圣彼得堡求学，离群索居，贫病交加，且长期患有忧郁症。像他这样贫寒出身、处境卑微的人并不鲜见，他的特别处在于他的狂想：他认为伟大的人可以不受道德的约束，为了更高的正义甚至有权力犯罪。开当铺的老太婆成为他这念头的牺牲品，此人为人贪吝刻薄，拉斯柯尼科夫杀她绝对具有正当性。一番谋划后他用斧子砍死老太婆，掳走珠宝钱财，且失手杀了其妹丽莎维塔。

这只是小说的开头部分，接下去，拉斯柯尼科夫并未以他的观念逻辑让自己心安理得，相反，他被罪恶感苦苦纠缠。这期间他认识了一位为赡养家人而被迫卖淫，但信仰却极为虔诚的女子索妮雅。受到索妮雅和预审官波尔费利等影响，他最后向警方自首。经过审判，拉斯柯尼科夫被流放到西伯利亚服刑八年，索妮雅跟着他到西伯利亚，拉斯柯尼科夫对索妮雅一直不谅解，不敢正视她的存在。直到索妮雅大病一场的时候，他才终于发现自己是如此爱她，决心用尽一切来补偿她。在小说结尾拉斯柯尼科夫终于忏悔，皈依了东正教。

根据上面的梗概，我们可以说《罪与罚》写的是一桩杀人案，但这等于什么也没说。在现实中与在文学中，杀人事件太多了，用贴标签的办法，我们可以把《红与黑》也说成是杀人案，只不过是未遂。陀思妥耶夫斯基喜欢利用通俗小说的一些元素，他不止一次让他的小说寄身在一个罪案小说的框架里，除了《罪与罚》之外，《卡拉马佐夫兄弟》也是，谁杀死了老卡拉马佐夫在小说的大部分时间里都是一个勾人的悬念。《罪与罚》中，拉斯柯尼科夫与检察官的心理较量，以及他关于是否去自首的挣扎，制造了足够的紧张，可以看成另一型的悬念。但是显而易见，罪案对于陀思妥耶夫斯基而言只是一个外壳，“真相大白”的过程对于标准的罪案小说几乎就是全部，《罪与罚》则早早就把谜底摊出来了。不妨说，罪案小说的终点被陀思妥耶夫斯基处理成了起点，杀人不过是个引子，通向了作者心中的“问题”。

《罪与罚》与陀思妥耶夫斯基的其他小说一样，是最深刻意义上的“问题小说”，其“问题”贯通了社会、哲学与宗教，而后者才是他的重点所在。读他小说那种挥之不去的焦灼感、紧张感就来自他的“问题”，他的人物被“问题”苦苦纠缠，并且将作为读者的我们也卷入其中——陀思妥耶夫斯基不向读者提供置身事外的机会，他注定要把人物面对的问题变成我们的问题。

作为一个罪犯，拉斯柯尼科夫相当“业余”，他没有多少精心的策划，这才在慌乱之中杀死了老太婆无辜的妹妹丽莎维塔，他相当长时间逍遥法外也不是因为他消除犯罪痕迹的手段有多么高明，只是一些阴差阳错的巧合。没错，这个罪案是地地道道的谋杀，因为拉斯柯尼科夫并非一时冲动，而是谋定而后动的；只是通常的蓄意杀人，罪犯“谋”的是行事的周密巧妙，拉斯柯尼科夫的“谋”却是理论上的，就是给自己一个杀人的正当理由。这也正是他的“问题”，甚至不妨说，是陀思妥耶夫斯基的“天问”。

任何社会，自说自话就杀人都是不赦之罪。《水浒传》中好汉杀人是“替天行道”，宋江得到九天玄女的授权，好汉们是得了上天的指令才“无法无天”的，在书里面，这样就“自圆其说”了。拉斯柯尼科夫没有得到任何外在权威的授权，他得通过个人的思考获得理由。其逻辑是：天底下，人可以分为平凡和不平凡两类，在人类历史上，每一次社会变革都是对旧的社会伦理秩序的亵渎和叛逆，而社会变革的领导者也必然是谋杀旧秩序的“罪犯”，这些罪犯同时也成为创造人类历史的“行动者”。拉斯柯尼科夫正如他自己所说，“不是为了金钱、为了饥饿而杀人”，若是那样，他就太看不起自己了。相反，他把自己归入不凡的人，可以不受社会法律规则的约束，老太婆放高利贷盘剥穷人，杀了她是为民除害。他动机崇高，法律意义上的犯罪在他那里实质上是一种正义的伸张：“杀死她，拿走她的钱，然后借助她的钱好让自己为全人类和公众事业服务：你认为怎样？——几千桩好事不能抵消一件小小的罪行吗？用一条人命来换取几千个生命，使之免于腐烂和朽败，用一个人的死来换取一百个人的生——这是很简单的算术啊！”

事实上，他的杀人动机是由他糟糕的处境而起：他念大学把贫寒的家拖入了贫困的深渊，母亲、妹妹生活难以为继，而他走投无路。这时候杀人对他反而变成了一个挑战自己的选择：现实中他是一个根本无力改变自身状况的弱者，通过杀人，他则可以证明自己是个强者，绕过面对的具体的烦难，他一下成了一个替天行道、造福社会的人。拉斯柯尼科夫显然是个极不平衡的人，从极度沮丧到极度的自我膨胀，似乎在瞬间完成了跳跃。

当然，这种摆脱困境的方式只能是一时的幻觉，他完成了自我的崇高化，但又马上就陷入罪恶感当中，尤其是，丧生在他斧下的，还有那个即使按照他的标准也完全无辜的丽莎维塔。小说一开始就进入高度紧张的状态：下不下手杀人成了拉斯柯尼科夫给自己的考验。在这种状态下达到第一个高潮，即杀人的决定性时刻。既已杀人，他开始进入另一种煎熬——对于陀思妥耶夫斯基而言，好戏才刚刚开始。接下去是漫长的搏斗：他和警方周旋，同时和自己的良心、道德感缠斗。有好几个回合，一波连着一波，高潮迭起，比如主人公受到盘问后，恐惧万分，几乎要去自首了，不料路上救了一个人，行善过后他的情感瞬间高昂，决定还要和法律再斗一斗。但是不久他的内心又饱受煎熬，充斥着恐惧与自责，被别人一吓唬，又想自首了，这时突然冒出一个人主动承认人是他杀的，主人公又心存侥幸地离开了警察局……陀思妥耶夫斯基不让他的主人公，也不让作为读者的我们有喘息之机，逼着我们去面对主人公的罪与罚。

《罪与罚》插画

罪与罚的大戏与灵魂的舞台

最刺激的不是主人公与外部世界（警方）的斗法，而是他内心的天人交战。于此我们领略到陀思妥耶夫斯基式的紧张和戏剧性。所谓戏剧性就是戏剧性的冲突，冲突是对立的两种力量之间的对决，陀思妥耶夫斯基的与众不同之处，是他让这种冲突在人物的内心展开，他的舞台上演的是灵魂的戏剧，穿过表层，他直接把我们引到这里。外部世界并没有消失，警局、周围的那些人都对拉斯柯尼科夫构成刺激，对他的言行不无影响，但是陀思妥耶夫斯基镜头聚焦的，始终是主人公的内心，其他的一切都成了背景。

布罗茨基曾经说，有一种人，“他把自己或任何别人的生活视为一种测试某些人类特质的试管，这种特质在试管里极端禁锢状态下的保持力，对于证明无论是教会版还是人类学版的人类起源都是至关重要的。这种人一旦成为作家，就不会给你很多细节，而是会描述他的人物的状态和心灵的种种转折，其描述是如此彻底全面，以至于你为没有亲身见过此人而高兴。合上他的书就像醒来时换了一副面孔”。他举为典型的，正是陀思妥耶夫斯基。读《罪与罚》，我们会淡忘人物所处的环境，甚至人物的外貌举止也是模糊的，这一切被虚化之后，主人公的内心状态却异样清晰。它被放大，推到极限，占据了整个舞台。——全神贯注于人物的灵魂状态，陀思妥耶夫斯基的兴奋点因此是“形而上”的。而拉斯柯尼科夫内心的天人交战让他身处任何环境都“心不在焉”，他的“问题”撕扯着他，压得他喘不过气来。

如书名所示，他面对的“问题”就是罪与罚。他有罪吗？如果他是罪人，那他犯的是什么罪？他应该接受谁的审判？是什么样的罪就应该受到相应的惩罚，那么他该当何种惩罚？流放是法庭给他定的罪，但法律意义上的审判当然不是重点所在，拉斯柯尼科夫内心的挣扎来自道德、宗教的审判。不妨说，最严酷的审判乃是在他的内心展开，他同时充当了原告和被告，两个声音互不相让，如同最最激烈的法庭辩论。这场辩论使用的不是概念、逻辑、推理，每一种声音都伴随着强大的情感力量，也因此充满张力，读来惊心动魄。绝大部分的时间里，两种声音谁也压不倒对方，即使他已自首到西伯利亚服刑，他也没有真正服罪，主人公也就在一种临近崩溃的边缘中受着煎熬。直到最后，他被索妮雅感化，才意识到唯有上帝才有资格审判人间的一切，因此选择皈依了宗教。

这样的结局是否有足够的说服力是有争议的。不管怎么说，《罪与罚》给读者留下的最深刻的印象，不是主人公皈依后获得的宁静，而是他经历的炼狱般的煎熬。鲁迅说："他把小说中的男男女女，放在万难忍受的境遇里，来试炼它们，不但剥去了表面的洁白，拷问出藏在底下的罪恶，而且还要拷问出藏在那罪恶之下的真正的洁白来。而且还不肯爽利地处死，竭力要放它们活得长久。而这陀思妥耶夫斯基，则仿佛就在和罪人一同苦恼，和拷问官一同高兴着似的。这绝不是平常人做得到的事情，总而言之，就因为伟大的缘故。"这段话完全可以用于《罪与罚》。

陀思妥耶夫斯基被称为"残酷的天才"。他的"残酷"正在于对人之罪与罚的毫不容情的追问。没有多少人能够承受同时扮演罪人与拷问官这样近乎分裂的撕扯，甚至"时时解剖别人，然而更多的是更无情面地解剖我自己"的鲁迅也微露吃不消之意，可见陀思妥耶夫斯基将他的灵魂拷问推进到何等极致的程度。古往今来，没有其他哪位作家像他那样，引领读者经历这般灵魂的炼狱，凝视其痛苦的挣扎。

名家点评

对我们这个时代的文学和文化能产生深远影响的有两个人，一个是存在主义的鼻祖克尔凯郭尔，另一个就是俄国的小说家陀思妥耶夫斯基。

——茨威格

就表现力来说，他的才能只有莎士比亚可以同他媲美。

——高尔基

人类灵魂的伟大审问者。

——鲁迅

中译本概况

1931年，开明书店出版韦丛芜翻译的《罪与罚》。

1979年，上海译文出版社推出岳麟译本。

1982年，人民文学出版社推出朱海观、王汶译本。

1993年，译林出版社推出非琴译本。

译林出版社即将推出“陀思妥耶夫斯基作品”系列，包括《罪与罚》（汝龙译）、《卡拉马佐夫兄弟》（臧仲伦译）、《被侮辱与被损害的人》（臧仲伦译）、《白痴》（石国雄译）、《地下室手记：陀思妥耶夫斯基中短篇小说集》（曹缦西译）。

第十九讲　了不起的盖茨比

弗·司各特·菲茨杰拉德（1896—1940），美国作家。

比成名更像成名

20世纪上半叶，美国文坛出现过好几位杰出人物，以小说出名的就有大名鼎鼎的海明威、福克纳，还有菲茨杰拉德。这几位年岁差不多（菲茨杰拉德，1896；海明威，1899；福克纳，1897）。因为得到诺贝尔文学奖，海明威、福克纳名声更大，也更被研究者看重，相形之下，菲茨杰拉德很长时间都被认为是低一个数量级的作家。但文学的声誉是升沉不定的，第二次世界大战以后菲茨杰拉德的地位在上升，在有些人看来，他虽然不能和福克纳相提并论，却一点不比海明威差。他的死忠粉当中，日本的村上春树肯定要算一个。在他看来，菲氏的《了不起的盖茨比》简直无可挑剔。这部篇幅不大的小说被反复提及，像是村上写小说的一个标杆。

文学史上，少年得志的诗人不少，小说家相对要少得多。海明威以《太阳照常升起》成名是二十七岁，福克纳更晚，菲茨杰拉德则在二十四岁出第一本书《尘世乐园》便一举成名。当然他向往以写作成名要早得多：1913年他在普林斯顿读大学时立志要成为一名作家，从那时即开始磨炼写作技巧，因搞社团、办刊物过于投入，他还留过级，休学一年后复学，才取得毕业文凭。之后他入伍，在一处军事基地服役，就在那里，他开始写《尘世乐园》。

他的名利双收比别人写作上的成功更像“成名”。这和他对待名利的方式有关——他不是一般的兴奋，他一下子就把成功变成了狂欢式的享乐。美国原是个清教主义色彩很浓厚的国度，上世纪20年代，却进入了一个享乐主义甚嚣尘上的时代，菲茨杰拉德赶上了，且全情投入其中。他在一次宴会上认识了名门之女泽尔达，一星期后就与她结婚。泽尔达年轻貌美，拥有金钱、名望，菲茨杰拉德少年得志，在人们眼中，两人简直就是金童玉女，一对璧人。他们出入于纽约上流社会，纵情享受爱情、青春，还有成功，过着挥霍无度的奢靡生活。后来移居欧洲，也还是如此。

有道是“乐极生悲”，这种生活让他们付出了很大的代价，菲茨杰拉德不得不为了应付昂贵的开支接连不断地去写自己看不上的东西赚取高稿酬，同时纵情声色也让他们的健康受损。泽尔达几次因精神病发作被送进医院，菲茨杰拉德也染上了酗酒的毛病，1940年，他因突发心脏病死于洛杉矶，年仅四十四岁。

“垃圾幻想故事”与“纯粹的创作”

菲茨杰拉德那种挥霍无度的生活方式常被提及甚至聚焦，一方面是因他被浮华的生活腐蚀而过早结束生命，令人惋惜；另一方面，是这种生活与他的写作关系极为密切，他写作的素材大多就来自这种生活，他的小说几乎写的都是年轻人对梦的追逐以及梦的破灭。他像笔下的人物一样被享乐诱惑又为此纠结。作为一个作家，成名后一直困扰他的问题就是，他像是被高稿酬绑架了，在很大程度上把自己变成了赚钱机器。假如死心塌地、一门心思地挣钱享乐，也就罢了，但一个真正的作家，必是在写作上有抱负的，菲茨杰拉德当然是。于是他就陷入没完没了的撕扯当中。他的写作分成了两半：他不想写却不得不写的，像给好莱坞写的剧本，顺从商业杂志要求的短篇小说，还有大量的应酬文章；他想写的，那些苦心经营的长篇小说。

《了不起的盖茨比》无疑属于后一类，他很看重这部作品，和编辑反复探讨，改了多遍。有家杂志出价一万元，要拿去连载，他拒绝了，选择了更严肃的发表方式：出书。这书出来以后，T.S.艾略特、伊迪斯·华顿、薇拉·凯瑟都给了很高的评价，这些人都是文坛大腕，尤其是T.S.艾略特，轻易不肯说好话的，所以可以说，菲茨杰拉德是得偿所愿了。但他似乎已经习惯了名利双收的成功模式，而这书“叫好不叫座”，卖得不好，他只得到两千多的版税。再说上述好评都是私下的，远不能满足他的要求，他期待是读者、批评界、媒体的齐声叫好。就此而言，他的书毁誉参半，谈不上轰动。他是被他那些赚稿费的故事给拖累的（他不止一次说那是“垃圾”），人们不免当他是个流行的畅销作家，像对他那些“垃圾”一样，“一视同仁”地看待他真正呕心沥血的作品。

这事他一直纠结到最后，因他去世时仍不被认为是一个一流作家。好在时间是公正的，二战后他声誉日隆，时至今日，他已经被认为是美国文学史上的伟大作家，《了不起的盖茨比》则确立了当代文学经典的地位。

动笔之初，菲茨杰拉德就“自定义”了这部作品，这是“有意识的艺术成就”，“纯粹的创作——不是我编的垃圾幻想故事，而是对真挚光明世界的持续思考”。就是说，这本书他是“动真格的”了。

《了不起的盖茨比》1925年初版封面

“美国梦”与“爵士时代”

小说由一个叫尼克·卡罗威的青年商人叙述。尼克在纽约学做股票生意，住在长岛。他有一个邻居叫盖茨比，生活豪华阔绰，天天举行宴会，灯火辉煌，宾朋满座，但本人却不大露面。大家觉得他是个神秘人物，尤其对他钱财的来路颇有猜疑。一天尼克应邀参加宴会，受到盖茨比热情款待。原来盖茨比在战争期间结识了尼克的表妹黛茜，两人相爱，但他没钱，娶不起她，黛茜后来嫁给了有钱的汤姆，他们婚后的生活并不愉快，汤姆另有所爱。战争结束后盖茨比通过非法买卖，积累了大量财富，他天天举行宴会是为了吸引黛茜，宴请尼克为的是通过他制造机会与黛茜见面。通过尼克的安排，盖茨比当真得偿所愿，重温旧梦。汤姆知道后十分妒忌，一次与他争吵起来，盖茨比希望黛茜公开与汤姆决裂，谁知黛茜听了汤姆揭露盖茨比财富真相后，害怕离开富裕的汤姆失去安全感，临阵胆怯，没有表示鲜明的态度。争吵后，黛茜在紧张情绪下驾车撞死了汤姆的情妇玛特尔。盖茨比为保护黛茜愿意承担车祸的责任。玛特尔的丈夫威尔逊误以为肇事者是盖茨比，潜至他的豪宅开枪打死了他。尼克为盖茨比举行葬礼时，过去的座上客一个也不来，汤姆夫妇连一束花也不送，葬礼凄凉黯淡。事后尼克才知道，原来汤姆在暗中挑唆威尔逊，致使盖茨比惨死。尼克看透世情，不愿意再同汤姆夫妇来往，离开纽约，返回中西部老家。

谈论菲茨杰拉德，尤其是他的《了不起的盖茨比》，有两个词几乎一定会出现：一个是"爵士时代"，一个是"美国梦"。二者又是联系在一起的。所谓"美国梦"是一种相信只要经过坚持不懈的努力奋斗便能在美国获致更好生活的信仰，亦即人们必须通过自己的工作、勤奋、勇气、创意和决心迈向富裕，而非依赖特定的社会阶级身份，比如"官二代""富二代"之类。"美国梦"是"新世界"的梦，"新世界"是相对于欧洲那个"旧世界"而言，那里是要拼爹、拼背景的，"新世界"是个移民国家，大家彼此彼此，都是白手起家，美国又强调经济自由，故很多移民都是抱着个人奋斗的理想前往美国的。

在历史的进程中，"美国梦"的含义在改变，但个人奋斗终能成功一直是它延续下来的不变内核。使"美国梦"一词在美国变得家喻户晓的是1931年5月出版的詹姆斯·特拉斯洛·亚当斯所著的《美国史诗》一书。这本书的主题是："让我们所有阶层的公民过上更好、更富裕和更幸福的生活的美国梦，这是我们迄今为止为世界的思想和福利做出的最伟大的贡献。”里面强调的仍是每个人的梦想的实现（“所有阶层的公民”）。

“爵士时代”则是菲茨杰拉德的发明，指的是20世纪20年代的美国。第一次世界大战结束（1918年）到经济大萧条到来（1929年）之前的这段时间，美国空前繁荣，巨大的财富被创造出来。另一方面，传统的清教徒道德已经土崩瓦解，享乐主义开始大行其道。用菲茨杰拉德的话来说，“这是一个奇迹的时代，一个艺术的时代，一个挥金如土的时代，也是一个充满嘲讽的时代”。就发财致富这方面来说，“爵士时代”可以视为“美国梦”的黄金时期。盖茨比没有任何背景，父亲是西部的农民，他却拥有宫殿般的房舍，过着不输于贵族的豪奢生活，单从一个穷小子跻身富豪这一点看，似乎很可以用来为“美国梦”做注脚。但菲茨杰拉德显然不是在讲一个“发迹变泰”的故事，盖茨比的“奋斗”史皆被掩去了，我们隐约知道的一点，倒是不光彩的，即盖茨比的致富与贩买私酒有关，他最后的死于非命虽然不能说是咎由自取，但这个结局提示的总不是“美国梦”的升起，而是它的幻灭。事实上书名即充满反讽意味：盖茨比的“了不起”从何说起？在谁的眼中他是“了不起”的？我们看到的是，在他死后，几乎所有他打过交道的人都弃他而去，除了尼克，只有他的老父赶来参加他的葬礼。那座豪宅转眼之间就变成了荒凉山庄，过去到这里夜夜笙歌的一大帮人消失得无影无踪。在他的葬礼上，老父仍在以他发迹为荣，他的絮叨听上去简直像是讽刺。书名上醒目的“了不起”（great）因此不啻揪心的冷嘲。

日文版《了不起的盖茨比》，村上春树译

“幻灭”作为关键词

就在《了不起的盖茨比》问世的那一年，还有一部大部头的小说《美国悲剧》出版，作者是文坛重量级人物，擅长社会写实的德莱塞。菲茨杰拉德笔下上演的也是一出“美国悲剧”，但他的路数不同，他感兴趣的不是暴露和激烈的批判。虽然当作象征去看，我们可以说盖茨比神秘的发迹也许暗示了巨大财富积累的背后隐藏着种种玄机，菲茨杰拉德的小说却不是用来揭黑幕的，如果是那样，他就该详写盖茨比发迹的过程。事实上他只给了读者雾里看花的一瞥，对此给的是影影绰绰的暗示。他感兴趣的不是盖茨比的发家史，而是这个人物的情感经历以及最终的幻灭。

在象征的意义上，盖茨比的幻灭也暗喻了美国梦的幻灭。作家对盖茨比是同情的，这种同情甚至通过尼克之口直白地说出来。在知道盖茨比心甘情愿替黛茜顶罪，他对黛茜情感的原委以及他的痴心不改之后，尼克大受触动。那是盖茨比被杀前他们见到的最后一面，尼克已经告辞并离开那座庄园了，他突然转过身，隔着草坪对盖茨比喊："他们是一帮混蛋，他们那一大帮子都放在一堆还比不上你。"这里的"他们"指的是汤姆、黛茜为代表的一群浮华世界中人，尼克熟知他们的虚伪、自私与冷漠，他不忍对尚在梦中的盖茨比道破真相。——菲茨杰拉德不仅让尼克成为知情人，还要让其扮演同情者，作家本人对盖茨比的情感态度因此也就暴露无遗了。

倘若我们不看故事的结局，挑出小说中的某些部分串联起来，《了不起的盖茨比》简直可以演绎成一个纯情的浪漫故事。盖茨比绝对称得上情圣，他对黛茜的痴情简直让人难以置信：他追求黛茜受挫，五年后仍初心不改。那所豪宅，豪宅里每日的狂欢，总之他的所有暴发户做派只是为了引起昔日情人的注意。的确是"做派"，因他自己好像是站在外面的，与之全不相干。在整个小说里他只忙于一件事，就是重获黛茜的芳心。他或是与黛茜见面时失魂落魄，像一个初落情网的人一般笨拙、冒失，要不就是"在水一方"，夜复一夜站在家门前，隔水望着对面黛茜住处那边绿色的灯光——这是一个"斯人独憔悴"的形象。他的发迹大体上是"真事隐去"，他的情史听上去像"假语村言"，由此这个人物与他身处的现实拉开了距离，菲茨杰拉德也得以用亦真亦幻的抒情笔调叙写这个故事。要说盖茨比真有"了不起"之处，那不在他的发迹，而在他不谙世事的那份纯情，在他身上，寄托了菲茨杰拉德对“爵士时代”的爱恨情结。那时的歌舞升平之中，又有一种对于浪漫生活的追求，升华与浮华搅拌在一起，成为那个时代特有的理想主义。

当然，菲茨杰拉德替盖茨比吹起一个五光十色的肥皂泡，最终是要戳破它。盖茨比注定得不到黛茜，如果“有情人终成眷属”，那就与他过去为稿费炮制的“幻想故事”差不多了。他恰恰要点穿盖茨比梦想的虚幻（他在笔记里这样写道：“有趣的是，某一个星期六晚上，当盖茨比在巅峰时，屋子里的灯突然灭掉了——正如这昏暗降临一样。”这可以说是他在点题）。盖茨比从来没有看清过黛茜。她是他所认识的第一个“大家闺秀”。他以前曾以各种未透露的身份和这一类人接触过，但每次总有一层无形的铁丝网隔在中间。他和黛茜的距离就像他眺望的对岸绿色灯光那么远，距离的存在允许他把黛茜想象得特别美好（“大家闺秀”不仅意味着门第、风度，而且是美好的一切），事实上她不过是个实务的庸常女子罢了，决不会和他一起做梦。

盖茨比的悲剧正在于攀住他的梦想不放，到死他也不认为黛茜会选择汤姆而不是他。视景展宽一点说，是美国和那个时代让他有了暴富的机会，是在这上面他搭起了梦想的舞台，到头来这个社会却让他的梦想彻底破灭。故事的结尾充满冷嘲，相当戏剧化，不过即使没有枪击的那一幕，他的梦也做不成了。菲茨杰拉德让他的主人公以这样的方式收场，看似无情，实则是充满同情地成全了他——盖茨比至死未醒悟，对他而言这要比看清真相好受得多。他的形象在此定格，也让读者产生了更多的同情。他的悲剧在于他的梦想，他之令人同情也在此。

一冷一暖两种调子在这里交织到一起：一方面是冷峻的现实主义，浮华的背后终露出虚幻的底色；一方面是作者流露出的怜悯与同情。这让小说有了一种挽歌的意味。怜悯中和了同时又加深了冷嘲。我们可以说，此中的纠结正传达出菲茨杰拉德与“美国梦”、与“爵士时代”剪不断、理还乱的关系。因为他像他的主人公一样是在“爵士时代”做梦的人，不同的是他留一分清醒留一分醉，投入之外还有反省。

有研究者说，《了不起的盖茨比》是“美国梦颓废消极面的警世通言”。的确有不少人把它当作一部寓言来看。有意思的是，作为一部嘲讽“美国梦”的小说，它在美国大受欢迎，不光被自发地阅读，而且在高中、在大学文科被指定为必读书目。看来美国人没有被自己的“阴暗面”吓着，同时也说明，在美国，不仅有“美国梦”，还有对“美国梦”质疑、反省的传统。这倒是令人敬佩的。

已废弃的比肯塔（beacon towers），盖茨比的豪宅的灵感来源

名家点评

他的才华就像蝴蝶翅膀上缤纷的图案，完全是天生的。

——海明威

菲茨杰拉德是我最推崇的美国作家，他是个天才，写作技巧高超，他的作品有强烈的时代特性，叙述清晰，文风优雅，词句多姿多彩。

——张爱玲

如果没有与《了不起的盖茨比》相遇，我写出来的小说会与现在完全不同，或者也许什么都不写。

——村上春树

中译本概况

1954年，台北正中书局出版黄淑慎翻译的《永恒之恋》，这应是《了不起的盖茨比》最早的中译本之一。

1971年，香港今日世界出版社出版乔志高译本，译名为《大亨小传》。

1983年，上海译文出版社将巫宁坤翻译的《了不起的盖茨比》和其他学者翻译的菲茨杰拉德短篇小说结集出版，名为《菲茨杰拉德小说选》。

1998年，巫宁坤译本授权译林出版社出版，后收入“百读文库”。

2004年，人民文学出版社推出姚乃强译本。

第二十讲　老人与海

欧内斯特·海明威（1899—1961），美国作家。

在中国文学爱好者中，海明威是个响当当的名字。有些经典作家名气大，其实阅读的人并不多；有些大作家被广泛阅读，对写作者的写作不见得有实际的影响。海明威则是在这几方面都占全了的一位：论名气，他像是作家中的一位明星；论读者的众多，我们可以拿他小说中译本的海量发行说事儿；至于第三项，他更是令别的作家难以望其项背，或许博尔赫斯、卡夫卡、马尔克斯等人的影响更持久深入，但像他这样被文学爱好者在写作的某个阶段普遍当作模仿对象的外国人，屈指可数——他的风格太鲜明了。此外恐怕也很少有哪位外国作家的写作原则，像他的“冰山理论”那样，在中国广为人知，几乎所有文学爱好者都说得出。

海明威军装照，1918年

偶像派作家与他的冒险生涯

假如作家中也有偶像派的话，海明威绝对要算一个。与演员不同，偶像派作家当然不是靠长相（论长相，同时代作家中，菲茨杰拉德肯定比他更有资格当明星），但也不完全是因为写作（出名全凭写作的功力，那就好比演艺界的“实力派”）。他们多半是“人”与“文”打成一片，难分彼此的作家，性格魅力是其写作的一部分，读者很容易把他们笔下的人物与作家本人混为一谈。有时候，你说不清他是以自己为模本塑造了笔下的人物，还是在现实中有意无意模仿了人物。海明威与他塑造的“硬汉”之间的关系，就有这个味道。

海明威的生平像一部冒险史。他从小生活在乡间，养成对野外生活的热爱。他的父亲是个医生，母亲有副好嗓子，喜爱音乐，希望海明威往音乐上发展。她的另一个愿望是有个龙凤胎，未能如愿，她就把小海明威往“凤”上打扮，梳女孩头，穿花衣裳。但海明威性情上随他父亲，热衷的是打猎、钓鱼，中学时足球、拳击是他的强项，总之，他从小就很“硬汉”。十八岁中学毕业后，他违背家里的意愿，跑到《堪萨斯星报》当了记者，这家报纸很有名，海明威只待了半年，却很受其影响：其一，该报有不少有才华的记者，据说他们都有一个梦想，就是写小说，为这氛围所感染，海明威萌生了写小说的念头；其二，该报强调以简洁的风格写报道，这与他后来写作风格的形成大有关系，“简洁”作为一种原则已埋下根苗。

写作之外，他的另一个兴奋点是冒险。打猎、斗牛等都很刺激，还有战争，那也是冒险的一种形式，至少刚开始是如此。两次世界大战他都参加了，辞掉《堪萨斯星报》的工作，他就是奔第一次世界大战去的。像很多年轻人一样，他拿战争当升级版的大型赛事，关于一战他说，“我记得我只是认为我们是主队，而奥国是客队”，形容自己当时“好像是被派赴一个特别的任务来写这一年最伟大的故事”。但是很快战争严酷的一面就显现出来，他在救护队看见了无数的伤病与死亡。他在战争中被炮弹炸成重伤，带着伤还救人，故后来被授予勋章。

海明威后来说，他感受到了恐惧。但是更可怕的是对恐惧的惧怕，必须用勇气去战胜这种惧怕。他的冒险，包括他后来参加西班牙内战，还有二战，其中一个缘由，也是在不断检验自己的勇气。二战中他要求参加海战，把自己的一艘渔船改装成侦察船，在古巴近海监视德国人的潜水艇，后来他又以战地通讯记者的身份到了欧洲，不光写报道，而且还参加战斗，自称曾将手榴弹投入党卫军军官藏身的地窖。他也是随游击队最早进入巴黎的盟军人员之一。

他在写作上的冒险在二战前已经获得成功。20年代初他住在巴黎，结识了很多文人，参加了“巴黎现代主义运动”。他的成名作《太阳照常升起》1926年出版，这部半自传体的小说大受欢迎。1929年的另一部小说《永别了，武器》也是自传体，灵感来自他在一战中的经历。这两部小说引出了对一代人的命名——人们后来把海明威那一辈的年轻人称为“迷惘的一代”。这起于《太阳照常升起》中的相关议论，《永别了，武器》主人公亨利少尉的一番话也可以拿来做注脚：“神圣、光荣、牺牲之类的字眼和空话总让我感到尴尬……我没见过任何神圣之物，光荣的事情也毫无荣耀可言，至于牺牲，如果除了把肉埋掉之外什么事都不做，那就跟芝加哥的畜生围栏一个样。”这段话道出的是一代年轻人经历一战后对文明、人生普遍的幻灭感，战争的非理性和荒谬让此前人们信奉的宏大叙事都成了“空话”。凭这两部小说，海明威成了“迷惘的一代”的代言人。

这以后，他写西班牙内战的小说《丧钟为谁而鸣》（1940年）继续给他带来声誉，不过这之后他的创作陷入低潮，直到1952年《老人与海》出版，他才重新找回巅峰状态，他也因此获得世界性的声誉。但是晚年的海明威情况不妙，一方面是疾病缠身，高血压、肝脏问题，还有忧郁症、偏执狂（他接受过电痉挛治疗，记忆力大大受损）；另一方面，他的写作又陷入停顿，他对自己的作品相当挑剔，因发现无法再达到《老人与海》的水准而深感绝望。1961年7月，在距他六十二岁生日还有三个星期时，海明

《老人与海》初版封面

威在家中用双管猎枪自杀。他的选择是完成了“硬汉”形象的最终定格，还是放弃了对绝望的抵抗，就要看怎么解释了。

“硬汉”勇气的底色

海明威声望的顶点是《老人与海》。外部的肯定与他的自我肯定在这部小说上达成了一致：他自己极为满意，认为这是他“这一辈子所能写得最好的一部作品”。而这部小说接连为他带来了美国最高文学奖普利策文学奖和世界最高文学奖诺贝尔文学奖。诺贝尔文学奖兼顾到作家整体的创作，并非针对单一作品，但会提及因之获奖的一部力作，像莫言获奖，颁奖词中提到《蛙》，马尔克斯获奖，提到的是《百年孤独》，海明威获奖，提到的就是《老人与海》。

这部小说简直无从概述。有个朋友曾为编一部外国文学名著提要写梗概，到了《老人与海》，直抓头皮，因为它没什么故事情节，真正出现的只有两个人物，古巴老渔夫桑地亚哥，还有一个马诺林，是他的忘年交。而且故事开始没多久，就没马诺林什么事了，桑地亚哥独自一人出海。接下去我们看到的全部景物就是桑地亚哥、大海和鱼，包括他捕获的马林鱼和追食马林鱼的鲨鱼。

桑地亚哥沉默寡言，没什么朋友，而且运气不好，小说开始时，他每日出海，已经八十四天一无所获，马诺林原本跟着他，四十天过去，被父母招回去上了别的渔船，不几天就捕到三条好鱼，这更让桑地亚哥像是个遭了诅咒的人。他接受他的坏运气，就像接受命运，一句也不抱怨，但他仍忠于他的岗位——渔民出海打鱼的天职。第八十五天，终于等来了一条超大的马林鱼，他以经验、技巧将庞然大物降服。糟糕的是鲨鱼出现了，追逐着吞吃他的捕获物，于是他与鲨鱼之间展开了一场较量。最后他终于摆脱鲨鱼，将马林鱼拖回到岸上。只是这时马林鱼已经被鲨鱼吞食净尽。在海上与鱼们周旋、搏斗了几天几夜，他最后拖回的与其说是一条大鱼，不如说是一副鱼骨架。精疲力竭的桑地亚哥对又来到他身边的男孩说："它们把我打垮了，马诺林，它们真的把我打垮了。"不过很快，当马诺林表示要不管别人反对跟他学习捕鱼时，他又开始筹划着下一次出海了。小说的最后一句是，"老人又梦见那些狮子了"。——就这些，结束了。

海明威的很多小说故事都很简单，《老人与海》更是简无再简，简单到了极致。他一如既往在限制里完成他的小说：单一的场景，单一的人物性格，单一的故事，单一的风格。正因为简单，它让我们有机会（也逼使读者）从象征、寓言的层面上去理解它。讲究隐喻、象征的作品通常晦涩难解，海明威的小说作为一个故事明明白白，一点不难懂，《老人与海》从头到尾，没有一处是晦暗的，但是它又可以读出不止一个层次来。

最直接地阅读，我们读到一个刺激而带有悲剧色彩的冒险故事（说它带有"悲剧色彩"是因为主人公搏斗一场最后其实一无所获）。透过这个故事的表层，我们又读到一个关于人的精神不可征服的寓言，捕鱼是为了食其肉，桑地亚哥带回的马林鱼只剩骨架，从实用的观点看，可以说毫无意义，但是他在与大鱼搏斗中显现的创造力，在灾难环境中显现的勇气，又让他演绎了一场精神的胜利。书中有句话很有名："一个人并不是生来就是要给打败的"，"你尽可以把他消灭，可就是打不败他"。这话无疑是不屈精神的集中体现。或许有人会举出反例，桑地亚哥既然对马诺林承认他被“打垮了”，还强调那是“真的”，那他不是认输了吗？可我们联系上下文来看，那不过是物质意义上的认输，小说结尾，他又梦见了狮子——作家分明在暗示他又在准备新的冒险。

除故事、寓言之外，基督教背景的读者还可读出宗教的意味，有的研究者就说，桑地亚哥的原型是基督教中的受难耶稣，有的人说，该书的主题是基督教的隐喻和象征撑起来的，虽然作者未明言。

1935年，海明威和朋友亨利·施特拉特尔在比米尼群岛海域捕获马林鱼

代言与寓言

当然，不了解这些，也不妨碍我们接受《老人与海》，因为不同地域、种族，不同文化背景的人都可以从自身出发去理解它——它本身就是一个无须具体时空去安顿的故事。读过这部小说的人当然知道故事发生在古巴，而且它是根据真人真事写成的：1935年，定居在古巴的海明威听一个渔夫说起自己捕到一条巨大的马林鱼拖回时却被鲨鱼吃光的奇特经历。在肚里发酵了十五年后，他有了强烈的冲动要把它写出来，于是有了《老人与海》。但是这故事是不是发生于古巴，或发生在那个年代已经无关紧要了，它已经成了海明威式的故事。

文学史上有一类作品，特别能够传达出特定时代的情绪，也就特别能够激起一代人的强烈共鸣，尤其是年轻人的共鸣，因年轻人的心态、情绪更有群体特征、代际特征，通常也的确都是年轻人成为一个时代的代表。有些作家也热衷于扮演一代人的代言人的角色，他们原本就是“个中人”，对一代人的焦虑、困惑又有超于一般人的体验。中外都有这样的作家作品，中国的“知青小说”，美国的“迷惘的一代”“垮掉的一代”，英国的“愤怒青年”……再往前如歌德的《少年维特之烦恼》。并不是说这类小说在其他的国度、别的时代就不能引起共鸣——既然历史会重演，读者发现其间的相似性因而对描写另一时代的作品感同身受，就是可能的，事实也是如此，但毕竟有所限制。前面说过，海明威曾被视为“迷惘的一代”的代言人，一战的背景，主人公时代青年的身份，都是具体确凿的，读者很容易产生认同感。《老人与海》不一样，读者必须通过另外一种方式去建立与桑地亚哥之间的认同关系，不是社会身份，不是时代背景，而是更抽象意义上的认同。社会背景、时代，这些在小说里都被海明威有意识地虚化掉了，茫茫大海上与大鱼搏斗的桑地亚哥成了超越具体时空的“人”的象征。

虽说具有抽象的意味，海明威自己要在桑地亚哥身上找到认同却一点不难——虽然这个人物与此前他小说里的人物相比在身份上发生了很大变化，内里却有一脉相承之处。这就得说到海明威笔下的“硬汉”。他发明了“code hero”这个词，意思是“照准则行事的硬汉”。“硬汉”当然是面对困境不屈服的人，海明威式的“硬汉”的特别处在于他们专注于当下行动和他们的“专业”性，他们总是按照某种类于行业准则的东西有板有眼地行事。桑地亚哥就是如此，他不会去“务虚”，而是全神贯注于下一个动作，就像运动员在场上的理想状态：摒除杂念，只想动作要领。他的心理活动几乎都和具体事物相关，比如他希望缠斗了很长时间的鱼睡着，这样他也能睡一会儿。

我们不要忘记“硬汉”的底色，他们都是不再为“意义”操心的人。过程就是意义，过程就是终极。不管是斗牛，还是捕鱼，都变成了证明勇气的仪式。这里的勇气不是堂吉诃德式的，它与任何“高大上”的理由无关，只关系到个人的尊严，对于“硬汉”们，仿佛是一种必须完成的职责，完成了职责，就获得了尊严。桑地亚哥历尽艰险获得一副鱼骨架，从实用的角度说，他的冒险毫无意义，但是在这过程中证明了勇气，无意义于是被赋予了意义，不妨说，对海明威，证明勇气就是一个赋予意义的过程。他的很多小说都可以看成关于勇气和尊严的故事。《老人与海》更是如此，桑地亚哥是因勇气，得尊严。

“电报体”与文体家

不光是人物硬气，与内容相应，海明威的风格也很“硬”。这突出表现在所谓“电报体”上。“电报体”是批评家对他极简省的文字风格的一种描述。发电报是以最简省的方式传递信息，其原则是能省一字则省一字。他的句子都很短，简单、直接，与华丽的长句相比，这样的短句给人瘦硬的感觉，很是“骨感”。(他的小说常被作为英语学习读物，一个原因就是字面上容易读通，虽然明白了词意不见得就能懂得他的小说，但那是另一问题。)

海明威之前有一位小说大家亨利·詹姆斯，句子特别长，一个从句派生出另一个从句，有人形容那像是一列看不到头的火车，读来特别累人。海明威走向另一极，他的句子枝枝丫丫都剪去了，如同刀劈斧砍一般。这样的文风与他的硬汉故事配在一起，产生了特别的效果。这方面，《老人与海》也很典型。他的“冰山理论”也与他的文风相呼应。海明威把自己的写作比作海上漂浮的冰山，用文字表达出来的东西只是海面上的八分之一，而海面以下的八分之七需要读者细心研读文本，才能体会其中的意蕴。他的简短的、不加解释的短句用来承载“漂浮”的八分之一，再合适不过了。

并不是所有伟大作家都在文体上给后来者巨大的影响，但海明威显然是，他获诺贝尔文学奖，一个重要的原因就是“对当代文体风格之影响”——颁奖词里特别提到了这一点。他去世已逾半个世纪，影响还在继续。仅凭这一点，他也可以跻身经典作家之列了。

名家点评

几乎没有哪个美国人比欧内斯特·海明威对美国人民的感情和态度产生过更大的影响。

——约翰·肯尼迪

《老人与海》讲了一个老渔夫的故事，但是在这个故事里却揭示了人类共同的命运。我佩服老人的勇气，佩服他不屈不挠的斗争精神，也佩服海明威。

——王小波

书中有许多句子貌似平淡，而是充满了生命的辛酸，我不知道青年的朋友们是否能够体会到。这也是因为我太喜欢它了，所以有这些顾虑，同时也担忧我的译笔不能达出原著的淡远的幽默与悲哀，与文字的迷人的韵节。

——张爱玲

中译本概况

1952年，香港中一出版社出版张爱玲以笔名“范思平”翻译的《老人与海》，这个译本被公认为该书的第一个中译本。

1987年，漓江出版社推出董衡巽译本，上海译文出版社推出吴劳译本。

2007年，译林出版社推出黄源深译本，后收入“经典译林”。

2010年，译林出版社推出余光中译本，后收入“海明威精选集”。

第二十一讲　麦田里的守望者

杰罗姆·大卫·塞林格（1919—2010），美国作家。

塞林格与“垮掉的一代”

美国文学史上有过不少“唱衰”美国的名家名作，有些甚至形成了流派：一战以后，有“迷惘的一代”，二战以后，则有“垮掉的一代”（Beat Generation），都以对一代人精神特征的捕捉来命名一个群体。在英文里，形容词beat有“疲惫”“潦倒”之意，它被赋予的新意我们不去管它，译为“垮掉”，来形容一代人精神的垮塌还是很传神的。“垮掉的一代”的特征，就是反社会，反秩序，反主流价值，反现代性，还有文学上的反传统。杰罗姆·大卫·塞林格从年岁上说，和“垮掉的一代”的主将如凯鲁亚克、金斯堡等差不多（长凯鲁亚克四岁，长金斯堡八岁），精神上也有相通处，而且他的《麦田里的守望者》还受到诸人的追捧，但他却不属于这个群体。除了经历不同（塞林格是亲身参加了二战的人，“垮掉的一代”则起于战后）之外，他的孤僻也是一个重要的原因。

他像“垮掉的一代”中的很多人一样，有一个富裕中产阶级的家庭背景，但是与家庭、与社会格格不入，当然，他还要多一层战争造成的心理创伤。“垮掉的一代”选择的是一种激烈的反社会方式——吸毒、酗酒、嬉皮士做派等，经常是“聚众”的行为；塞林格则显得特别安静，他以离群索居表达了对主流社会的一种态度。他的名作《麦田里的守望者》（1951年）给他带来了巨大的成功，可就在名声如日中天的时候，他在偏僻的新罕布什尔州乡间买了一大块地，建了栋小屋，过起与世隔绝的生活。除了偶尔有作品发表，他和外界几乎没有联系。塞林格前些年才去世，几十年的时间里，公众对他充满了好奇，他的生活状况却甚少“泄密”，在现代资讯的条件下，简直难以想象。这当然与他刻意保护隐私有关：他躲避一切媒体，如果有他的新闻，那多半是他在跟写他传记或是披露他隐私的人打官司。

有意思的是，他的遁世生活反而刺激了公众“偷窥”的欲望，在与世隔绝的生活中，他成了一个谜，一个神话。因此也就有了关于他隐士生活的种种猜测。有人认为这是另一种形式的哗众取宠，以吊读者的胃口来保持自己的影响力。果真如此，我们也得说，数十年如一日的“伪装”，塞林格真沉得住气。装到这份上，也就跟真的差不多了吧？

并非所有离群索居的人都会引起公众的好奇心，塞林格之所以远离尘嚣还那么引人注目，是因为他是《麦田里的守望者》的作者。作为一个小说家，塞林格产量相当地低，但并非只有《麦田里的守望者》一部小说，就艺术性而言，其他作品未必就逊色（比如他的短篇集《九故事》，几乎篇篇精彩），论影响力则完全不能和《麦田里的守望者》相提并论。这部小说一发表就引起了轰动，它的主人公霍尔顿是美国文学中最早出现的反英雄形象之一——一个问题少年。

现如今这部小说已是公认的当代美国文学的经典。当年它却出现在一些机构的禁书名单上，许多学校和家长都担心它给孩子带来负面的影响。它对青少年的感召力确实非同小可，几十年后还在持续发酵：1980年，马克·大卫·查普曼在纽约杀害了“甲壳虫”乐队主唱约翰·列侬，他对外界说，他杀列侬的原因都写在《麦田里的守望者》里了。另一种传说是，记者探监时曾听到他喃喃自语：“我是麦田里的守望者。”几个月后，约翰·大卫·欣克利向里根总统开枪，事后在他的旅馆房间里发现了一本《麦田里的守望者》。

幸而美国人头脑没那么简单，并未将这些事件归罪于小说；相反，随时间推移，人们更达成了共识，即霍尔顿反映了美国青少年身上的典型症候，读这部小说是理解他们的一个很好的通道。于是，《麦田里的守望者》成了美国许多大学、中学里的必读书目。事实上，在青年学生中，它私下里早已是必读书了，《纽约时报》的一篇书评里写道：在美国，阅读《麦田里的守望者》就像毕业要获得导师的首肯一样重要。此话也许不无夸张，然而这部小说引起的广泛共鸣的确少见——要举出另一部在美国青少年中受到同样热烈追捧的小说，相当困难。

《麦田里的守望者》初版封面

脏话与霍尔顿的精神状态

概述这部小说不大容易。它写的是主人公霍尔顿短暂的出走：他因多门功课不及格被学校开除，却不回家，在外面闲荡了两天。小说所写，就是这短短两天的经历。并没有发生什么了不得的事，我们读到的只是一些彼此关系并不紧密的片段：他回到纽约不归家，在一家小旅馆住下，见到些不三不四的人；他阴差阳错招来了妓女，不想当嫖客却又被敲诈、挨打；他与过去的女友一起看戏溜冰，话不投机，不欢而散；他在街上遇到两个修女，捐了十元钱；他和老同学一起到酒馆，喝得酩酊大醉；他探访一位印象中对他不错的昔日老师，因怀疑老师是同性恋，从他家中溜走；他潜入家中看妹妹菲比……最后，他真的想离家出走，到西部去独自生活，因菲比缠着要跟他走，作罢了。

就这些，听上去像一篇流水账。塞林格就让它们散乱地陈列出来，一点也没花心思将它们故事化，我们根本无法找到“整一”的情节。

显然，塞林格志不在此——不在讲故事。他感兴趣的是还原——将主人公的精神状态原原本本地呈现出来。是主人公的精神状态赋予那些散乱的生活碎片以统一性，那些片段都成了他的精神状态的注脚。

《麦田里的守望者》很容易让人联想到马克·吐温小说《汤姆·索亚历险记》和《哈克贝里·芬历险记》，尤其是后者：都是主人公“出走”的故事；都是青少年的视角，且使用第一人称；都以对青少年心理惟妙惟肖的刻画著称。但塞林格笔下的主人公已经是个高中生，十六岁已非“天真未泯”“混沌未凿”的顽童状态（小说里代表着童真的是霍尔顿的妹妹）。关键是，马克·吐温的人物很阳光，汤姆虽一再闯祸，其实倒很主流，我可以想见他长大后将是个社会精英，哈克贝里虽是个小流浪汉，生活在社会边缘，对文明社会的规矩、习惯多有抗拒，骨子里却不是反社会的。霍尔顿不同，“阳光”这个词我们怎么样也用不到他身上，相反，他对社会充满厌憎的情绪，对主流价值一点也不认同。简单地说，他是一个货真价实的叛逆少年。他的消极阴郁与汤姆的积极乐观形成了鲜明的对比。再具体点说，霍尔顿是一个有疏离倾向的问题少年。“垮掉的一代”对《麦田里的守望者》情有独钟，首先是看中了霍尔顿的叛逆。反过来，我们也可以说，霍尔顿就是一个未完成的嬉皮士。

霍尔顿对社会、人群的疏离一望而知。他总是反戴着一顶棒球帽，这几乎成了他的个人标记。不好好戴，一定要反过来，传递的信息是他拒绝社会主流价值的态度。（他的这种做派后来在现实中被很多对环境反感的青少年效仿，几乎成了一个特定人群的接头暗号。）疏离的另一标志是霍尔顿满口的脏话。这部小说从头到尾模拟霍尔顿的语气，小说里状写人物的对话，当然要传达出说话者的口吻，《麦田里的守望者》的特别处在于，霍尔顿就是故事的叙述者。我们已经领教了他时或带着脏字的谈吐，但当着人面，毕竟还有起码的约束，背着人时更无顾忌，而整个故事可以看作是霍尔顿的自言自语（当然，也可以设想他在讲给一个他的同类听，无须掩饰），既然他对一切的一切都不满，都厌恶，私下里骂骂咧咧，充满愤愤的、诅咒的语气，也就再自然不过。不妨说，整部小说就是在霍尔顿的絮絮叨叨、骂骂咧咧中展开的，满口的脏话就像是故事的伴音。

对于出身底层的许多人而言，说脏话是习惯性的，那是教养的问题，脏话往往并无特别的含义，所谓口头禅、“三字经”而已。霍尔顿的情况不同，他是中产阶级富裕人家的孩子，家中是注重教养讲究体面的，他是故意地讲脏话，那些脏字背后有着强烈的亵渎冲动。就像我们恼怒时有一种破坏欲，想砸烂什么，霍尔顿是把成把的脏话朝他无力摆脱的环境扔过去。用那些脏话，他肆无忌惮地亵渎他周围的人都尊崇的东西，也就是美国社会的主流价值。代表着主流价值的是他的父母，学校，他周围所有体面、正经的东西。小小年纪，他已炼就了一双冷眼，把一切看穿了。

连篇的脏话也是这部小说被禁的一大原因，美国的许多禁书都与涉及脏话和暴力有关，脏话和暴力属“少儿不宜”的性质，

1961年，塞林格登上《时代》杂志封面

因此家长往往是开出禁书单的主力军。《麦田里的守望者》系以霍尔顿的口吻来讲述，在讲脏话的密度上，更有登峰造极之势。对此不仅家长，不少循规蹈矩的好学生也会觉得吃不消。而脏话对这部小说却是必不可少，不仅因为它令小说获得了口语的生动性（一如《哈克贝里·芬历险记》中主人公叙述的口吻之于马克·吐温的小说），还因脏话或骂骂咧咧直接呈现了霍尔顿的精神状态，包括他的叛逆。

童真与成人的世界

塞林格当然不是想把霍尔顿填进一个“问题少年”的模子。相反，他要让我们接近他，走入他的内心。事实上塞林格也成功地做到了这一点，否则就无法解释，怎么会有那么多的人在认同霍尔顿这个“学渣”，在他那里找到了强烈的共鸣。没错，会有人对他的叛逆做派（说脏话，反戴帽子，抽烟，喝酒）“惺惺相惜”，但这种认同往往是以对他内心的认同为前提的，或者，因他的内心而对他的行为“别有会心”。

霍尔顿的行为、做派有很大的反差，他的行为很荒唐，内心却很柔软。西方读者早已懂得欣赏这一类人物了——根据卢梭的提示，我们不应该仅仅根据一个人的行为而要通过他的内心去判断他（《忏悔录》中卢梭自暴了很多劣迹，却期待读者的理解和同情，因为他内心是高贵而真诚的）。进而言之，我们也不必做“内心”与“外表”截然的二分，霍尔顿的内心就是纠结、分裂、自相矛盾的。他对脏话的态度是最明显不过的例子：他自己满口脏话是一面，可他去看菲比，看到妹妹学校墙上的污言秽语却又愤愤不已，担心污染了妹妹幼小纯洁的心灵。再比如，他稀里糊涂招来了妓女，但又莫名其妙地为她难过，只想和她聊天而不是做爱。他看电影回忆起过去和女友琴在一起的情形，分明是因琴的糟糕处境情不自禁吻了她，满是怜香惜玉，到他嘴里却成了“搂搂抱抱的胡搞”，“我怎么也弄不明白这他妈的是怎么回事。有些女孩子你简直怎么也弄不明白究竟是怎么回事”。

霍尔顿时常“自黑”，宁可示人以“恶”，这是因为他看够了“假模假式”的人，要和他们划清界限，与其伪善，他宁可做一个伪恶的人。所以我们总是要穿过他的满口脏话才能进入他的内心。脏话在他与其说是攻击性的，不如说是防御性的，是他保护内心不受伤害的甲胄，矛盾的是，脏话奇异地转化成了他的一种矜持——霍尔顿用脏话把自己裹得很严实，他不屑于“假模假式”。

还好，塞林格最终提供了一个机会，让主人公不设防地袒露自己。下面是他偷偷回家看妹妹的一段：他叫醒菲比，向她说了许多话。他对妹妹说，他将来要当一名“麦田里的守望者”：“有那么一群小孩子在一大块麦田里做游戏。几千几万个小孩子，附近没有一个人——没有一个大人，我是说——除了我。我呢，就在那混账的悬崖边。我的职务是在那儿守望，要是有哪个孩子往悬崖边奔来，我就把他捉住——我是说孩子们都在狂奔，也不知道自己是在往哪儿跑。我得从什么地方出来，把他们捉住。我整天就干这样的事。我只想当个麦田里的守望者。”

书名的出处就在这里，可以说，这段话是小说的点睛之笔，有这一笔，霍尔顿的形象最终定格，读者最终也是根据这段话来定义这个人物的。霍尔顿的梦想相当之“务虚”，在一个讲究实利、效益的商业社会，显得特别不着边际。圣人有言：不可与言而与之言，失言。霍尔顿直觉地知道，这番话说给谁听都像是痴人说梦，小说里他和许多人有过对话，他说出口的都不是最想说的——谁会听他的呢？他们只会觉得他脑子有病。事实上他把一直琢磨的问题（冬天中央公园湖上的鸭子到哪去了）说出来，那个出租车司机不就觉得他莫名其妙吗？他只能对菲比说，只有菲比不会笑话他，也不会觉得他不正常。他当然知道，对那么个小不点说这些，她不会懂的，所以那段话实质上是他的内心独白，也可以说，是他的白日梦。

霍尔顿选择一个小不点来诉衷肠，暗示了他对成人世界的失望和厌恶。那个世界或者像他的家所属的那个阶层——“假模假式”，或者像他这两天闯入的那个他原本与之隔绝的天地（小旅馆、夜总会、酒吧）——混乱、污浊。与之形成对比的是儿童的世界，他死去的弟弟，还有菲比，都属于这个单纯、天真的世界。越是厌恶成人世界的污浊，他就越是珍爱童真的世界，但是童真的世界却在庞大的成人世界包围之中，无比的脆弱，他的保护欲就是从这里生长起来的。做“麦田里的守望者”实际上也就是做一片净土的守护人了。那个满口脏话的少年，原来内心有干净明亮的一角，倒是一个有精神洁癖的人。

在这里，塞林格与他的人物重合到一起。他格外珍爱童年的纯真，在他的笔下，最能显现孩童纯洁天真的菲比显得格外动人。小说最后，菲比拖着大箱子出现的情景令人难忘，她很坚定的要跟霍尔顿一起去流浪，那份天真，可爱至极，同时她在浑然不觉间带来了感动，她的信任要比她哀求霍尔顿不要出走更能打动人。霍尔顿瞬间就软化了。

这是一次未遂的离家出走。关于小说的结局，论者有不同的说法。有人认为，霍尔顿放弃出走暗示了他看清了人生成长的历程，最终回归了社会。也有论者认为结局是悲观的，因为霍尔顿面临的问题没得到解决，也不可能解决，他只能选择逃避。事实上，小说既不像悲观论者说的那么阴郁，当然我们更没有理由把它看成一部成长小说。正像书中霍尔顿感受到的那样，他面对的世界充斥着虚伪和污浊，这一切不会改变，但是菲比的存在给了他慰藉，他会继续做他的“守望者”的梦。塞林格在小说的最后来了温暖的一笔，他让菲比上演了塞林格版的微型的“天使在人间”。

《麦田里的守望者》1985年版封面

名家点评

塞林格是我最痴迷的作家……也许是那种青春启迪和自由舒畅的语感深深地感染了我。我因此把《麦田里的守望者》作为一种文学精品的模式，它直接渗入我的心灵和精神。

——苏童

塞林格让我感到温暖。

——村上春树

塞林格的寿命不止九十一岁，塞林格将和他的作品一起永生。

——郑渊洁

中译本概况

1963年，作家出版社出版施咸荣翻译的《麦田里的守望者》。

1997年起，施咸荣译本由译林出版社出版，后收入“经典译林”。

2007年，译林出版社出版孙仲旭译本。

2018年，译林出版社推出由塞林格基金会独家授权并审定的“塞林格作品集”，包括《麦田里的守望者》《九故事》《弗兰妮与祖伊》《抬高房梁，木匠们；西摩：小传》。

后　记

为什么要读经典，是一个问题；怎样读经典，又是一个问题。这些问题，无数的人提供过答案，事实上也有诸多经典的示范。比如西方当代文学中的两尊大神，卡尔维诺和纳博科夫，前者有一篇名文，题目就是《为什么读经典》，后来干脆做了书名；后者有《文学讲稿》，讲解了几部西方文学名著，特别是塞万提斯的《堂吉诃德》，福楼拜的《包法利夫人》，但对普通读者而言，那是雅人深致，陈义太高，或是难以效法——有几人能像纳博科夫那样下水磨工夫玩味细节，将骨头缝里的滋味都咂摸出来？

"为什么读经典"之问，与"为什么要读书"，其实是同一问题。这里所谓"书"已预设为"好书"，"开卷有益"显然不是把烂书也包括进去。以"开卷有益"的标准，许多貌为书者，不宜以书论，只可叫读物。

劝人读书，有不同的劝法，"黄金屋""颜如玉"一类的利诱不上台面，可以不论，正论当是与知识挂钩——书籍乃是知识的载体。培根的名言小学生也能背，"知识就是力量"；苏格拉底的话则不大有人提了，"知识即美德"。"力量"是向外的，通向外部世界的征服；“美德”则是内倾的，通向心智的开启，境界的提升。“力量”是有用的，“美德”有用无用，就难说。

从1990年留校任教开始，我一直在教外国文学。几乎每次上第一节课，我都会跟学生说，课，你们可以逃，考试能过关就无妨，但希望能好好读几本名著。说这话没有一点矫情的成分在里面——读书比规规矩矩听课会有更多的收获，这的确是我的个人经验。直接面对名著，不要经过“中介”。不少学生名正言顺地翘课了，这在我意料之中，倒也不急。只是他们是不是用这时间读书，越到后来，我越怀疑。要能如我所愿，得有一个前提：大家都认定，那些书值得一读，或者有趣，或者有益。而这并非不证自明。

并没有学生当面问过我，读经典、名著有什么用？其一，如此发问太唐突，等于挑战“开卷有益”的古训；其二，我猜想学生会以为，得到的答案无非是“无用之用方为大用”之类，那是一些老生常谈的“大道理”。大道理之为“大”道理，就因它们是必须、应该搬出来说，却终于不及物。而任何没有经过一己经验印证的道理，就逃脱不了沦为“大道理”的命运。

虽然无人发问，我知道那疑问确凿无疑是存在的，事实上不独外国文学，在现今这样“务实”的氛围中，人文学科的内容皆已显得华而不实，何“用”之有？以文学名著而论，“进”不能为求职升学助一臂之力，“退”不能像网络文学、电玩游戏、影视节目那样令人轻松过瘾，读它做什么？当然，不可把话说绝，至少中小学语文有课外必读书目，其中大多为中外名著，大纲上有，考试会涉及，岂能说读名著无用？敲门砖之用正是所谓“有用”的正解。无如这里的有用恰恰在消解阅读的本义。

阅读的本义，正在阅读本身，其他种种，都是从阅读过程中获得的愉悦与满足之上叠加而来。阅读过程索然寡味，则一切的一切皆无所附丽。而要让读经典变得愉悦，前提便是放弃有用无用的考量。不妨干脆说一句，经典就是无用的，它的价值，正在其无用——如果"有用"之"用"指的是实用。"文革"年间"读书无用论"曾大行其道，作为反拨，后来又有一种说法成为"共识"："学好数理化，走遍天下都不怕。"这是"千金在手不如一技傍身"的说法在特殊情势下的变体，所强调者在于"技"。偏偏经典无关乎"技"。现在，也许是到了该"正视"这一点的时候了：没用，那还读不读？我们不妨来宣扬另一意义上的"读书无用论"，好比"丑话说在前头"，丢掉实用主义的杂念，开启真正的经典、名著之旅。

这里说的是文学经典。鲁迅说："学说所以启人思，文学所以增人感。"其实好的文学作品同样有"启人思"的作用，鲁迅自己的小说，就时常是发人深省的。然而文学"启人思"通常比较间接，大体是通过"增人感"来实现。"感"之于"思"，听起来似乎是容易亲近的，既然我们更多的时候生活在感性的世界里；实则不然。有的时候，我们对文学经典的逃避，一如面对"高头讲章"。这里有个心理预期的问题。读其他经典书籍，我们已做好了接受耳提面命，或是思考的准备，面对文学经典则不然：文学似乎承诺要给我们更多的愉悦。有此期待，若发现阅读并非那么轻松，是不是对文学经典，比对那些并无此种期待的典籍更为失望？

糟糕的是，在以正确方式打开经典之前，我们的偏见已然形成：经典意味着枯燥乏味，假如非读不可，就必得正襟危坐，打点起十二分精神硬着头皮上——仿佛读经典等于阅读快感的剥夺。中小学的必读书目变成了某种反向的提示。硬塞到面前的书总是令人排拒，于是尴尬的局面出现了，越是强调读经典的重要，闻者反而躲得越远。学校里，教师在接受了这个事实（更因为应试式学习的效率问题）之后，开始不遗余力地助读，其要义就是就每部作品归纳出诸多“知识点”，其极端是要求熟读以至会背，名著本身的阅读倒变得可有可无。如此这般，名著已然死在“知识点”下，毫无乐趣可言。对读经典的视如畏途，至此似有了经验的证明，于是乎恶性循环。

打破这循环，唯有一途，就是搁置对经典的刻板印象，直接进入，比如说，《包法利夫人》的世界中去。倘若对经典没有“傲慢”的话，我们的“偏见”则委实不少。对经典怀有敬仰之心没错，认定其拒人千里，却是大错特错。真正打开书，你会发现，许多文学经典，只是望之俨然，何况这里的“俨然”，往往还是我们的偏见造成的。事实上，相当多的文学经典，在自己的时代，其流行之广，可比今日的畅销书。“荷马史诗”、古希腊悲剧的欣赏在彼时的雅典，几乎是全民性的，这且不说；狄更斯、马克·吐温可都是相当流行的小说家，《傲慢与偏见》则至今依然流行。无数中国读者的经验也可以证明，西方文学经典成了与自己的人生水乳交融的一部分。50后、60后、70后，将《红与黑》《安娜·卡列尼娜》《简·爱》等书读得津津有味、滚瓜烂熟的，大有人在，今日的年轻读者从中获得阅读快感的，亦复不少。

各人的情况是不一样的，但我想有一条应该相通：他们没有或摆脱“此刻我是在读名著”这样的心理暗示，经典没有被视为一种不同于一般所谓“好书”的特殊的存在。或者说，面对经典有一份平常心，摆脱应试式的阅读，始能得趣。以姿势做比，经典的打开方式，不是跪着读，甚至不是正襟危坐地读，而应在任何愉悦姿态（比如说，躺着）与正襟危坐之间。

给“正襟危坐”留下余地，盖因说读经典可以是有趣的，并不意味着阅读的过程从头到尾都那么轻松。经典自有其严肃的一面，不仅因为它直面社会、历史、人生种种，拒绝提供心灵鸡汤式的抚慰，还因为经典面对读者时有它的矜持与尊严。不像通俗文学从内容到形式的投你所好，它有完全不同的阅读路径的设定：是你向它走去；而非相反，它向你走来，甚至体贴入微地讨好你。所以四仰八叉躺那儿接受按摩式的被动阅读是不行的，你必须调动自己进入状态，进入情境，在自己与书中世界之间建立起相关性。

很显然，只有建立起相关性，阅读才不再是一桩不得不然的外在行为。梁启超所谓“熏、浸、刺、提”，鲁迅所说“增人感”，根底里都在阅读时的移情。博物馆里的古董已是鉴赏的对象（虽说对古董移情也不是不可能的），而文学经典不是，它们在一代一代人的阅读下仍然活着，且经由阅读这个中介实现与当下世界的对话，因此更具移情的可能性。

论移情，当然是在书中所写内容我们熟悉，主人公与我们有很多相似性的情况下更容易发生。而外国文学名著叙述的是不同文化的异邦故事，且是年代久远的过去故事，时间上、空间上的隔好似蒙上了一层厚厚的壳，似乎难以找到经验上的对应，也就难有代入感。但人是可以自我调动的，所谓“思接千载，视通万里”是调动的极致，穿过相异文化、不同社会、不同时代、不同人情风俗等壁障，如同破了外面的壳进到里面去，你会发现书中看似陌生的世界、陌生的人居然有几分眼熟，甚至，你还发现了诸多与周围的世界和人的重合之处。而文学经典之所以为经典，重要的一端，恰在于它们经过了时间的检验，超越了时、空的界限，可以让不同国度、不同时代的读者常读常新，在你的参与下，它们的过去完成时可以变成正在进行时，终而完成。

因为“日光之下，并无新事”，社会在变，时代在变，自然界甚至“沧海桑田”，但人性不会变，人性中的高贵面——正直、善良、勇气和人性中的阴暗面——贪婪、嫉妒、鄙吝一直在那里，是人性大戏上演的不变内容，古今中外，概莫能外。剥去外在的差异性还原到最后，不同时空中的人面对的是同样的问题，同样的处境。文学经典提供了“原型”，人物的原型，故事的原型，我们不好说其他的书都是对经典的“山寨”，但不妨说，它们“万变不离其宗”，经典就是那个“宗”，而这个“宗”建立在人类的共通性之上。

相信“人同此心，心同此理”，辅之以淡定的阅读，我们自不难进入名著的规定情境，完成种种的“穿越”。如果说时下流行的穿越剧大体只是场景变换的假面舞会的话，文学名著要带领读者完成的穿越却是内向的“明心见性”式，正因这是“普世”，正因为“万变不离其宗”，我们才可以从某人身上辨识出著名文学人物的影子。比如，从王小波联想到愁容骑士，从无数急于登上更高社会阶梯的年轻人身上看到《红与黑》中的于连，或者，从哈姆雷特身上看到我们自己。读经典，是与他人相遇，与世界相遇，同时，也许更重要的，是与自己相遇。经典恰恰提供这样的机会：在你最意想不到的情况下与自己相遇。寄居在我们身上的好多个潜在的自我，经由阅读被唤醒，一个学霸从一个学渣身上看到了自己，或一个正常人发现自己身上住着一个疯子，一点也不意外。由此我们获得的，是自我的延展，对人性的体悟，对世界的感知和理解。

这本讲义对西方文学名著的选择，读者自不难发现其间标准的含混：有时是本于“公论”——像前面几讲，到歌德为止，都是公认的世界文学名著；晚近的篇目，如《了不起的盖茨比》《麦田里的守望者》等，与《神曲》《浮士德》《变形记》等，显然不在一个级别，好在我不是在讲文学史，也不是在天罡地煞地给文学家排座次。这里面夹杂了一点个人的喜好，比如福楼拜的《包法利夫人》篇幅较多数篇什长了许多；选择《麦田里的守望者》，一定程度上则是因为很喜爱这部作品。此外，也有可读性方面的考虑。既然认定读经典也应该是个有趣的经历，从容易得趣者入手，就不失为一种阅读策略。列夫·托尔斯泰最天才的小说当推《战争与和平》，陀思妥耶夫斯基的巅峰之作应该是《卡拉马佐夫兄弟》，但《安娜·卡列尼娜》《罪与罚》更具可读性，事实上也更有读者缘，便选了这两部。

“名著”与“经典”一样，是一个弹性的概念，都要看在什么层面、什么意义上说。除了“荷马史诗”、《俄狄浦斯王》、《神曲》、《浮士德》等少数几部，选讲的都是小说，19世纪以后，更全是小说——无他，相对而言，叙事的文学比较好讲，而小说在文学家族中，显然是最亲民的文类。

我不知道是否当真如我所愿，如此这般的选目和介绍性的讲解多少能令读者有兴趣且以悬置有用无用的放松心态走近外国文学，有一点是肯定的：再好的导读也代替不了阅读名著本身。

卡尔维诺有言：“中学和大学都应加强这样一个想法，也即任何一本讨论另一本书的书，所说的都永远比不上被讨论的书；然而他们竭尽全力要让学生相信的，事实上恰恰相反。这里存在一种流行很广的价值的逆转，即是说，导言、批评机器和书目被用得像烟幕，遮蔽文本在没有中间人的情况下必须说和只能说的东西——而中间人总是宣称他们所知比文本自身还多。”

很不幸，教师扮演的正是“中间人”的角色，百分之百信这话而又在做这工作，不免自相矛盾。好在尚算有自知之明，我只希望我的讲解不构成“遮蔽”或少些“遮蔽”。而挥开“烟幕”的最佳途径，仍然是，你自己去读。